La petite fille qui devait apprendre à aimer

JULIAN & TRACY AUSTWICK

Traduit de l'anglais
par Ariane Maksioutine

City
Document

Publié en Grande-Bretagne par Ebury Press, une division
de Penguin Random House sous le titre *Amber's donkey*.

Couverture : © Julian and Tracy Austwick / Two Associates,
Fine Pic / iStockphoto / Elika
ISBN : 978-2-8246-0866-2
Code Hachette : 59 2923 3

Collection dirigée par Christian English & Frédéric Thibaud
Catalogue et manuscrits : city-editions.com

Achevé d'imprimer en octobre 2016
sur les presses de la Nouvelle Imprimerie Laballery - 58500 Clamecy
Dépôt légal : novembre 2016 - N° d'impression : 610360 - *Imprimé en France*

La Nouvelle Imprimerie Laballery est titulaire de la marque Imprim'Vert®

1

Laissé pour mort

Irlande, janvier 2010

– Mon Dieu…

Sinead O'Donnell, sauveteuse animalière du Donkey Sanctuary[1], n'en croyait pas ses yeux. Acculé au fond du jardin en friche, l'âne tenait à peine debout. Une centaine de mètres le séparaient de la route d'où elle l'observait, mais Sinead distinguait parfaitement le sang qui suintait des plaies au niveau de son encolure. Elle n'avait jamais vu pareille horreur.

– Il faut immédiatement faire venir la *Garda*[2], haleta-t-elle dans sa radio.

Un agent animalier n'ayant pas le droit d'entrer dans une propriété sans être accompagné d'un officier de police, elle n'avait d'autre choix que celui d'attendre. C'était un jour de janvier particulièrement glacial, et Sinead remonta la fermeture de sa polaire avant d'ajuster l'écharpe qui lui ceignait le cou.

Le pauvre animal devait mourir de froid. Les ânes étaient généralement assez robustes pour endurer tous les climats, mais celui-ci avait perdu tellement de sang que sa température corporelle avait dû dramatiquement chuter.

---

1. Le Donkey Sanctuary (littéralement : « refuge pour ânes ») est une association à rayonnement désormais international spécialisée dans l'accueil et les soins d'ânes abandonnés ou maltraités. *(Toutes les notes sont de la traductrice.)*
2. La *Garda Síochána* est la police de la République d'Irlande.

Sinead avait conscience que le renfort dont elle avait éperdument besoin n'arriverait pas de sitôt – elle était perdue au milieu de nulle part, dans un minuscule hameau en pleine campagne, à une bonne demi-heure de la ville de Galway. Le Sanctuary avait été contacté la veille au soir par une anonyme qui avait tenu à signaler l'état particulièrement alarmant d'un âne attaché à un poteau. Sinead ne voyait aucune corde ; on avait dû le détacher depuis.

Un frisson désagréable lui parcourut l'échine. Ce n'était pas qu'une question de froid : Sinead détestait se retrouver dans ce genre de situation.

C'est en Irlande que l'on compte le plus grand nombre d'ânes secourus – presque 4 500 à ce jour. Les Irlandais considèrent cet animal comme un porte-bonheur, si bien qu'il n'est pas rare d'apercevoir un âne languir, seul, au fin fond d'un jardin.

Sinead jeta un coup d'œil à sa montre. 14 h 53. Elle souffla dans ses mains pour les réchauffer puis les coinça sous ses aisselles. Une voiture de police apparut quelques minutes plus tard.

– Alors, qu'est-ce qu'on a ? s'enquit le *garda* en sortant de son 4X4.

C'était un jeune homme à la vingtaine bien tassée et au sourire carnassier. Une vague de craquements nasillards surgit de son talkie-walkie, dont il baissa le volume afin de se concentrer sur la mission qui l'attendait.

Sinead n'eut pas à ouvrir la bouche ; elle se contenta de pointer le doigt en direction de l'animal.

Le *garda* secoua la tête d'un air écœuré.

– Allons voir ce qu'ils ont à dire pour leur défense..., déclara-t-il en avançant vers la maison.

Au fil des années, Sinead avait appris qu'on ne pouvait jamais rien prédire de ce genre de situation. Parfois, les propriétaires ne savaient plus où se mettre ; d'autres faisaient preuve d'une telle agressivité qu'il fallait appeler des renforts supplémentaires.

La peinture de la porte d'entrée s'écaillait. Il n'y avait pas de sonnette, alors l'officier frappa, plusieurs fois. Puis ils s'écartèrent de la porte et attendirent.

– Oui ?

Une femme d'une cinquantaine d'années entrebâilla la porte. La chaîne était toujours fermée, si bien qu'on ne distinguait qu'une partie de son visage.

– Cet âne vous appartient ? demanda le *garda*.

– Oui, répondit la femme, sur la défensive.

– Nous avons des raisons de croire qu'il a été maltraité et nous aimerions l'examiner. Vous pourriez nous laisser entrer ? dit-il d'un ton poli mais ferme.

La femme les observa un instant, puis, sans prononcer un seul mot, elle referma la porte, défit la chaîne et ouvrit en grand.

La première chose qui frappa Sinead fut l'odeur. La maison exhalait un mélange de pourriture et de tabac froid. Les effluves lui fouettaient les narines par vagues. Elle ne put s'empêcher de se couvrir le nez d'une main en entrant dans le couloir.

– 'Savais pas qu'il allait si mal... On a essayé de l'aider, nous..., bredouilla la femme avec son accent profondément régional.

Sinead ne lui donnait finalement pas plus de quarante-cinq ans. Elle portait une jupe en velours côtelé qui moulait son ventre bombé avant de descendre jusqu'à ses genoux. Elle y avait enfoncé un chemisier couleur crème, le tout rehaussé d'un épais gilet de laine bleu. Ses cheveux gras étaient striés de gris et tombaient lourdement sur ses épaules.

La femme leur fit traverser la maison, qui ne bénéficiait visiblement pas plus de soins que le pauvre âne. Les murs exhibaient partout d'immenses traces d'humidité, et la peinture du plafond tombait en lambeaux. Chacun des vieux meubles qu'ils croisaient était maculé de poussière et de miettes en tout genre. Des cendriers débordant de mégots de cigarette jonchaient les lieux. Lorsqu'ils gagnèrent enfin le jardin, Sinead n'avait jamais été aussi heureuse de retrouver le froid glacial.

Une fois à proximité de l'animal, elle fut immédiatement frappée par sa taille. Cet âne était beaucoup plus grand que la normale – il aurait pu passer pour un petit cheval. Il était couleur chocolat, à l'exception de son museau et de son bas-ventre, blancs. Contrairement à d'autres situations similaires, Sinead n'eut pas à s'inquiéter que l'âne cherche à fuir, cette fois : il tenait à peine sur ses pattes, oscillant dans la boue comme un poulain qui viendrait tout juste de naître.

– Mon Dieu…, lâcha-t-elle pour la seconde fois de la journée en plaquant une main sur sa bouche.

Les blessures de l'animal étaient bien pires que ce qu'elle avait cru voir de la route. Trois plaies profondes lui entaillaient l'encolure, et la fourrure tout autour donnait l'impression d'avoir été brûlée. La pauvre bête devait souffrir le martyre.

– C'est infecté. Il faut absolument lui administrer des antibiotiques, déclara-t-elle en se tournant vers l'officier et la propriétaire.

La femme se tenait sur le seuil de la porte, en retrait, comme si elle n'avait qu'une seule envie : retourner dans sa grotte malodorante.

– Comment avez-vous pu le laisser dans un état pareil sans rien faire ? s'indigna Sinead.

La femme plissa le front à la manière d'un éventail, cherchant le meilleur moyen de se tirer d'affaire.

– L'avait une corde autour du cou, et on n'avait pas vu son état jusqu'à c'que mon mari la r'tire hier soir, dit-elle en paniquant. On aurait dit qu'la corde s'tait enfoncée dans la chair…

– Et c'est exactement ce qu'il s'est passé, siffla Sinead.

La propriétaire lui avait confié que cet âne était chez eux depuis cinq ans, et Sinead aurait juré que jamais on ne lui avait desserré sa corde. L'animal avait grandi, et la corde avait fini par pénétrer sa chair. Comme un garrot. De toute évidence, cela n'aurait été qu'une question de jours avant qu'une artère ne soit sectionnée.

– Cet âne a besoin de soins de toute urgence. Nous devons immédiatement l'embarquer, déclara Sinead en remettant un contrat d'abandon à la propriétaire.

– Qu'est-ce c'est qu'ça ? demanda celle-ci en parcourant les papiers.

– Un document officiel par lequel vous reconnaissez les maltraitances infligées à votre âne et que vous nous cédez sa propriété, répondit Sinead en lui tendant un stylo.

La femme avait l'air d'un lapin surpris par les feux d'une voiture. Sinead connaissait cet air – elle l'avait vu des dizaines de fois déjà.

– Il n'y aura aucune répercussion judiciaire. Nous souhaitons simplement mettre cet âne en sécurité au plus vite.

Même si le Donkey Sanctuary travaille en étroite collaboration avec la RSPCA et l'ISPCA[1], leur souci premier concerne la sécurité de l'animal, et ils sont tout à fait prêts à renoncer à un procès si la vie de l'âne est en jeu.

Sinead agita le stylo sous le nez de la propriétaire, laquelle finit par s'en emparer et signa quelque peu honteusement le contrat.

La sauveteuse s'autorisa un soupir de soulagement. Le premier défi avait été relevé ; restait maintenant à mettre

1. Respectivement Royal Society for the Prevention of Cruelty to Animals (Société pour la prévention de la cruauté envers les animaux) et sa consœur irlandaise, The Irish Society for the Prevention of Cruelty to Animals.

l'animal à l'abri. Elle prévint alors l'officier de police et partit chercher le fourgon.

Elle ne s'était absentée qu'une vingtaine de minutes en tout, mais c'était la guerre quand elle réapparut. Le mari de la femme était rentré et refusait obstinément que son âne lui soit retiré.

– Vous êtes *qui* pour débarquer chez moi comme ça et m'prendre mon âne ?! aboya-t-il en dressant un doigt menaçant vers Sinead.

– Monsieur, je vais vous demander de vous calmer, intervint l'officier de police.

– On t'a pas sonné, gamin ! s'époumona l'homme.

Il avait plus ou moins le même âge que son épouse et affichait une grosse barbe ainsi qu'une cicatrice qui courait de son crâne jusqu'au coin de son œil. Il portait un pull couleur brique aux manches trouées et de grosses chaussures abîmées.

– Monsieur, calmez-vous, répéta l'officier en levant une main.

– Sinon quoi ? le provoqua l'autre.

– Je serai dans l'obligation de vous arrêter.

La menace sembla faire effet. Le propriétaire s'éloigna quelques instants avant de revenir vers eux, visiblement plus calme.

– Qu'est-ce que vous attendez d'moi, au juste ? lança-t-il.

– Votre âne est dans un état grave. Nous aimerions l'emmener afin de le soigner, lui expliqua Sinead. Nous sommes ici aussi bien pour vous aider, vous, que lui, tenta-t-elle dans l'idée de l'amadouer.

L'homme secoua la tête d'un air coupable.

– J'voulais pas lui faire de mal... J'ai même coupé la corde et essayé d'nettoyer ses plaies avec du Jeyes Fluid.

Sinead laissa échapper un petit cri d'horreur. Le Jeyes Fluid est un détergent ultrapuissant réservé au nettoyage de tout ce qui est aménagement ou équipement extérieur – terrasses, canalisations, outils de jardin... Certains agriculteurs l'utilisent pour désinfecter des sites précédemment occupés par des animaux. Quoi qu'il en soit, ce n'est certainement pas un produit destiné à panser les plaies *à vif* d'une pauvre bête.

– C'est comme si on l'avait lavé à l'acide, murmura Sinead pour elle-même tout en imaginant la douleur qu'avait dû ressentir l'animal.

– J'voulais simplement l'soulager…, tenta de se défendre le propriétaire.

Ce genre de réponse lui était également familière. Dans la plupart des cas, la cruauté dont étaient victimes ces pauvres bêtes n'était jamais infligée par méchanceté, mais par pure ignorance. Quoi qu'il en soit, elle en avait assez vu comme ça.

L'officier de police se tenait au fond de la pièce, les bras croisés à la manière d'un videur de boîte de nuit, tandis que Sinead persuadait le propriétaire d'apposer son nom à côté de celui de sa femme, sur le document.

– J'cherchais simplement à l'aider…, marmonna-t-il en s'emparant du stylo.

Sa femme se tenait dans l'ombre, toujours aussi honteuse.

– Est-ce qu'il a déjà porté une bride ? le coupa Sinead, désormais soucieuse de la façon dont elle allait pouvoir faire grimper l'animal dans le fourgon.

– Oui, oui...

La bride est un équipement qui se fixe derrière les oreilles et sur le museau de l'âne. Il n'est pas rare que l'animal mette du temps à s'y faire et cherche à se défendre en se cabrant.

Mais cette pauvre bête était dans un tel état qu'elle ne posa pas la moindre difficulté. On aurait dit qu'elle avait perdu toute volonté de vivre et qu'elle attendait simplement de quitter cette terre. L'âne observait Sinead à travers son long balai de cils maculés de givre. La sauveteuse sentit son cœur se briser dans sa poitrine.

Les propriétaires regardèrent impassiblement Sinead tirer l'âne jusqu'au fourgon. La traversée du jardin constitua une première épreuve ; l'animal titubait constamment.

– On y est presque, petit père, lui souffla-t-elle à l'oreille en guise d'encouragements.

Cette centaine de mètres était très probablement la plus longue distance qu'il ait jamais parcourue durant sa triste existence…

Sinead l'enferma enfin dans le fourgon puis s'installa derrière le volant, prête à regagner le centre de Liscarroll.

– Il va s'en sortir ? s'inquiéta l'officier de police, qui était venu la saluer.

– Je n'en ai pas la moindre idée…, dut admettre Sinead.

Elle jeta un coup d'œil en direction des propriétaires, mais ils s'étaient réfugiés dans leur grotte. Derrière une fenêtre, un rideau se mit à bouger, et Sinead sentit aussitôt leurs regards sur eux.

– Vous feriez mieux d'y aller, dans ce cas, déclara le *garda* avec une petite tape sur la carrosserie.

Le comté de Cork se trouvait à deux heures de route de là, ce qui laissait beaucoup de temps pour réfléchir. Sinead errait de station de radio en station de radio, à l'image de ses pensées vagabondes. Elle avait vu des choses horribles durant ses quinze années de carrière : des ânes éborgnés, frappés, brûlés ; d'autres qu'on avait presque laissés mourir de faim… Certaines de ces images la hantaient encore la nuit.

Elle espérait du plus profond de son être avoir secouru cet âne à temps et que ses blessures n'avaient pas causé de septicémie. Si c'était le cas, ses chances de survie seraient malheureusement très, très faibles.

Il faisait nuit noire quand elle pénétra enfin dans le parking du Donkey Sanctuary, et la température était descendue en dessous de 0 °C. Un spot illumina aussitôt la cour et l'équipe du refuge apparut.

– Alors, il est dans quel état ? demanda la vétérinaire, Sue, en ouvrant l'arrière du fourgon.

– C'est bien pire que ce que je pensais..., répondit Sinead, les yeux fatigués par la route et la surcharge d'émotions.

Le Sanctuary est un petit havre de paix niché dans la campagne verdoyante jouxtant le village de Liscarroll. C'est l'un des nombreux refuges que le Donkey Sanctuary a parsemés à travers le monde. Depuis la création de cette association en 1969, par le docteur Elisabeth Svendsen (membre de l'ordre de l'Empire britannique), 18 000 ânes et mules ont été sauvés, et 4 725 sont recueillis à ce jour à travers l'Europe.

La plupart de ces ânes ont été abandonnés, ou négligés par leurs maîtres après des années de dur labeur. Comme tous les autres animaux, les ânes ressentent la douleur, mais ils ne l'expriment pas, ce qui explique pourquoi il est si facile d'abuser d'eux. Les gens ne les voyant pas réagir, ils vont souvent jusqu'à franchir la limite. C'est sûrement pour cela que les ânes peuvent nous paraître tristes ; ils portent le poids d'une existence pas toujours facile...

Sinead regardait, impuissante, la vétérinaire examiner la pauvre bête. Elle ne pouvait plus rien faire désormais. Le destin de cet âne était entre les mains des soigneurs et de l'équipe, en espérant qu'il retrouve la volonté de vivre et de se battre. Le centre dispose d'une zone de quarantaine réservée aux ânes dont on veut traiter les blessures et vérifier l'état. Des auxiliaires vétérinaires gèrent les bêtes dès leur arrivée. Ce soir-là, Tina Buckley était de service. À l'instar de Sinead, cela faisait quinze ans qu'elle travaillait pour le refuge – depuis ses 18 ans. Et comme elle, elle avait vu des choses horribles.

– Alors, qu'est-ce qui lui est arrivé, à ce petit père ? demanda-t-elle à la vétérinaire tandis qu'elle se préparait à l'examen de l'animal.

Elle enfila sa blouse et se nettoya les mains au savon désinfectant – rien de bien différent d'un médecin à l'hôpital, sauf que le patient, ici, était un âne.

Sue ne répondit pas, mais Tina découvrit suffisamment tôt l'état de la pauvre bête.

– Mon Dieu…, hoqueta-t-elle.

L'odeur de la chair en décomposition flottait partout dans la pièce.

– Qu'est-ce qu'ils t'ont fait… ? souffla-t-elle en esquissant malgré elle une grimace dégoûtée.

Sue lui administra dans un premier temps plusieurs injections d'antibiotiques – autour de la plaie, dans sa croupe, puis directement en intraveineuse.

L'âne ne cilla même pas quand la seringue pénétra sa chair. Il gardait la tête baissée, comme s'il n'avait plus la force de la soutenir. Sa respiration était sourde et pénible.

– On voit encore des morceaux de corde, fit remarquer Tina en désignant les fils bleus incrustés dans les blessures. Mon Dieu… Chaque fois qu'il bougeait, la corde devait le brûler.

Elle imaginait la corde élimer la peau, petit à petit, exactement comme une râpe à fromage.

Tina s'accroupit afin de mieux examiner les plaies au niveau de l'encolure. Son œil expert lui fit aussitôt comprendre que l'animal avait frôlé la mort de très près.

– Il ne manquait pas grand-chose pour qu'elle sectionne une artère, dit-elle à l'attention de Sue.

Celle-ci secoua la tête d'un air écœuré avant de déclarer qu'une pénible tâche les attendait : elles allaient devoir nettoyer chaque plaie en retirant toute la peau morte.

Elles administrèrent un sédatif léger à l'animal afin de soulager au mieux sa douleur, puis se mirent au travail.

Malgré ses blessures, la bête semblait de bonne composition. Beaucoup d'ânes dans son état auraient puisé dans leurs dernières ressources pour attaquer, mais pas lui.

– C'est un doux géant, murmura Tina en lui caressant le museau.

L'opération nécessitait une minutie certaine. Elles coupèrent d'abord son crin puis retirèrent les bouts de peau morte jusqu'à faire saigner la chair. L'idée était d'apporter du sang frais aux blessures afin d'éradiquer l'infection. Ne pouvant faire qu'une petite zone à la fois, elles devraient revenir le lendemain… si cette pauvre bête tenait jusque-là.

– Ces échantillons vont nous permettre de voir s'il y a une septicémie, expliqua Sue en apportant les tubes au niveau du microscope.

Tina connaissait la chanson. La zone de quarantaine pouvait abriter jusqu'à trente bêtes, et elle était constamment pleine à cause des trop nombreux ânes laissés à l'abandon. À l'instar d'un hôpital, le manque de places se faisait parfois cruel, et il arrivait que certains ânes soient mis sur « liste d'attente » et placés dans des fermes des alentours jusqu'à pouvoir être pris en charge. Beaucoup de ces bêtes survivaient et finissaient par rejoindre leurs congénères, au refuge. Mais d'autres, dont les blessures étaient bien trop graves, ne passaient même pas la première nuit.

Tandis qu'elle pansait les plaies de la pauvre bête, Tina murmura une petite prière pour son nouvel ami en espérant qu'il ait la force de s'en sortir.

Elle aurait été incapable de dire pourquoi, mais elle sentait que cet âne avait quelque chose de spécial. Quelque chose qui le distinguait de tous les autres.

2

Double problème

Good Hope Hospital, Birmingham, mars 2010

Julian et Tracy Austwick échangèrent un sourire nerveux tandis que l'échographiste étalait le gel sur le ventre de Tracy.

– Aouh, souffla celle-ci quand la sonde glaciale lui frôla la peau.

À douze semaines de grossesse, il s'agissait de la première échographie du couple, qui était de ce fait aussi excité que stressé.

– Ah ! j'entends un cœur, commenta l'échographiste en faisant glisser la sonde sur le gel.

Julian et Tracy se sentirent fondre de bonheur.

– Et en voilà un autre.

– Quoi ? couina Tracy, perplexe.

– Eh oui, vous attendez des jumeaux ! répondit la femme d'un air enjoué.

– Oh mon Dieu, marmonna Tracy en se cachant derrière ses mains.

Les futurs parents entamèrent alors un débat quant au côté de la famille qui avait pu apporter ces gènes.

– Ton grand-père est jumeau, non ? lança Julian.

– Oui, c'est exact.

Tracy fixait le vide, encore sous le choc de la nouvelle.

– Toute ma famille me taquinait à ce sujet, mais je n'ai jamais sérieusement songé au fait que ça puisse arriver…

Sur le chemin du retour, Julian était une vraie pile électrique.

– Des jumeaux… Tu te rends compte ? On va avoir notre petite famille complète d'un coup !

Mais quelques rues plus loin, il réalisa alors que cela signifiait également qu'ils auraient besoin de tout… en double !

Les jours suivants passèrent dans la joie d'annoncer cette merveilleuse nouvelle à la famille et aux amis. Comme tous les parents, Julian et Tracy commencèrent à réfléchir aux prénoms. Ils ignoraient le sexe, mais Julian avait fini par se convaincre qu'il y aurait un garçon et une fille. En bon fan de science-fiction qui se respecte, il avait un fort penchant pour Luke et Leia, les héros de *Star Wars*.

– Alors là, c'est hors de question ! se récria Tracy. Je refuse que nos enfants fassent référence à ton film préféré !

Julian céda, sachant que c'était une bataille perdue d'avance – sa femme avait tendance à toujours vouloir avoir le dernier mot.

La grossesse se déroulait merveilleusement bien. L'échographie des vingt semaines révéla au couple qu'ils attendaient deux petites filles, et après s'être remis de la déception de ne pas être le père d'un mini-Luke, Julian s'attela à la préparation de la chambre des filles tandis que Tracy continuait son emploi de femme de ménage.

C'est en se préparant un matin que Tracy remarqua quelque chose d'anormal.

– Euh, chéri… Je perds de l'eau, couina-t-elle en se hâtant vers la salle de bain.

– Ce n'est rien, chérie. Ce doit être les filles qui font la java sur ta vessie, rien de plus, rétorqua Julian d'une voix groggy avant de se rendormir.

Après tout, il leur restait quatre longs mois à attendre.

Et Tracy n'était pas du genre à se tracasser d'un rien. Ne ressentant aucune douleur particulière, elle se contenta de glisser une serviette périodique dans sa culotte et partit travailler.

Le midi, elle perdait toujours de l'eau. Tracy décida d'appeler sa sage-femme, juste histoire d'être rassurée.

– Il faut venir à l'hôpital tout de suite, s'inquiéta celle-ci. Ce n'est pas normal.

– Quoi ?!

Persuadée que tout cet affolement n'en valait pas la peine, Tracy appela Julian pour le tenir au courant puis reprit son programme là où elle l'avait arrêté. Elle alla déposer de l'argent à la banque puis partit acheter du détergent chez le droguiste avant de prendre tranquillement le chemin de la maternité.

Une fois à l'hôpital, elle expliqua ses symptômes au médecin qui l'examinait, sans cesser une seule seconde de penser aux mille choses qu'il lui restait encore à faire avant de se coucher.

– J'ai besoin d'un second avis, l'interrompit la femme. Je reviens tout de suite.

Tracy croisa les bras sur sa poitrine par pur réflexe – elle ne s'était pas attendue à ce que les choses se déroulent ainsi. Un autre médecin débarqua et l'examina à son tour. Tracy ne les lâchait pas du regard, ni l'une ni l'autre. Elle sentait bien que quelque chose n'allait pas.

Le médecin s'écarta enfin, son bloc-notes plaqué contre sa poitrine.

– Je suis sincèrement navrée, mais vous avez perdu les eaux, déclara-t-elle.

Tracy se redressa sur-le-champ ; elle était désormais tout ouïe.

– Nous allons vous appeler une ambulance, poursuivit la femme en faisant signe aux infirmières de venir l'installer sur un fauteuil roulant.

– Quoi ? hoqueta Tracy, ne sachant plus où donner de la tête, au milieu de cette agitation soudaine.

– Si vous accouchez maintenant, aucun des bébés ne survivra. Nous ne pouvons rien faire pour vous ici. Il faut vous transférer au plus vite à l'hôpital Heartlands. Ils disposent d'un service de réanimation, là-bas.

Tracy avait les oreilles qui bourdonnaient. Accoucher ? Réanimer ? Les mots résonnaient sous son crâne sans qu'elle puisse leur donner un sens concret.

– Mais je n'ai pas de contractions... Et je n'ai pas perdu grand-chose..., balbutiait-elle tandis qu'on la poussait à travers les couloirs du bâtiment.

Julian arriva alors qu'on l'embarquait dans l'ambulance.

– Qu'est-ce qui se passe ? se mit-il à paniquer.

– J'ai perdu les eaux. On se retrouve à Heartlands ! eut-elle le temps de répondre avant que la porte ne se referme brutalement sur elle, laissant Julian pantois sur le trottoir, à s'imaginer les pires des scénarios.

Il grimpa alors dans sa voiture et suivit les gyrophares. Heureusement que l'ambulance était devant lui, car il n'avait aucune idée de l'endroit où se situait l'hôpital Heartlands, même si cela faisait quatre ans qu'ils avaient emménagé à Birmingham. Il n'avait jamais eu à s'y rendre – jusqu'ici, du moins.

Debbie, la sœur de Tracy, arriva quelques minutes seulement après lui. De dix ans son aînée, on pouvait dire qu'elle avait joué le rôle de mère de substitution pour elle, durant son enfance. Elle ne tarda donc pas à rendosser son costume, se jetant sur les médecins en les martelant de questions.

Il régnait un sentiment de confusion totale au chevet de Tracy. Les peurs de chacun avaient grimpé à une vitesse considérable, et voilà qu'elles étaient stoppées net à un feu rouge, en attente de réponses. Les médecins jouaient des coudes autour de son lit tandis que Tracy les observait, ne comprenant toujours pas ce qu'elle faisait là.

– Pas de télé... On va rater *Britain's Got Talent*, c'est malin ! plaisanta Julian.

C'était sa façon à lui de gérer la situation ; Julian avait besoin de détendre l'atmosphère.

– Arrête tes bêtises, sourit Tracy en désignant d'un coup de menton tous les gens qui les entouraient.

Au fil des heures, Julian et Tracy commencèrent à se demander si toute cette panique n'avait pas été inutile. Tracy était convaincue qu'elle n'était pas sur le point d'accoucher ; elle ne ressentait toujours aucune contraction.

– Il faut que je sorte d'ici, marmonna-t-elle, à la limite de la claustrophobie, au milieu de toutes ces mamans et de leurs bébés qui hurlaient.

– Calme-toi, ma chérie, tenta de la réconforter Julian.

C'est le moment que choisit une infirmière pour apparaître avec un nouveau fauteuil roulant. Ils envoyaient Tracy faire une échographie afin de voir ce qu'il se passait.

Ils longèrent couloir après couloir, serpentant à travers le labyrinthe que formait l'immense bâtisse.

– Vous n'avez plus qu'à attendre qu'on vous appelle, expliqua l'infirmière avant de disparaître aussi vite qu'elle était venue.

Julian et Tracy se sentaient terriblement perdus. La seule fois où ils avaient dû se rendre à l'hôpital avait été pour les dents de sagesse de Tracy. Et voilà qu'ils se retrouvaient dans une pièce pleine d'inconnus. Julian se surprit à les observer les uns après les autres.

Comme ce couple a l'air inquiet... Et là, toutes ces femmes seules ; ça doit être terrible de vivre ce genre d'épreuve sans personne à ses côtés..., songeait-il.

– Tracy Austwick !

La voix bourrue qui appelait sa femme le coupa net dans ses pensées. Un homme dans la quarantaine leur faisait signe de le rejoindre dans la salle d'échographie. Julian s'imagina aussitôt qu'il s'agissait d'un fan de surf, le type arborant un pantacourt sous sa blouse et des cheveux blondis par le soleil.

– Tout va bien se passer, ma chérie, rassura-t-il Tracy tandis qu'elle s'allongeait sur la table.

Le procédé ne différait en rien des autres fois – un coup de gel sur le ventre, puis la sonde glaciale –, sauf qu'aujourd'hui, il n'y eut aucun sourire.

– Ah ! grimaça l'échographiste.

Julian et Tracy se dévisagèrent.

– Hmmm, poursuivit-il, tel un mécanicien devant le capot grand ouvert d'une voiture.

– Qu'est-ce qui se passe ? voulut savoir Tracy.

Jusqu'ici, elle n'était pas parvenue à accepter que ses bébés puissent être en danger.

– L'une de vos poches embryonnaires est percée, mais l'autre va bien, répondit-il d'un ton détaché. Pour l'instant, il reste suffisamment d'eau au bébé pour qu'il survive. En revanche, il n'y a plus assez de liquide amniotique pour qu'il grandisse. Il y a un risque que ses membres ne puissent pas se développer et qu'il soit handicapé.

– Handicapé ? souffla Tracy, une chape de plomb lui tombant sur les épaules.

Soudain, tout prit une dimension bien plus réelle pour le couple.

– Plus longtemps vous garderez vos bébés au chaud, mieux ce sera. C'est un peu comme un four, si vous voulez : plus ils resteront, plus ils auront de chances de survivre.

Tracy était incapable de parler ; elle avait la langue nouée par l'émotion. Julian, lui, refusait de s'en tenir à cela. Il avait besoin de réponses.

– D'accord, mais en ce qui concerne l'autre bébé ? Si Tracy accouche du premier, est-ce possible que l'autre reste à l'intérieur ?

– Non, désolé. Une fois les contractions lancées, les deux bébés doivent sortir.

– Donc les deux ne survivraient pas ? demanda-t-il la voix tremblante.

L'échographiste se tourna vers Tracy.

– Si, durant le travail, nous ne pouvons rien faire pour les sauver, nous les poserons sur vous. Je suis désolé, ajouta-t-il quelques secondes plus tard.

Tracy ferma les yeux comme si elle était en train de vivre cet avenir potentiel. L'image de ses deux bébés inertes sur elle était tout bonnement insupportable.

– Julian, il faut que je sorte d'ici... J'ai besoin de prendre l'air, le supplia-t-elle.

Ils quittèrent la pièce sans échanger un seul mot. Julian sentit les larmes monter, mais il les balaya d'un revers de main avant qu'elles ne le trahissent. Tracy avait toujours été la plus forte des deux, à ne jamais montrer ses émotions ; il se devait d'être fort pour elle, cette fois.

Chacun s'était résigné à l'idée qu'ils perdraient les deux filles, mais ni l'un ni l'autre n'osait le formuler à voix haute. Cela reviendrait à voir la réalité en face, et ils n'étaient pas prêts.

– Qu'est-ce qui va se passer, maintenant ? demanda Julian à l'infirmière qui les attendait à la sortie.

– J'ai bien peur que votre femme doive rester à l'hôpital, au cas où les contractions commencent…

Tracy n'était visiblement pas près de prendre l'air. Elle supplia Julian du regard afin qu'il vienne à son secours.

– Non, non, ma chérie. Je sais que tu détestes les hôpitaux, mais c'est pour ton bien et celui des petites, murmura-t-il en lui pressant doucement la main.

Il n'aimait pas plus qu'elle l'idée de la laisser seule ici. Ils n'avaient pas passé une nuit l'un sans l'autre depuis leur rencontre en 2004, dans le bar de Stratford-upon-Avon où ils travaillaient tous les deux. Ils ne s'étaient plus quittés depuis.

Ce soir-là, allongé dans leur lit, Julian était incapable de fermer l'œil. Il décida alors de télécharger une application sur son portable qui calculerait les chances de survie des jumelles. Il tapa *24 semaines d'aménorrhée…*

Son cœur manqua de s'arrêter à la découverte du résultat.

Vingt pour cent de chance.

Mon Dieu... C'était fini.

Il fit de son mieux pour cacher son désarroi lorsqu'il alla retrouver Tracy à l'hôpital le lendemain matin. Elle était déjà contrariée par les infirmières qui lui avaient donné l'ordre de ne plus bouger.

– Je n'ai le droit de rien faire, de peur que ça déclenche les contractions… Je dois rester là sans bouger, tu te rends compte ?!

Tracy était incapable de ne rien faire. Elle était habituée à briquer soit sa maison, soit celle des autres. Le fait d'être enfermée dans un tel cocon la rendait folle.

Julian et Debbie se relayaient à son chevet. Les infirmières venaient matin et soir vérifier le taux d'eau perdue. Julian interrogeait quotidiennement son application ; plus les jours passaient, plus les chances de survie augmentaient.

À la fin de la semaine, elles avaient atteint trente pour cent. Julian avait prévu de l'annoncer à Tracy, mais lorsqu'il arriva à l'hôpital, il lui sembla deviner qu'elle avait déjà appris une bonne nouvelle. Il entendait sa femme hurler de rire de l'autre bout du couloir. Quand il entra dans la chambre, il découvrit Tracy et Debs hilares.

– Qu'est-ce qui se passe ? demanda-t-il, perplexe.

En ce 1er mai, il faisait particulièrement chaud, et les fenêtres étaient grandes ouvertes.

– Viens jeter une oreille, tu vas comprendre, lui dit Debbie.

Mais Julian n'eut pas à s'approcher ; il entendait déjà de sa place.

– Ahhhhhhhhhhhhh ! hurlait une femme en plein travail.

La chambre de Tracy était située juste au-dessus de la

salle de naissance, si bien qu'on entendait parfaitement ce qu'il s'y passait, en particulier les cris et les jurons.

– Ahhhhhhhhhhhh… Salaud ! vociféra la future maman à l'attention de son partenaire.

Dans la chambre, Julian se joignit aux éclats de rire. Cela faisait un bien inouï d'oublier un instant ses problèmes…

– Je vous jure, je vais devenir folle si ça continue, commenta Tracy en se tamponnant le coin des yeux.

Ses prières finirent par être entendues. En effet, vu qu'il ne se passait visiblement rien, le médecin l'autorisa à rentrer chez elle.

De retour dans la douceur de leur foyer, il fut assez facile pour le couple d'oublier leurs tracas et de reprendre leur quotidien. Les jours se suivaient, le taux de chances continuait de grimper, et les échographies ne révélaient toujours aucun changement.

C'est pour cela que Julian eut du mal à y croire, quand Tracy le réveilla en plein milieu de la nuit du 16 juin.

– Je ne me sens pas très bien, se plaignait-elle.

Il était une heure du matin, et une douleur cuisante l'élançait dans le bas-ventre.

– Rendors-toi, ma chérie, ce n'est rien…

Mais elle savait que ce n'était pas *rien*. Tracy s'assit et alluma la lampe de chevet.

– Chéri, il se passe quelque chose, je t'assure…, dit-elle avant de pousser un cri, les mains sur le ventre, sous l'effet de la contraction.

Le poids de la réalité les assomma une nouvelle fois de toute sa force.

Julian bondit du lit et soutint Tracy jusqu'à la voiture. C'était le cœur de la nuit, et Tracy n'oublierait jamais le bruit strident des roues qui quittèrent l'allée de leur tranquille impasse de Sutton Coldfield. La courroie du ventilateur s'était décrochée, si bien que la voiture produisait un bruit insupportable qui faisait terriblement penser au crissement de plusieurs ongles sur un tableau noir.

Entre ça et les hurlements de Tracy, c'était un véritable vacarme dans l'habitacle.

– Arrête ce bruit, je t'en prie ! cria-t-elle à Julian.

Il ne tenta pas de la raisonner, cette fois, se contentant d'appuyer sur le champignon dès qu'il le pouvait.

Lorsqu'ils arrivèrent à l'hôpital, Tracy riait hystériquement. On les accompagna aussitôt dans une salle de travail, où ils furent accueillis par une sage-femme.

– Vous n'allez pas rire bien longtemps, dit-elle brusquement.

Julian et Tracy échangèrent un regard pantois, comme deux enfants qu'on viendrait de réprimander.

Durant tout son mariage, le couple avait toujours fait en sorte de voir la lumière dans les moments les plus sombres. Ils s'efforcèrent donc de repousser leurs pires peurs jusqu'à l'arrivée du docteur, où ils durent enfin faire face à la terrible réalité : à quatorze semaines de prématurité, leurs bébés avaient très peu de chances de survivre.

– Nous avons deux couveuses de libres. Si nous pouvons faire quoi que ce soit, soyez assurés que nous le ferons, dit le docteur en s'arrachant un sourire peiné.

Si nous pouvons faire quoi que ce soit..., ne cessait de se répéter Julian, désemparé.

– Du fait que vous attendiez des jumelles, il va falloir deux fois plus de tout. Ne soyez pas surprise si votre chambre se remplit soudainement. Surtout, ne paniquez pas.

Il essayait seulement de rassurer Tracy, mais le fait de l'entendre lui dire de ne pas paniquer avait justement l'effet inverse.

– Si nous ne pouvons rien faire pour elles, nous les poserons sur vous afin que vous puissiez les tenir avant de les laisser partir.

L'image la heurta de nouveau de plein fouet. Tracy refusait pourtant de se l'imaginer.

Ces dernières semaines s'étaient passées comme dans un rêve, avec l'espoir fou que la grossesse se déroule finalement sans heurts, et voilà que tout venait une fois de plus de basculer. La grossesse n'avait duré que vingt-six semaines ; les petites naîtraient prématurément de quatorze semaines. L'une des jumelles avait perdu tout son liquide amniotique, ce qui laissait de grandes chances qu'elle soit handicapée. Ils avaient déjà décidé de l'appeler Hope, « Espoir », car tout le monde n'avait cessé d'espérer que cette petite s'en sorte. Ils ne savaient pas encore comment ils appelleraient la seconde jumelle, ou peut-être refusaient-ils simplement de trop s'attacher…

Julian se devait de rester fort, pour Tracy. Il ne pensait qu'à une seule chose : les séquelles psychologiques sur sa femme si les petites venaient à mourir à la naissance. Il avait beau connaître la réponse, il ne put s'empêcher de reposer la question au médecin :

– On ne peut pas laisser le bébé qui va bien à l'intérieur ?

Il avait beaucoup de mal à accepter l'idée que l'une de ses filles puisse causer la mort de l'autre.

– Je crains que non, monsieur, répondit le médecin.

Julian sentit son cœur se serrer un peu plus.

Il était sept heures du matin. On administra un peu de gaz hilarant à Tracy. S'il arrivait à Julian de céder au sommeil, les cris monstrueux de sa femme le rappelaient très vite à l'ordre.

Debbie, qui les avait désormais rejoints, proposa d'aller acheter des sandwiches. Tracy lâcha un nouveau cri, et on décida d'un commun accord de repousser la pause-repas, les petites pouvant arriver d'un instant à l'autre.

Debbie et Julian ne quittèrent pas Tracy une seule seconde jusqu'à ce que le grand moment arrive enfin, à 15 h 40 précisément.

– Vous ressentez l'envie de pousser ? demanda la sage-femme à Tracy tout en essuyant son front maculé de sueur.

– Oui ! hurla-t-elle.

En l'espace de trente secondes à peine, le lit fut cerné de deux couveuses et de quinze soignants, médecins et infirmières confondus. Julian n'en croyait pas ses yeux.

Entre la douleur et la difficulté qu'elle avait à pousser, Tracy était convaincue qu'on viendrait poser ses deux petites sur elle.

Julian rangea l'appareil photo, préférant ne pas garder d'image de ce qui allait se passer. Ses pensées étaient concentrées sur Tracy ; il espérait de toute son âme qu'elle saurait ressortir forte de cette épreuve.

Il avait peut-être vu trop de films de science-fiction, mais si vous demandiez à Julian de décrire l'accouchement, il vous dirait avoir assisté à l'arrivée d'un alien. La tête de Hope était allongée, et son tout petit corps complètement noir, comme s'il était recouvert d'hématomes. Pire encore, elle ne bougeait pas.

Voilà, elle est morte, songea-t-il en secouant piteusement la tête.

Les médecins s'empressèrent de prendre la petite ; Julian était convaincu qu'il ne la reverrait jamais.

Il pressa la main de Tracy pour lui dire qu'il l'aimait et qu'il était fier d'elle. Tracy était à peine consciente. Elle haletait, à bout de souffle, se préparant déjà au deuxième round.

Mais la jumelle qu'ils n'avaient pas encore nommée refusait tout bonnement de sortir. Elle était bien, dans le ventre de sa maman.

– Nous allons devoir briser la poche des eaux, annonça le médecin.

Ce qu'ils firent dans la minute. Un jet de fluides surgit soudainement, devant le regard pantois de Julian – de sa vie il n'avait jamais vu une chose pareille.

Tracy hurlait, poussant de toutes ses forces pour mettre fin au supplice. Mais elle avait beau tout donner, la petite refusait toujours de sortir.

Elle est si bien..., songea tristement Julian. *Pourquoi la forcer ?*

– Allez, Tracy. Il faut continuer, il n'y a pas le choix, lança la sage-femme.

– Je n'en peux plus. Je suis trop fatiguée…

Tracy roulait la tête de droite à gauche, au bord de l'évanouissement.

– Ma chérie, si tu abandonnes maintenant, le vilain monsieur va te faire une jolie césarienne…, intervint Julian.

– Tu vas te taire, idiot ? cracha Tracy.

La menace sembla toutefois fonctionner. *Hors de question d'en avoir une par voie naturelle et l'autre par césarienne*, trancha Tracy avant de pousser un nouveau hurlement d'agonie.

La petite surgit dans une mare de sang et de fluides en tout genre.

Elle avait l'air en meilleure santé que Hope – elle avait du moins la couleur et la forme adéquates –, mais son petit corps était totalement inerte.

Julian regarda comme dans un rêve éveillé un docteur indien souffler dans une espèce de petite paille glissée dans la bouche minuscule de sa fille. Sa poitrine se souleva, puis retomba, et l'homme souffla une nouvelle fois. Julian ne s'attendait pas à ce que la petite vive, mais d'un autre côté, il refusait obstinément de voir le docteur échouer.

Le spectacle était trop déchirant ; il dut détourner les yeux.

Quelques secondes plus tard, les infirmières disparaissaient avec la petite dans la deuxième couveuse. Julian réalisa soudain que Hope avait été emmenée vingt bonnes minutes plus tôt, déjà. Peut-être étaient-ils parvenus à la réanimer ?

Il avait été tellement pris dans l'action qu'il en avait oublié les explications du premier médecin. Mais Tracy, elle, avait été incapable de conjurer l'atroce image de ses deux petites filles mortes posées sur sa poitrine. Alors, quand Julian se tourna vers sa femme, ce fut pour découvrir un sourire rayonnant sur son visage. Elle savait que ses bébés étaient en vie car ils n'étaient pas sur elle.

Le médecin indien réapparut. Julian n'avait pas lâché la main de Tracy une seule seconde. Il inspira un bon coup, prêt à entendre la sentence.

– On a dû réanimer les deux petites, commença-t-il.

Julian pressa plus fort la main de sa femme.

– Mais elles sont toutes les deux en vie.

– Dieu merci..., souffla Julian en ayant enfin l'impression de pouvoir respirer.

Tracy souriait toujours de toutes ses dents ; elle l'avait su tout du long.

– Elles sont dans leurs couveuses. Vous pourrez aller les voir dans quelques heures, si tout va bien.

Julian se souviendrait toujours de la forte odeur de café qui se dégageait de la bouche de cet homme. *Peut-être est-ce la caféine qui a permis à ma fille de survivre...*, songea-t-il.

À cinq heures de l'après-midi, Debbie et Julian finirent par aller manger un sandwich bien mérité.

– Il faudrait peut-être que je prévienne les gens, moi !

L'air frais de l'extérieur le rappela soudainement à la réalité. Il envoya un message à ses parents, à ceux de Tracy ainsi qu'au frère de sa femme, tandis que Debs s'occupait du reste de la famille.

Il était six heures du soir quand Julian quitta finalement le chevet de sa femme pour aller voir ses filles. Dans l'ascenseur qui le menait vers la salle des couveuses, il sentait ses mains devenir de plus en plus moites au fil des secondes. Il était terrifié, car il ignorait totalement à quoi s'attendre. La dernière fois qu'il les avait vues, il s'agissait de deux petits corps inertes. Hope serait-elle encore toute noire ? Serait-elle déformée ?

Ding. La porte de la cabine s'ouvrit.

Il faut que je prenne quelques photos pour Trace, songea Julian tout en longeant les couloirs aux effluves aseptisés. Tracy était beaucoup trop épuisée pour pouvoir descendre ce soir-là.

Julian sut qu'il avait atteint le service de néonatalogie au son des machines qui résonnaient dès le début du couloir.

Quand il pénétra les lieux, ce fut comme découvrir un nouvel univers : autour des six couveuses, des tuyaux partout, tout un tas de bruits de machines et des parents penchés sur leurs bébés, les yeux humides.

Un courant d'air chaud le submergea tandis qu'il cherchait ses filles. Il s'était attendu à ce qu'elles soient placées l'une à côté de l'autre, mais Hope était à gauche, et « Jumelle B » à l'opposé.

Il marcha doucement jusqu'à la couveuse de Hope.

Je vous en prie, faites qu'elle soit en bonne santé, supplia-t-il, le cœur martelant sa poitrine.

Mon Dieu...

Le petit corps de Hope était noir et bleu. Des tuyaux lui sortaient de partout. Le gros ventilateur vert qui lui insufflait de la vie par la bouche masquait presque entièrement son minuscule visage. Son pied droit était tourné vers l'intérieur, comme s'il était cassé.

– Ne vous inquiétez pas, elle est en un seul morceau, murmura l'infirmière qui venait de se glisser derrière lui, comme si elle avait lu dans son esprit. Regardez, elle a tous ses doigts et ses orteils, ajouta-t-elle en souriant.

Julian posa son index dans la petite paume de sa fille, et elle enroula ses doigts minuscules tout autour. Sa main entière faisait presque la taille de son ongle !

Il gagna alors lentement la couveuse de sa deuxième fille. « Jumelle B » semblait décidément mieux en point. C'était un bébé tout ce qu'il y a de plus craquant, seulement en mode miniature, avec ses 450 grammes.

Julian fit une photo et une vidéo pour Tracy tout en jetant un regard par-dessus son épaule. *Suis-je autorisé à faire ça ?* Même s'il s'agissait de ses filles, il avait peur de se faire réprimander. La situation était tellement particulière…

– Vous pouvez leur parler, vous savez, lui dit l'infirmière en l'encourageant d'un sourire. Cela leur ferait du bien de savoir que vous êtes là.

– Oh… Oui, bien sûr, acquiesça Julian, penaud – elles lui semblaient si fragiles qu'il en avait fini par oublier qu'il s'agissait d'êtres humains. Coucou…, murmura-t-il, ne sachant pas vraiment quoi dire.

Il sentit alors les larmes monter, affligé par ce spectacle si désolant.

Même si ses filles étaient en vie, et dans l'endroit le plus sûr pour elles à cet instant, Julian était convaincu qu'il ne les verrait pas grandir.

S'il devait se montrer honnête, il ne pensait même pas qu'elles passeraient la nuit.

Une terrible vague de tristesse s'abattit sur lui. Il ne supportait pas d'être ici sans Tracy. C'était trop injuste. Les larmes se mirent à couler.

Il pria alors de toutes ses forces pour que Tracy puisse les voir au moins une fois – avant qu'il ne soit trop tard.

3

Un diamant brut

Devon, juillet 2010

– Comment va-t-on bien pouvoir l'appeler ? demanda Lisa Spence à ses collègues.

Une idée lui vint alors presque aussitôt.

– Que dites-vous de Shocks ? Pour l'état pour le moins choquant dans lequel on l'a retrouvé..., proposa la jeune femme de trente-deux ans.

Le reste de l'équipe du Donkey Sanctuary du Devon acquiesça.

Shocks venait d'arriver d'Irlande dans un fourgon rempli d'ânes, direction Woods Farm, l'une des fermes les plus proches du principal centre du refuge, basé à Slade House Farm, près de Sidmouth. Le Donkey Sanctuary avait fait l'acquisition de Woods Farm en 1989 auprès d'un fermier dont l'élevage se composait de poules, de cochons et d'une poignée de vaches laitières. L'ancien poulailler abrite aujourd'hui la grange à foin. Les lieux disposent de 80 hectares de terre et ont pu accueillir depuis leur ouverture de nombreux ânes, s'étant spécialisés dans le soin des bêtes souffrant de maladies respiratoires, de fourbure, de problèmes de peau ou encore de poids.

En l'espace de six mois, Shocks avait connu une guérison miraculeuse. Il lui avait fallu plusieurs semaines pour combattre l'infection, et trois mois supplémentaires pour se remettre sur pied, mais il s'en était finalement sorti. Malheureusement, il avait dû quitter le refuge de Liscarroll pour laisser la place aux prochains ânes à secourir, alors il avait traversé la mer d'Irlande afin que l'équipe de Woods Farm puisse s'occuper de lui.

On le plaça dans un enclos avec cent autres ânes tout droit venus d'Irlande eux aussi. L'équipe du Devon avait pris l'habitude de regrouper les « petits Irlandais » du fait de leurs similarités. En effet, ils étaient tous jeunes et, en bons Irlandais qui se respectaient, plutôt taquins.

Ils espéraient que Shocks se lierait vite d'amitié avec eux – les ânes n'étaient pas de nature solitaire, en général.

Mais dès l'instant où il quitta le fourgon ce fameux 16 juillet 2010, Shocks s'interdit de faire un seul pas vers les autres.

– Peut-être que c'est à cause du fait d'avoir passé toute sa vie tout seul…, tenta de comprendre Lisa quand on lui eut raconté l'état dans lequel on l'avait trouvé.

Elle observait un groupe de leurs ânes les plus dégourdis batailler autour d'une botte en caoutchouc. Shocks prenait bien soin de se tenir à l'écart, à l'autre bout de l'enclos, à la manière d'un vieil homme fuyant la cohue de peur de prendre un coup. Il avait cet air distant et triste qui donnait la terrible impression que quelque chose lui manquait.

Les rayons du soleil exposaient les cicatrices blanches de ses anciennes plaies. Lisa craignait malheureusement que les cicatrices aillent bien au-delà de sa peau…

Cela faisait seize ans qu'elle travaillait au refuge en tant que palefrenière. Et à l'instar de beaucoup de ses collègues, dès l'instant où elle avait commencé à s'occuper de ces grosses peluches aux longues oreilles, elle avait été incapable d'imaginer faire autre chose de sa vie. Mais la mission de Lisa ne se limitait pas à prendre soin des ânes.

Au fil des années, elle avait fini par acquérir un talent unique, à savoir déceler le potentiel de ses amies les bêtes.

Le Devon à lui tout seul comportait 2 200 ânes, et c'était à elle que revenait le devoir de décider qui irait avec qui, quel chanceux aurait le droit de se faire parrainer par le public et, bien sûr, qui ferait un bon âne de selle pour leurs six centres thérapeutiques.

Lisa avait également la très gratifiante tâche de décider quand un âne était prêt à retrouver un véritable foyer. Il existe une longue liste de critères à remplir avant de pouvoir adopter un âne. Tout d'abord, le nouveau propriétaire doit posséder au minimum 2 000 mètres carrés de terre. Le terrain en lui-même se doit d'être suffisamment dur – les sabots des ânes sont très poreux, afin qu'ils puissent se déplacer sans difficulté sur l'herbe quand elle est mouillée. L'âne doit impérativement bénéficier d'un abri – leur épiderme n'est pas imperméable, contrairement à celui des chevaux. Et le « parent adoptif » doit s'assurer d'avoir une clôture suffisamment solide, car l'âne a tendance à être expert en évasion !

Un seul regard sur Shocks suffisait à laisser penser qu'il ne ferait jamais partie de tous ces chanceux. Au refuge, on ne cessait de murmurer qu'aussi triste que cela puisse être, Shocks était une cause perdue.

Mais Lisa n'était pas de cet avis. Même si elle avait rarement l'occasion de le regarder dans les yeux, Shocks passant la plus grande partie de son temps la tête basse ou le regard dans le vide, il lui arrivait parfois de le surprendre. Cela ne durait qu'une fraction de seconde, mais la lueur qu'elle y voyait ne trompait pas : il y avait de la vie chez cet animal, un désir de se battre.

Ce désir se fit d'autant plus clair le jour où le maréchal-ferrant vint s'occuper de ses fers. Ses sabots allaient de mieux en mieux, après toutes ces années de négligence, mais il avait encore besoin de beaucoup de soins. Le refuge irlandais avait signalé à Lisa que Shocks n'était pas à l'aise en compagnie des hommes, et elle put en témoigner elle-même ce matin-là.

Le maréchal-ferrant était accroupi au niveau de ses pattes arrière, prêt à s'atteler à la tâche, quand tout le corps de Shocks se raidit soudainement. Il se cambra, envoyant dangereusement voler les pattes avant dans les airs. L'homme tomba sur les fesses, les bras dressés devant lui pour se protéger.

– Doucement, mon grand…, lança Lisa en tirant de toutes ses forces sur sa bride.

Elle n'avait beau faire qu'un petit mètre cinquante, Lisa avait l'habitude de maîtriser les bêtes.

– Qu'est-ce qui se passe, hein ? murmura-t-elle d'une voix la plus apaisante possible.

Shocks avait une expression terrorisée, et il soufflait frénétiquement par les naseaux. De toute évidence, quelque chose n'allait pas.

Le maréchal-ferrant s'écarta, et Lisa sentit Shocks se calmer, sous le bras avec lequel elle tentait de le maîtriser.

– On m'avait dit qu'il n'aimait pas les hommes. Je crois que c'est clair…, commenta-t-elle.

Les blessures de son passé étaient plus criantes que jamais ; sa réaction extrême ne pouvait être due qu'à cela. Lisa bouillonnait de rage à l'idée qu'on ait pu traiter si cruellement cette pauvre bête.

Elle finit par comprendre que le meilleur moyen pour qu'il guérisse était de le laisser tranquille. Un jour, une amie lui avait fait part d'un proverbe qui l'avait marquée : « L'amour, c'est comme un papillon : il est hors de portée quand on le chasse, mais si on le laisse tranquille, il peut très bien venir se poser sur votre épaule. »

Et elle avait pu constater cela pour beaucoup de choses, dans la vie, y compris ses très chers ânes. Plus elle laissait Shocks livré à lui-même, plus il semblait s'intéresser à ce qu'elle faisait. Lisa divisait son temps entre les différents enclos, mais le créneau de 10 heures, après sa pause-thé, était toujours consacré aux « petits Irlandais ».

Elle débarquait les bras chargés de carottes et de pommes, occasionnellement d'une poignée de biscuits aux épices et de pastilles de menthe (le péché mignon des ânes), et leur offrait une petite friandise ou une caresse derrière les oreilles. Il n'était pas rare de voir Lisa cernée d'une vingtaine d'ânes jouant des coudes pour capter son attention.

Shocks ne faisait évidemment jamais partie de la bande, mais, au fil des semaines, Lisa commença à remarquer le regard envieux qu'il leur adressait, comme s'il avait envie de se joindre à eux mais qu'il ignorait comment.

Noël approchait lorsque Lisa vit enfin le miracle se produire. Elle était dans l'enclos, au milieu de son fan-club habituel, et venait de retirer ses lunettes afin d'en essuyer la buée causée par la différence de température entre son souffle et l'air glacial. Quand elle se retourna, ce fut pour découvrir Shocks à côté d'elle, les yeux baissés, comme s'il n'osait pas la regarder en face.

– Salut, toi, murmura-t-elle en souriant.

Lisa glissa alors une main dans sa polaire et en sortit un biscuit.

– Tiens, dit-elle en tendant la main, la paume grande ouverte.

Le regard de Shocks s'illumina. Il examina le biscuit un moment, visiblement en plein dilemme.

Lisa attendit patiemment que Shocks trouve le courage d'avancer encore un peu. Il plissa alors les lèvres et engouffra le biscuit en un éclair.

Lisa s'essuya la main sur son pantalon en riant, euphorique.

Enfin, songea-t-elle. Shocks venait de lui adresser le signe qu'elle attendait depuis si longtemps…

Dès qu'elle eut un moment, elle s'empressa d'appeler le centre de thérapie assistée par l'âne de Birmingham. Il fallait absolument qu'elle parle à Amber Brennan, l'une des monitrices du centre, où ils proposaient des thérapies asines pour les enfants à besoins spécifiques.

Cela faisait des années que les deux femmes étaient amies, et Lisa savait que Shocks était tout à fait le genre d'animal qu'Amber recherchait : un âne robuste et pas forcément facile.

Le fait que Shocks cherche à plaire à Lisa suffisait à laisser penser qu'il pourrait un jour être monté par un enfant. Après tout, son intuition ne l'avait jamais trompée jusqu'ici…

Amber parut tout de suite intéressée. Elle s'occupait de vingt et un ânes dans le refuge de Birmingham, dont quinze pouvaient être montés. Elle cherchait constamment à faire grossir ses troupes – peu d'ânes faisaient l'affaire, au final ; Shocks avait de quoi être flatté qu'on pense à lui.

Amber débarqua dès qu'elle eut un moment. Cette jeune trentenaire adorait rendre visite à ses collègues de Woods Farm, qui avaient la chance de travailler en plein cœur de collines verdoyantes.

– Coucou ! s'écria-t-elle en se garant devant le refuge.

Cela faisait quelque temps que les deux amies ne s'étaient pas vues. Amber dominait Lisa de vingt bons centimètres et arborait une coupe courte violine avec une grande mèche qui lui tombait sur la joue.

Lisa attendait son amie, les yeux plissés par le soleil et les mains vissées aux hanches.

– Je t'ai trouvé l'âne idéal ! s'exclama-t-elle en se ruant sur Amber, aussitôt celle-ci sortie de voiture. Et je sais que tu aimes les défis…

Amber éclata d'un rire franc. C'était une femme débordante d'énergie qui faisait la joie des enfants dont elle s'occupait, au centre.

Lisa et Amber prirent le chemin de l'enclos des « petits Irlandais » et s'appuyèrent à la barrière afin d'observer les bêtes. Il ne leur fallut pas plus d'une seconde pour repérer Shocks : il était, comme à son habitude, seul dans un coin.

– Il est là, dit Lisa en le désignant.

– Je le veux, souffla Amber en sentant déjà son cœur fondre.

Un large sourire vint aussitôt barrer le visage de Lisa ; elle savait que son amie dirait ça.

– C'est un bon gros pépère. C'est ce que tu voulais, n'est-ce pas ? murmura-t-elle dans son doux accent régional.

– Il est parfait...

Amber ne parvenait même pas à détacher ses yeux de Shocks. C'était justement son côté solitaire qui, étonnamment, le rendait parfait. S'il s'était fait des amis ici, Lisa n'aurait jamais pu envisager de le faire changer de refuge. En effet, les ânes peuvent très mal vivre le fait d'être séparés de leurs meilleurs amis. Cela occasionne très souvent une maladie qu'on appelle hyperlipidémie, mais qu'on pourrait aisément traduire par « mourir de chagrin ».

– Je te préviens, ça risque de ne pas être facile, lui fit remarquer Lisa. Il va falloir être patiente pour obtenir des résultats...

Amber esquissa un sourire entendu. Cela demanderait peut-être du temps, mais son instinct lui disait de foncer.

Shocks était à l'évidence une future star.

4

La course à la guérison

Heartlands Hospital, Birmingham, juin 2010

– Alors, vous lui avez trouvé un prénom, à cette petite ? plaisanta l'infirmière tandis que Tracy venait jeter un œil à ses filles.

Cela faisait deux semaines qu'elles étaient nées, et la « Jumelle B » de la couveuse du fond n'avait en effet toujours pas de prénom.

En vérité, Tracy n'aurait jamais imaginé en arriver là un jour. Hope était un bébé parfaitement rose, désormais, et sa sœur grandissait à une vitesse impressionnante. Tracy observa sa petite dans sa couveuse, se creusant les méninges pour trouver quelque chose.

« Jumelle B » dormait sous une lumière bleue afin de prévenir la jaunisse. Beaucoup de nouveau-nés l'attrapent, leur peau devenant jaune quand une substance appelée bilirubine se développe plus vite que leur défense immunitaire. La fillette était si bien enveloppée qu'on aurait pu croire à un petit paquet cadeau. Un minuscule masque protégeait ses yeux de la lumière.

Des machines bipaient de partout. Il y en avait une pour contrôler le rythme cardiaque, une autre pour mesurer le taux d'oxygène dans le sang, d'autres encore pour la tension artérielle, la température, la fréquence respiratoire... Tracy était incapable de s'entendre penser, au milieu de tout ce bruit.

– Vous voulez la prendre ? proposa l'infirmière en soulevant le réseau de tuyaux qui reliaient son bébé à certaines des machines.

Tracy plia aussitôt les bras en hamac, prête à accueillir sa petite fille. Elle avait beau être minuscule, son contact envahit immédiatement la maman d'une douce chaleur. Elle sentit très vite les larmes monter.

Tu n'étais pas prête. Tu ne devrais pas être là, songea-t-elle en fixant le ventilateur qui insufflait de la vie chez son bébé.

Elle détourna les yeux l'espace d'un instant ; elle ne voulait pas que ses larmes mouillent la petite. Il fallait qu'elle se ressaisisse. Elle ne pouvait pas se laisser dominer par ses émotions ; le roc qu'elle formait était bien trop instable pour le moment.

Un mot se mit alors à danser sur ses lèvres.

– Amber, murmura-t-elle.

Oui, c'était parfait.

– Bonjour, Amber, souffla-t-elle à son bébé en déposant un baiser sur sa joue.

– Pourquoi Amber ? voulut savoir l'infirmière.

Le personnel était tellement sur le pied de guerre, dans ce service, que les infirmières semblaient avoir des yeux derrière la tête.

– Parce que quelque chose me dit qu'elle aura les cheveux roux, comme sa maman..., répondit Tracy en remuant sa frange couleur ambre.

– Hope et Amber : c'est un très joli duo.

Tracy rayonnait de joie.

Julian tomba aussitôt amoureux de ce prénom et, pour la première fois depuis des semaines, le couple eut l'impression que le ciel s'éclaircissait enfin.

Tracy était rentrée chez eux le lendemain de l'accouchement. Elle se sentait beaucoup plus humaine à la maison, dans les bras de son mari, que dans un lit d'hôpital.

Chaque jour suivait la même routine. Julian se rendait à l'hôpital dès qu'il avait fini de travailler. Il appuyait d'abord sur le bouton qui lui donnait accès au service de néonatalogie puis gagnait une petite pièce envahie de casiers, du sol au plafond. Il retirait alors ses vêtements sales et poussiéreux, de par son métier de moquettiste, et enfilait un tablier en plastique par-dessus ses vêtements de rechange. La plupart du temps, Tracy était déjà à l'intérieur, reliée à un tire-lait afin de pouvoir nourrir les jumelles.

Suivait alors le bruit strident du distributeur de gel désinfectant. Julian ne le supportait plus ; c'en devenait viscéral. Pour une raison qu'il ignorait, il se surprenait toujours à lire le panneau qui donnait la marche à suivre pour se laver correctement les mains, même s'il avait fait cela des centaines de fois déjà.

Ensuite, il s'asseyait auprès de l'une des filles, tout comme Tracy.

« Tout va bien ? », « Comment s'est passée la nuit ? » étaient les premières questions qu'ils posaient aux infirmières à leur arrivée. L'équipe détaillait alors chaque heure passée en leur absence, du moindre changement de couche à la toilette des petites.

Cette routine avait un fort pouvoir rassérénant sur eux. Tant que les choses suivaient leur cours, cela signifiait que les filles n'étaient pas en danger. Julian et Tracy s'efforçaient de ne rien attendre de plus de la vie : chaque jour passé aux côtés de leurs filles était un cadeau.

Ils refusaient de parler de choses sérieuses, comme l'avenir, de crainte qu'il n'y ait pas d'avenir à envisager. Ils trouvaient alors le réconfort nécessaire auprès de la petite communauté créée dans le service de néonatalogie.

Les infirmières étaient comme de vieilles amies, et les autres familles une épaule sur laquelle parfois s'appuyer.

Julian et Tracy comparaient leurs notes avec d'autres couples. Cela était véritablement thérapeutique de savoir qu'ils n'étaient pas seuls. Et même sans discuter, c'était rassurant de voir les autres parents quotidiennement. Ils pouvaient échanger un simple regard, ou un hochement de tête, mais en général, cela suffisait à estomper la peur et la douleur qui les rongeaient chaque jour.

Il y avait un homme qui était là depuis le début. Ils n'avaient pas échangé un seul mot avec lui ; il semblait constamment perdu dans un autre monde. Julian avait deviné qu'il était musulman, car il restait des heures collé à la couveuse de son bébé en marmonnant des prières en arabe. Parfois, il lui arrivait de pleurer, ce qui était déchirant à voir.

Comme dans n'importe quelle autre communauté, chacun gardait l'œil bien ouvert, et lorsque Julian ou Tracy découvraient à leur arrivée qu'un des bébés n'était plus là, leur cœur s'arrêtait littéralement de battre.

– Qu'est-ce qui s'est passé ? souffla un matin Tracy en désignant à Julian une couveuse vide.

Elle ne supportait pas l'idée qu'un petit être ait pu être arraché à ses parents. Même si ses filles restaient sa priorité, les gens qui fréquentaient ce service étaient tous dans le même bateau.

– Attends, je vais me renseigner, lui répondit Julian.

Pas vraiment à l'aise à l'idée de demander aux infirmières si le pauvre bébé était mort, il décida plutôt d'aller consulter le tableau blanc qui trônait au-dessus de leur bureau. Tous les prénoms des bébés y figuraient. Il parcourut la liste, priant de toutes ses forces pour que la petite Josephine soit en vie.

Dieu merci... Son nom apparut sous ses yeux ; elle avait simplement été transférée dans une autre salle.

Il existait en effet un système composé de quatre salles que les bébés suivaient au fil de leur développement. Ils commençaient par la salle de soins intensifs, puis passaient ensuite à celle de haute dépendance. La salle de soins transitoire était le but ultime, celle qui accueillait les bébés juste avant qu'ils ne soient prêts à rentrer chez eux. Dans cette dernière salle, les parents pouvaient s'occuper des enfants eux-mêmes – l'allaitement, le change –, mais avec les infirmières toujours à proximité. Seuls quelques mètres séparaient la première de la dernière, cependant c'était un véritable fossé en termes de temps.

Julian et Tracy n'en crurent pas leurs oreilles quand les médecins annoncèrent qu'Amber était prête à passer à la salle suivante. Malheureusement, sa sœur n'en était pas encore là. Leur développement faisait penser à une course de Formule 1 : elles avaient commencé au coude à coude, puis petit à petit, l'une d'elles avait pris la tête. Cela ne les surprenait guère qu'il s'agisse d'Amber ; après tout, elle n'avait pas subi les mêmes complications que Hope durant la grossesse.

Le ventilateur d'Amber serait remplacé par un appareil de ventilation en pression positive continue (PPC). Encore un terme inconnu au bataillon pour les deux parents, qui croulaient sous le jargon médical depuis des semaines.

– La PPC aidera Amber à respirer, expliqua l'infirmière. L'air passe par le masque et pénètre doucement dans les poumons de votre bébé afin de les aider à rester ouverts.

Le couple se dévisagea, pantois.

– C'est plutôt positif, les rassura l'infirmière avec un sourire encourageant.

Julian et Tracy suivirent alors la couveuse de leur petite Amber jusqu'à la pièce adjacente.

– Ce sera bientôt ton tour, murmura Tracy à Hope lorsqu'ils revinrent auprès d'elle.

Mais leur joie fut de très courte durée, car Amber

ne resta pas même un jour entier dans la salle de haute dépendance. Et elle n'y retourna plus jamais.

Julian et Tracy n'avaient pas vraiment besoin qu'on leur dise que quelque chose clochait : ils entendaient parfaitement bien ce sifflement atroce, chaque fois qu'Amber inspirait et expirait.

– On appelle ça un stridor, leur expliqua le médecin.

À cause de ce souci respiratoire, Amber n'avait d'autre choix que de revenir en soins intensifs, et sous ventilateur. Julian et Tracy se réjouissaient que leur bébé soit encore en vie et espéraient simplement qu'Amber se remette au plus vite. Mais malheureusement, les ennuis ne faisaient que commencer.

Le lendemain, Tracy était en train de bercer Hope quand les machines se mirent soudain à hurler dans un concert atroce.

Une demi-douzaine d'infirmières surgirent dans la salle, formant un véritable rempart humain autour de la couveuse d'Amber. Tracy était désemparée.

– Qu'est-ce qui se passe ? gémit-elle en s'empressant de reposer Hope.

Il y avait une autre mère dans la pièce, qui dévisageait Tracy d'un air horrifié, comme s'il s'agissait de sa propre fille.

Heureusement, les machines se turent très vite. La chef de service, une Roumaine prénommée Irena, la rassura aussitôt.

– Amber a arraché le ventilateur de sa bouche ; ça arrive tout le temps avec les bébés.

Visiblement, ce n'était pas la première fois qu'Amber faisait cela, et l'équipe avait toujours du mal à replacer le ventilateur dans la trachée de la petite. Par chance, Irena semblait avoir pris le coup de main.

– On ne peut jamais être cent pour cent tranquille, se

plaignit Tracy à son mari un peu plus tard dans la journée. Dès que tu penses être sorti du calvaire...

– ... c'est autre chose qui survient, compléta Julian.

Depuis toujours, le couple avait cette complicité qui les faisait terminer la phrase de l'autre.

Tracy eut beaucoup plus de mal à trouver le sommeil, cette nuit-là. Elle avait comme... un pressentiment. Elle ne cessait de se retourner dans le lit, la lumière rougeâtre du radio-réveil ne faisant qu'exacerber son angoisse.

Il était deux heures du matin quand le téléphone sonna.

Tracy sentit son cœur s'emballer dans sa poitrine. Julian bondit dans le lit, sur le qui-vive.

Ils reconnurent aussitôt le numéro : c'était le premier qu'ils composaient chaque matin pour s'assurer que les filles allaient bien.

– Allô ? répondit Julian d'une voix blanche.

– Bonsoir, c'est Jess, du service néonatalogie.

Julian sentit son cœur tomber en chute libre. Une nanoseconde avait suffi à ce qu'il soit pleinement réveillé. *C'est forcément une mauvaise nouvelle, pour qu'on nous appelle en pleine nuit...*

– Amber a encore retiré son ventilateur, et nous n'arrivons pas à le remettre, expliqua Jess d'une voix qui trahissait son inquiétude. Nous essayons de joindre Irena...

Elle marqua une longue pause.

– Mais ça n'augure rien de bon. Est-ce que vous voulez venir à l'hôpital ?

– Venir à l'hôpital, répéta Julian, sachant très bien ce que cela signifiait ; c'était tout simplement une façon délicate de dire que c'était fini.

– Non..., gémit Tracy en plaquant une main sur sa bouche.

Julian reposa le téléphone, et tous les deux bondirent du lit avant de se jeter sur les premiers vêtements qu'ils trouvèrent.

Chaque journée de ces six dernières semaines avait été un véritable rodéo émotif, mais dans la plupart des cas, ils se rassuraient en se disant que les filles allaient bien, qu'elles avaient toujours plus de chances de s'en sortir. Toutefois, ce moment remettait tout en question. Ils étaient perdus, comme si leur vie s'apprêtait à prendre un tournant décisif.

Ils dévalèrent l'escalier, sans prononcer un seul mot, sachant qu'en parler ne ferait qu'empirer les choses. La réalité était pourtant claire : si Irena n'arrivait pas à temps, leur bébé mourrait.

Ils quittaient l'allée de la maison quand le téléphone de Julian vint briser le silence pesant.

– C'est encore Jess.

Le souffle court et le cœur battant, Julian attendit qu'on lui annonce la sinistre nouvelle, son pied vissé au frein.

– Je voulais juste vous dire qu'Irena a pu remettre le ventilateur en place. Vous pouvez souffler…

Il poussa un soupir de soulagement.

– Vous voulez quand même venir ?

Tracy, qui avait entendu chaque parole de l'infirmière, hocha frénétiquement la tête. Elle avait à tout prix besoin de voir son bébé.

Amber dormait à poings fermés lorsqu'ils arrivèrent à l'hôpital, comme si rien ne s'était passé.

– Tu nous as fait une sacrée frayeur, ma puce…, susurra Julian.

De l'autre côté de la couveuse, Tracy observait leur bébé, les mains tremblantes, encore sous le coup de l'adrénaline.

– Irena est ici ? demanda Julian afin de pouvoir remercier celle qui avait sauvé la vie de leur enfant.

Mais la chef de service était repartie se coucher. Le couple n'en était que plus ébahi d'un tel dévouement. Même si tout était revenu à la normale, Julian et Tracy avaient toujours la boule au ventre lorsqu'ils devaient quitter leurs filles. Cet épisode les avait profondément marqués, tant et si bien qu'ils n'eurent même pas envie de fêter la bonne nouvelle quand on leur apprit que Hope pouvait passer dans la deuxième salle. C'était désormais à son tour d'abandonner sa petite sœur, et les deux époux ne pouvaient s'empêcher de s'inquiéter pour la suite.

– Pourquoi est-ce que ça tombe sur nous ? ne cessait de se plaindre Tracy.

Julian ne se posait pas ce genre de question, partant du principe que la vie n'était jamais toute rose et que, dans leur malheur, les filles étaient tout de même en vie.

Pour lui, il était plus simple de ne pas aborder des sujets trop sérieux et de garder un ton léger. Si Tracy se tracassait de quelque chose, Julian s'efforçait toujours de voir le bon côté. S'il avait existé une application pour l'optimisme, le pourcentage de Julian aurait grimpé jour après jour.

Mais l'épisode du ventilateur avait laissé une faille dans son armure, sauf qu'il l'ignorait – jusqu'à un fameux après-midi.

Julian venait de terminer sa journée dans la ville de Rugby et était en train de ranger ses outils quand son téléphone se mit à sonner : c'était Tracy.

– Qu'est-ce qui se passe ? s'empressa-t-il de répondre.

Désormais, n'importe quel appel était synonyme d'urgence à ses yeux.

– Tout va bien, le rassura-t-elle.

Ils discutèrent durant quelques minutes, puis Tracy finit par donner la raison de son appel.

– On nous a demandé de quitter la pièce aujourd'hui…, commença-t-elle.

Julian devina aussitôt que quelque chose de grave avait dû se passer, car les infirmières demandaient aux parents de quitter les lieux seulement dans ce genre de cas.

– Tu vois l'homme qui est toujours en train de prier… ?

– Oui.

Son ventre se noua ; il voyait très bien de qui Tracy voulait parler : le fameux papa qui était avec eux depuis le début.

– Son bébé est mort.

Une terrible vague de tristesse le submergea dans la seconde. Julian et cet homme avaient à peine échangé deux mots ces derniers mois, mais ils avaient pourtant partagé tellement de choses…

Pour une raison qu'il ignorait, cet événement l'ébranla profondément. Toute cette émotion contenue depuis des semaines le quitta en un raz-de-marée de larmes.

Il avait le cœur brisé, autant pour le père que pour son pauvre enfant.

Ça aurait pu être nous, ne cessait-il de se répéter.

Ça aurait pu être nous.

De longues minutes plus tard, Julian sanglotait toujours, au bord de la route.

5

Joie et désespoir

Birmingham, septembre 2010

– Qu'est-ce que c'est ? demanda Julian en désignant une petite figurine de verre, sur la table de chevet de Tracy.

Elle n'était pas plus grande que son pouce, si bien qu'il crut d'abord avoir rêvé.

– C'est un ange, répondit Tracy en lui expliquant que son amie Claire le lui avait donné pour veiller sur sa famille.

Ni l'un ni l'autre n'était religieux, mais quand des drames surviennent, il est dans la nature humaine de vouloir croire en quelque chose. Très souvent, les gens deviennent superstitieux et adoptent certains rituels dans l'espoir de s'attirer la chance.

A partir de ce jour-là, Julian prit donc soin de ne pas faire tomber le petit ange de son perchoir, et s'il se retrouvait du côté de Tracy, il aimait à s'assurer de sa présence.

C'est ridicule, se disait-il. Mais depuis un mois que l'ange se tenait à leurs côtés, les filles allaient bien, et par il ignorait quel miracle, elles venaient de fêter leurs trois mois. Hope touchait du doigt la dernière salle, et Amber ne leur avait plus fait aucune frayeur. Claire n'était pas la seule à se soucier d'eux. Julian et Tracy se sentaient mal de négliger autant leurs amis, mais chaque minute de leur temps était consacrée aux petites, depuis la naissance. Quant aux membres de leurs familles respectives, la plupart vivaient loin. Les parents de Tracy vivaient sur la Costa Brava. Par chance, Debs habitait au coin de la rue, et elle venait voir les filles dès que son emploi du temps le lui permettait.

Debs était là quand Tracy essaya pour la première fois la technique du peau contre peau, conçue pour renforcer le lien entre la mère et son bébé.

– C'est trop mignon…, fondit Debbie en voyant Hope agrippée à la poitrine nue de Tracy, comme un bébé kangourou dans la poche de sa maman.

Tracy avait l'impression d'être enveloppée d'une douce couverture. La bouche de Hope s'ouvrait et se refermait tandis que la chaleur et le ronronnement du cœur de sa mère l'endormaient tout doucement.

C'est alors que le sentiment de culpabilité s'était de nouveau emparé d'elle. Tracy avait du mal à gérer l'idée de ne pas pouvoir partager ce genre de moments avec Amber, quatre pièces plus loin, reliée à un ventilateur.

– Oui, elle a l'air bien, répondit-elle à sa sœur en s'efforçant de taire son angoisse, résignée à garder pour elle cette désagréable sensation.

Debbie avait joué le rôle de « maman » auprès de Tracy la majeure partie de leur existence, notamment parce que leurs parents vivaient à l'étranger, mais surtout pour le soutien dont elle avait toujours fait preuve vis-à-vis de sa petite sœur durant son enfance. Leur mère avait eu pour habitude de les laisser se débrouiller seules, ce qui avait obligé Tracy à s'endurcir. Elle avait du mal à montrer ses émotions, et elle était incapable de partager ses craintes avec Debs.

Au premier coup d'œil, il était impossible de deviner qu'elles étaient sœurs. Debbie avait la peau hâlée et de longs cheveux bruns ; Tracy, elle, était pâle et rousse. Seule leur taille les rapprochait, ni l'une ni l'autre ne dépassant le mètre cinquante-cinq.

Debbie caressa doucement la joue de Hope. La petite avait désormais trois mois, et elle faisait presque deux fois la taille de sa sœur.

– Les médecins t'ont dit pourquoi Amber a du mal à respirer sans son ventilateur ? voulut savoir Debbie.

Debs était beaucoup plus directe que Tracy, mais le fait de mettre des mots sur ses craintes n'aidait en rien la mère d'Amber. Les problèmes respiratoires de la petite ne cessaient de la hanter depuis cette fameuse nuit. Ils n'eurent toutefois pas à attendre longtemps la réponse à cette question. Deux jours plus tard, une ambulance transporta Amber à l'hôpital pour enfants situé de l'autre côté de Birmingham.

– Elle a un stridor, ce qui signifie qu'elle siffle quand elle respire. Il faut que l'on trouve ce qui lui bloque la trachée, expliqua le médecin.

Ils allaient introduire un ballon dans la trachée d'Amber afin de voir s'ils pouvaient l'élargir. C'était toujours plus d'examens, de termes médicaux inconnus, de procédures à intégrer…

Ils attendirent dans un état d'extrême nervosité le retour de leur bébé à Heartlands. Julian ne tenait pas en place. Toutes les vingt minutes, il allait se poster à l'entrée du bâtiment, surveillant le ballet des ambulances.

Faites qu'elle soit dans celle-ci..., priait-il à chaque nouveau véhicule.

Le fait d'être plongés dans l'ignorance les tuait à petit feu. Quatre heures plus tard, Amber refit son apparition. On les guida dans la salle « famille » adjacente au service de néonatalogie. Les murs affichaient une couleur passée et étaient décorés de photos de bord de mer vieillottes. Il y avait des traces de chaises partout par terre. Les lieux dégageaient une terrible impression de fatigue, un peu à l'image de Julian et Tracy.

Julian se pencha sur sa chaise pour mieux intégrer les explications du médecin, comme si le fait de se rapprocher lui permettait de mieux comprendre tous ces termes inconnus.

– Nous avons dilaté sa trachée, déclara l'homme.

Julian sentit sa femme lui prendre la main.

– Mais j'ai bien peur que cela n'ait pas eu le succès escompté, soupira-t-il.

La trachée d'Amber s'était rétractée presque aussitôt. Voilà donc pourquoi les infirmières avaient tant de mal à remettre le ventilateur en place : sa trachée était trop petite.

Mais elle est toujours en vie, songea Julian. Cela pouvait paraître dur ; c'était pourtant la première chose qui lui était venue à l'esprit : *elle est en vie, et c'est tout ce qui compte.*

– Qu'est-ce que vous comptez faire, alors ? demanda Tracy.

Ils allaient devoir surveiller la respiration d'Amber et partir de là. Julian et Tracy n'avaient pas la moindre idée de ce que cela pouvait concrètement signifier. Ces trois derniers mois avaient été un blizzard de terminologie médicale qui les avait dépassés depuis longtemps.

Tout ce qu'ils savaient, c'était que Hope était pratiquement prête à rentrer à la maison et qu'Amber était toujours en soins intensifs. Tracy allaitait l'une de ses filles mais avait à peine pu porter l'autre.

Néanmoins ce qui avait pu se passer jusqu'ici n'était rien en comparaison de ce qui s'apprêtait à arriver. Leur vie changea du tout au tout la nuit du 13 septembre 2010.

Julian et Tracy étaient chez eux quand le téléphone sonna : Amber venait d'être évacuée en urgence à l'hôpital pour enfants.

Le couple se rua de nouveau dans la voiture, roulant à toute allure pour être au plus vite auprès de leur petite. Lorsqu'ils arrivèrent, on les guida aussitôt dans une nouvelle pièce stérile à la puissante odeur de désinfectant.

– N'hésitez pas à vous servir. Il y a du thé et du café, leur proposa l'infirmière en désignant une pile de tasses, dans le coin de la pièce.

Tracy s'empara de la cafetière, dont le liquide marronnasse semblait avoir été réchauffé pendant des heures. Le café lui donna un coup de fouet immédiat – même si elle n'en avait pas spécialement besoin.

L'attente était presque aussi insupportable que le coup de stress qui avait suivi l'appel.

Un médecin portant d'épaisses lunettes à monture noire pénétra enfin dans la pièce. À voir son état, il avait de toute évidence enchaîné les heures ; on pouvait presque lire le mot *stress* sur son front. Il parla doucement mais fermement.

– Nous devons emmener Amber en chirurgie, expliqua-t-il.

Julian et Tracy le dévisageaient, rivés à ses lèvres.

– Je vois qu'elle a déjà subi une dilatation trachéale…, poursuivit-il en regardant ses notes avant de se mouiller le pouce et de tourner la page.

– Oui, répondirent-ils en chœur.

– Nous allons réessayer. Mais si ça ne fonctionne pas, elle reviendra probablement avec une canule.

– Une canule ? Qu'est-ce que c'est ? demandèrent-ils, de nouveau perdus.

– Une trachée artificielle.

Malheureusement, les Austwick n'y voyaient pas plus clair.

– D'accord, soufflèrent-ils, impuissants.

Tout se passait si vite que c'en était déroutant. Le médecin disparut, laissant le couple seul avec ces nouveaux termes à déchiffrer.

– Tant qu'Amber est en vie, tout va bien, déclara Julian.

Tracy se contenta d'opiner du chef : tout ce qu'elle voulait, c'était retrouver sa petite fille en bonne santé.

La nuit fut particulièrement longue. Julian patientait, la tête enfouie entre les mains, tandis que Tracy enchaînait les cafés. Les chaises trop dures s'enfonçaient dans leur dos, ne faisant que leur rappeler le caractère pénible de leur situation.

Les aiguilles de l'horloge fixée au-dessus de la porte en devenaient assourdissantes. Tracy aurait voulu hurler pour les faire taire. Mais elle n'avait d'autre choix que de contenir sa colère, sa frustration et sa culpabilité.

Il était neuf heures du soir et ils n'avaient toujours aucune nouvelle. L'hôpital ne disposant pas de chambre pour les parents, l'infirmière leur suggéra de rentrer chez eux.

– Vous ne pouvez rien faire, ici. Nous vous appellerons quand nous en saurons plus, leur dit-elle en les accompagnant vers la sortie.

Ils obtempérèrent sans mot dire, mais, une fois à la maison, ni l'un ni l'autre ne fut capable de fermer l'œil. Julian se plongea dans sa collection de BD tandis que Tracy, roulée en boule, ne lâchait pas le petit ange du regard.

Faites qu'elle s'en sorte..., le suppliait-elle.

La douce lueur des lampadaires se mua peu à peu en lever de soleil automnal. C'était le signal qu'attendait Tracy pour bondir du lit – elle n'avait pas tenu en place de toute la nuit. Ils décidèrent de se séparer : Julian prendrait un taxi jusqu'à Heartlands pour aller voir Hope, et Tracy se rendrait de l'autre côté de Birmingham, auprès d'Amber. Ils n'avaient toujours reçu aucune nouvelle. Une fois encore, Tracy s'apprêtait à plonger dans l'inconnu.

Debbie était déjà sur place quand Tracy arriva dans l'unité de soins intensifs.

– Ça va ? lui demanda sa sœur.

– Oui, mentit Tracy.

Debs haussa un sourcil sceptique mais préféra ne pas insister.

Les médecins ne tardèrent pas à apparaître, et ce fut avec une terrible nouvelle : Amber avait subi une trachéotomie d'urgence. Le couple savait qu'il y avait un risque d'en passer par là, mais Tracy avait prié toute la nuit pour que sa fille n'ait pas à subir d'opération.

Elle ignorait totalement ce qui l'attendait. Tandis que les deux femmes longeaient le couloir qui menait à Amber, Tracy agrippa le bras de Debbie, comme si elle pressentait que sa vie s'apprêtait à être bouleversée.

– Ça va aller, hein ? souffla-t-elle à sa sœur, le ventre noué par l'angoisse.

– Oui, ma chérie, mentit Debs à son tour.

Elles prirent alors une longue inspiration et suivirent l'infirmière à travers la double porte. L'unité de soins intensifs était une véritable jungle de machinerie, de câbles, de bruits et d'agitation. Tracy s'efforça de concentrer son champ de vision sur la couveuse d'Amber pour ne pas prendre la fuite. Mais quand elle découvrit son bébé, elle ne put s'empêcher de lâcher un hoquet horrifié.

Aussitôt, elle se détourna, cachant ses yeux derrière ses mains.

– Ce n'est rien, lui murmura Debbie en l'attirant vers elle.

Tracy tourna lentement la tête et écarta les doigts un à un, s'ajustant graduellement au terrible spectacle.

Amber était méconnaissable. Son visage était enflé, bleu et dominé par un énorme tuyau qui sortait de son cou. Du pus et du sang suintaient du trou qu'on avait formé dans sa gorge.

– Ma pauvre puce… Que t'ont-ils fait ? se mit-elle alors à sangloter.

– Ça va aller, s'efforçait de la calmer Debbie, mais sa sœur était inconsolable.

Tracy envoya un message à Julian en lui disant de venir au plus vite.

Elle va bien ? répondit Julian.

Oui. Ils l'ont opérée. Elle va bien.

Elle était incapable d'en dire plus. En cet instant, elle avait plus que tout besoin de son mari à ses côtés. L'unité de soins intensifs n'acceptant pas plus de deux personnes par chevet, Debbie rejoignit Julian dans la salle « famille » adjacente. Son expression la trahissait malgré elle.

– Ne t'inquiète pas trop, d'accord ? lui souffla-t-elle en l'embrassant.

Évidemment, ses paroles eurent l'effet totalement inverse ; l'inquiétude de Julian venait de monter de deux crans d'un coup.

– Tracy est…, poursuivit-elle, luttant avec les mots. Elle est sous le choc, pour le moment…

Julian savait que cela signifiait « traumatisée ». Il n'avait donc d'autre choix que d'enfiler son armure et de se préparer au mieux à ce qui l'attendait.

Ce fut à son tour d'avoir le ventre noué tandis qu'il longeait le couloir menant à sa fille.

Il se nettoya les mains au gel désinfectant – en ne manquant pas de grincer des dents au bruit insupportable du distributeur –, puis poussa la double porte.

La première chose qui le frappa fut la taille de la pièce. Il s'était habitué à la petite salle de Heartlands, avec ses six couveuses et son équipe qui était devenue comme une seconde famille pour eux. Tracy avait fait abstraction de tout ce qui ne touchait pas à sa fille, à son entrée, mais Julian, lui, cherchait des réponses. Il y avait toutefois tellement d'agitation autour de lui qu'aucune ne lui vint.

Le spectacle de tous ces enfants malades avait de quoi glacer le sang. La plupart étaient déjà grands, gisant dans leurs lits au milieu d'une forêt de tuyaux sortant un peu partout de leurs corps. Il y en avait tellement que Julian était incapable de repérer sa petite fille.

Il finit toutefois par apercevoir Tracy, penchée sur la couveuse d'Amber. Tracy le vit au même moment et s'arracha un sourire.

– Coucou ma belle, dit-il en lui pressant l'épaule.

C'était une bonne chose qu'il se tienne derrière elle. Ainsi, il pouvait lui cacher les larmes qui roulaient sur ses joues.

Mon Dieu..., songea-t-il.

Le bruit était presque pire que la vue de la plaie. C'était un bruit râpeux, celui d'un vieillard ayant fumé toute sa vie luttant aujourd'hui pour respirer... sauf que c'était en vérité celui de son bébé. Combiné au bourdonnement sourd du ventilateur qui soufflait de l'air dans son cou, le résultat était tout bonnement atroce.

Ses yeux fermés semblaient sur le point d'être avalés par son visage bouffi.

Même si Julian ne pouvait qu'être reconnaissant qu'on lui ait sauvé la vie, cela lui brisait le cœur de la voir dans cet état.

– Est-ce qu'elle va bien ? demanda-t-il à l'infirmière qui se tenait près d'eux.

– Oui, l'opération s'est très bien passée. Il ne reste plus qu'à attendre que les boursouflures dégonflent, expliqua-t-elle en lisant les notes accrochées au lit d'Amber.

Julian s'efforçait de rester fort pour sa femme, même s'il aurait voulu hurler sa rage. Les larmes eurent tout de même raison de lui, coulant de nouveau sur ses joues tandis que l'infirmière cherchait à les rassurer.

Il n'avait aucune idée de la suite. Amber resterait-elle comme cela à vie ? Pourrait-elle même un jour rentrer à la maison ? Submergé par l'émotion, il décida de sortir prendre l'air un moment.

En l'apercevant, Debbie le rattrapa et dut l'agripper par le bras pour le sortir de sa transe.

– Ça va ? murmura-t-elle, le visage triste.

– C'est trop dur de la voir comme ça…, dit-il en essuyant les larmes du bout de sa manche.

Tout était allé si vite qu'il n'avait même pas eu l'occasion de dire à Tracy que Hope pouvait enfin rentrer à la maison. Il avait été tellement heureux… et était désormais tellement désemparé, partagé entre la joie de voir enfin l'une de leurs filles quitter l'hôpital et le chagrin de voir l'autre dans un état si dramatique… Julian ne savait même plus quoi penser.

Il passa les mains sur son visage, s'efforçant de retrouver ses esprits.

– Il y a tellement de choses à préparer pour le retour de Hope, dit-il en dressant déjà mentalement une liste.

– Je peux rester avec Amber, si vous voulez vous en occuper tous les deux, lui proposa Debbie.

C'était un véritable soulagement de savoir que Debs serait là pour garder un œil sur Amber. Il aurait été incapable de l'avouer, mais l'idée de retourner dans cette pièce lui était intolérable. L'état dans lequel Julian avait découvert sa fille l'avait profondément choqué.

Pour que Hope puisse rentrer à la maison, Tracy devait passer une dernière nuit avec elle à l'hôpital, à l'allaiter sous le regard bienveillant des infirmières. Debbie était au chevet d'Amber et Julian à la maison, affairé à préparer la chambre des filles et enchaînant les allers-retours au supermarché pour les oublis de dernière minute.

Les Austwick avaient très rapidement acheté deux lits bébé, qu'ils avaient installés dans la chambre d'amis, quand ils avaient appris qu'ils attendaient des jumelles, mais avec la façon dont tout s'était enchaîné ensuite, ils n'avaient jamais pris le temps de décorer. La pièce était une véritable jungle de cartons et de meubles en kit.

Assis en tailleur sur la moquette bleue de la chambre, Julian commença à arracher le plastique qui protégeait la commode. Le fait de se concentrer sur cette tâche avait un effet étrangement rassérénant ; ainsi, il pouvait oublier l'espace de quelques instants ce qui n'avait cessé de le hanter de la journée : *Amber vivra-t-elle un jour avec nous ?*

Lorsqu'il eut terminé, il était minuit passé. Julian se frotta les yeux et recula un peu afin d'admirer le résultat. Cela ressemblait beaucoup plus à une chambre, mais il la trouvait encore très stérile, à l'image de ces salles d'hôpital dans lesquelles il avait passé tant de temps ces trois derniers mois. Il partit alors dans leur chambre et récupéra une petite lampe.

Voilà qui est mieux, songea-t-il après avoir posé la lampe sur la commode et l'avoir allumée. La lueur qu'elle répandait conférait une douce chaleur à la pièce. Julian prit alors la direction de son lit et tenta de se déconnecter de la réalité pour quelques heures. Il fallait à tout prix qu'il soit en forme pour le lendemain. Leur petite Hope rentrerait enfin à la maison.

Julian retrouva Tracy à Heartlands le lendemain matin. Elle semblait épuisée – elle avait passé la nuit à allaiter la petite –, mais surtout nerveuse.

– Comment ça va ? demanda-t-il en s'efforçant de rester léger – il savait que sa femme n'aimait pas se sentir surprotégée.

– Ça va, ça va, répondit-elle en s'arrachant un sourire.

Ils avaient appelé l'hôpital pour enfants dans la matinée, Amber se remettait tranquillement de son opération.

– On ira la voir tout à l'heure, promit Julian, en espérant que cela puisse réconforter sa femme.

Tracy glissa précautionneusement les bras et les

jambes de Hope dans son pyjama blanc, puis enfila sur ses pieds minuscules des chaussettes roses et d'adorables chaussons brodés de petits papillons.

– Trace ? lança Julian, tracassé par le regard fixe de sa femme.

– Ça va, je t'ai dit.

Tracy refusait obstinément de parler de ce qui la hantait, à savoir le fait qu'elle partait avec un seul de ses bébés.

Elle sortit sa fille du lit et la posa dans le cosy, les larmes aux yeux. Ce geste pourtant si banal avait une telle symbolique…

Les infirmières se regroupèrent autour de Hope pour un dernier au revoir.

– Bye-bye, Hope. Tu vas nous manquer, tu sais…, roucoulèrent-elles.

Toutes ces femmes avaient été comme des membres de leur famille, et une véritable bouée de sauvetage pour le couple. Ils ignoraient comment ils allaient s'en sortir sans elles, tout en ayant conscience qu'ils ne faisaient qu'endosser enfin leur rôle ordinaire de parents – trois mois après la naissance de leurs filles. C'était également étrange de se dire que Hope n'aurait même pas dû être encore née, à cette date : elle rentrait à la maison une semaine avant le terme prévu le 15 septembre.

Julian apporta la touche finale à la tenue de sa fille avec un joli bonnet blanc aux oreilles de lapin, afin de la protéger de la brise automnale.

Il leur avait fallu trois bonnes heures de préparation avant de pouvoir enfin quitter l'hôpital. Julian fixa le cosy dans la voiture et tira un bon coup sur chaque sangle afin de s'assurer qu'elles étaient bien serrées.

– Elle a l'air tellement minuscule, là-dedans…, soupira Tracy en se tordant le cou pour contempler son bébé.

Une vague de stress s'empara alors d'elle. Ils avaient annoncé la nouvelle à leurs proches, et tout le monde les attendait chez eux pour fêter ça. En dehors de Debbie, personne n'avait pu voir Hope à cause des règles strictes concernant les visites, au service de néonatalogie. Tout le monde piétinait donc d'impatience. Les parents de Tracy avaient pris le premier avion dès qu'ils avaient appris la nouvelle.

– J'angoisse tellement..., gémit-elle en s'attachant.

– Allez, ma chérie, ça va être chouette, tenta de la détendre Julian. Je sais bien que l'idéal aurait été qu'Amber soit avec nous, mais ça reste un moment important, non ?

Ils effectuèrent le trajet sans échanger un mot, non qu'ils s'étaient disputés, mais parce que Tracy était résolue à rester murée dans le silence. Quand elle ne se tournait pas pour jeter un œil à Hope, elle regardait par la fenêtre, plongée dans ses pensées.

La journée était particulièrement grise, ce qui rendait les maisons qu'ils croisaient tristes et sinistres. Tracy sentait son humeur sombrer au fil des minutes.

Son cœur battait la chamade lorsqu'ils se garèrent enfin dans leur allée. La lumière extérieure s'enclencha aussitôt, illuminant une jolie bannière « Bienvenue » dressée sur la porte.

Ce satané sentiment de culpabilité refit immédiatement surface. Et cette fois, il avait plus l'allure d'un coup de couteau que d'un simple nœud à l'estomac.

Tracy vit les silhouettes se rassembler derrière la fenêtre, prêtes à les accueillir dans l'allégresse. Elle s'en voulait tellement d'être aussi négative... Elle s'arracha alors un sourire et ouvrit la portière.

– Elle est trop chou ! s'exclama Kate, la belle-sœur de Tracy, penchée sur la vitre arrière.

– Faites place, m'sieu dames ! plaisanta Julian tandis que tout le monde venait à leur rencontre.

Il y avait le frère de Tracy, Lee, sa femme et leurs trois

enfants – Liam, onze ans, Logan, huit ans, et Ellie, cinq ans. Il y avait bien sûr Debbie, son mari Lee et leurs filles Natalie et Olivia. Enfin, derrière la cohue, les parents de Tracy attendaient, le sourire aux lèvres.

Tout le monde s'était montré adorable : le salon était parsemé de cartes, de ballons et de plats débordant de biscuits et de sandwiches. C'était à la fois terriblement excitant et légèrement gênant car tout le monde voulait porter Hope, malgré les réserves de Julian et Tracy.

Julian s'inquiétait principalement du risque d'infection, en particulier si les enfants venaient à la toucher. Il ne lâchait donc pas sa fille du regard, prêt à intervenir à tout moment.

Holly, la mère de Tracy, demanda à son tour à porter sa petite-fille. C'était une petite femme, à l'instar de Trace et Debs, et elle affichait un teint hâlé, comme n'importe quel individu vivant sous le soleil de Méditerranée.

– Tu es sûre que c'est une bonne idée ? souffla Julian à l'oreille de Tracy.

Holly avait fait une attaque quelque temps plus tôt et elle en était restée fragilisée. Julian craignait qu'elle ne fasse tomber la petite.

– Ça va aller, le rassura Tracy en guidant subtilement sa mère vers le canapé avant de déposer Hope dans le creux de son bras.

Hope ouvrit et ferma les yeux, puis remua légèrement avant de se rendormir tout aussi vite.

J'aimerais tellement me sentir bien, moi aussi, songea Tracy en subissant un nouvel élan vivace de culpabilité.

Elle avait beau être entourée des siens et pouvoir enfin profiter de Hope à la maison, Tracy était incapable d'apprécier ce moment à sa juste valeur. Amber était toujours coincée à l'hôpital, et elle vivait cela comme une véritable injustice. Seulement deux nuits plus tôt, sa petite fille avait subi cette terrible opération. L'image de son bébé allongé dans son lit, un gros tuyau vert lui sortant du cou, était tout simplement insupportable.

Elle s'armait de ses plus beaux sourires, mais elle n'avait pas l'impression d'être dans cette pièce. Une partie d'elle était toujours à l'hôpital, au chevet d'Amber. Tout lui semblait étrangement triste. Il avait beau faire gris dehors, le salon lui paraissait beaucoup plus sombre qu'il n'aurait dû l'être. Et le plus dur, c'est qu'elle était tout bonnement incapable d'exprimer ces émotions contradictoires.

Julian observait sa femme, de l'autre côté de la pièce. Elle donnait le change, mais il la connaissait suffisamment bien pour deviner qu'il était temps de congédier poliment tout le monde.

– La journée a été longue, déclara-t-il à l'assemblée. Ne le prenez pas mal, surtout, mais on aurait bien besoin d'un peu de repos…

Tout le monde vint saluer la petite Hope. Les parents de Tracy furent les derniers à partir ; ils restaient chez Debbie, en bas de la rue. Dès qu'il eut refermé la porte sur eux, Julian poussa un soupir de soulagement.

Dans le salon, Tracy était en train d'étaler une couverture sur le sol pour Hope.

Ils avaient beau être très proches, Julian avait toujours eu du mal à ce que sa femme s'ouvre, lorsqu'il s'agissait d'exprimer ses émotions. Et il la soupçonnait fortement de faire comme lui, à savoir taire ce qui les hantait afin de ne pas empirer les choses.

Julian s'assit en face d'elle, sur la moquette, et esquissa un sourire rassurant. Puis il posa les yeux sur sa fille, qui gigotait comme un ver.

Ce fut à son tour d'être submergé par l'émotion. Son rôle de père prenait soudain toute sa réalité. Tracy et lui se retrouvaient dans la position de tous ces jeunes parents sortant tout juste de la maternité, et il y avait de quoi être intimidé.

Il jeta un regard perdu à Tracy, ignorant quoi faire.

– Il faut qu'on change sa couche, commenta celle-ci en esquissant une légère grimace.

Mais au final, changer cette première couche, aussi peu enthousiasmant cela soit-il, avait un délicieux goût de liberté. Elle allait enfin pouvoir s'occuper *elle-même* de sa fille, dans *sa* maison.

Avant d'aller se coucher, Julian appela l'hôpital pour prendre des nouvelles d'Amber. Les infirmières le rassurèrent très vite en lui disant que son visage commençait déjà à désenfler et qu'elle s'habituait plutôt bien à sa nouvelle trachée.

Hope dormit dans un couffin à côté de ses parents, cette nuit-là. Tracy se levait à intervalles réguliers pour l'allaiter puis se reglissait sous les couvertures pour voler quelques heures de repos.

Il était cinq heures du matin quand Tracy se retrouva plantée sur le seuil de la chambre de ses filles, au retour des toilettes. Le soleil commençait à se lever, offrant suffisamment de lumière pour éclairer la pièce.

La maman se mit à fixer les deux lits, encore groggy, avant de sentir les larmes accumulées la veille couler enfin sur ses joues.

– Tu devrais être là, toi aussi…, murmura-t-elle.

Elle avait l'impression qu'une partie de son cœur lui avait été arrachée.

6

Un nouveau rythme

Hôpital pour enfants de Birmingham,
dix jours plus tard

– C'est bon, je m'en occupe, déclara Tracy d'un ton confiant.

Puis elle fit délicatement rouler Amber sur le dos, de telle sorte qu'elle soit couchée sur l'autre flanc. Les infirmières craignaient que son crâne ne finisse par se déformer à force de rester allongée toujours dans la même position.

Julian observait sa femme avec admiration : Tracy semblait parfaitement contrôler la situation. Tous les jours, elle venait s'assurer qu'Amber avait été retournée, et s'en occupait si cela n'avait pas été le cas. Julian ignorait ce qui avait causé un tel changement de comportement, mais Tracy avait de toute évidence décidé de relever la tête. Quelles qu'aient été les pensées qui la rongeaient à l'intérieur, elle affichait une façade sûre d'elle.

Leur tranquillité était loin d'être acquise, mais l'état d'Amber s'améliorait quotidiennement. Cela faisait dix jours que Hope était rentrée à la maison, et depuis, Amber n'avait plus de bandages et avait quitté le service de soins intensifs pour avoir sa chambre à elle.

Toute la petite famille – Julian, Tracy et Hope – vinrent lui rendre visite ce dimanche 22 septembre.

– Regarde, ma puce, ta sœur est venue te voir ! s'exclama Julian, rayonnant, en soulevant Hope de son cosy pour la poser à côté d'Amber.

Malheureusement, ce moment de perfection fut très vite brisé par la sonnerie du téléphone de Tracy.

– Allô ? s'empressa-t-elle de répondre.

En quelques secondes, Julian la vit se décomposer. Il sut immédiatement de quoi il s'agissait. Son expression ne laissait aucun doute : c'était sa mère.

Tracy quitta la chambre, abandonnant les infirmières et Julian à leur confusion. Julian tendait l'oreille, inquiet pour sa femme.

– Quand, exactement ? Et qu'est-ce qui s'est passé ? balbutiait Tracy, dans le couloir.

Julian rassembla les pièces une à une pour en venir à la seule conclusion valable : la mère de Tracy était morte.

Ça n'aurait pas pu tomber plus mal..., songea-t-il. Il savait que c'était injuste de penser cela, mais il estimait que sa femme avait suffisamment eu de coups durs ces derniers mois.

Julian l'attendait, les bras grands ouverts, lorsqu'elle réapparut. Elle répondit à son étreinte le corps d'abord raidi, puis finit par se fondre dans ses bras.

– Ma mère a fait une nouvelle attaque, gémit Tracy, les yeux hagards.

Même si les deux femmes n'avaient jamais été particulièrement proches, ça restait sa mère, et Julian savait que Tracy allait avoir besoin de lui pour surmonter sa peine.

– Je suis sincèrement désolé, murmura-t-il, le cœur serré.

Tracy s'éclipsa une nouvelle fois pour appeler sa sœur. Julian gardait un œil sur ses filles et l'autre sur sa femme, distinguant des bribes de phrases, comme « je ne sais pas quoi faire », « je culpabilise tellement »... Il n'était pas le moins du monde surpris que Tracy s'accable de reproches.

Même si sa mère avait été quelqu'un de particulièrement difficile, Tracy s'en voulait déjà terriblement de ne pas avoir fait plus pour elle.

Les jours précédant l'enterrement, Julian ne parvint pas à tirer quoi que ce soit de sa femme. Elle refusait obstinément de parler de sa mère, et pas une seule fois la sentit-il sur le point de craquer.

Tracy, elle, considérait simplement qu'elle n'avait pas le temps de pleurer sa mère ; ses filles l'accaparaient beaucoup trop pour cela. Julian avait dû reprendre le travail, et Tracy se retrouvait donc seule pour gérer leur quotidien. Elle avait l'impression d'avoir une liste de choses à faire placardée au cerveau et à laquelle elle ne cessait de revenir durant la journée. Avoir une fille à la maison et la seconde de l'autre côté de la ville ne lui facilitait en rien la tâche. C'était donc derrière le volant qu'elle avait choisi d'exprimer pleinement sa frustration.

– Bouge ta caisse ! hurlait-elle aux pauvres automobilistes qui avaient le malheur de se trouver devant elle dans les bouchons.

Le trafic était peut-être lent, mais sa vie avançait à une vitesse fulgurante. Aujourd'hui, Tracy est à peine capable de se souvenir de l'enterrement de sa propre mère. Il avait eu lieu à Coventry, et ils avaient emmené Hope. Tracy se rappelle qu'on avait passé de la musique et fait des lectures, mais elle aurait bien du mal à rentrer dans les détails. Julian n'avait eu de cesse de surveiller sa femme pour s'assurer qu'elle allait bien, mais, comme à son habitude, Tracy n'avait rien laissé transpirer.

En vérité, il s'était passé la même chose que ce fameux jour où ils avaient ramené Hope à la maison : Tracy avait eu l'impression de ne pas faire partie de la scène. Son corps était dans le crématorium, mais son esprit était resté auprès d'Amber.

Tracy prit à peine le temps de grignoter à la veillée qu'il était déjà l'heure de partir.

– Il faut qu'on retourne à l'hôpital, s'excusa-t-elle auprès de Debs, son frère et son père.

L'atmosphère était si lourde, sur le trajet du retour, qu'on aurait pu la trancher au couteau.

– C'était un bien joli service, déclara Julian en décidant de rompre le silence.

Pas de réaction. Tracy était plongée dans ses pensées.

– Ça va ? souffla-t-il.

– Oui ! répliqua-t-elle en semblant soudain reprendre ses esprits.

Puis elle pressa les lèvres, comme pour peser sa réponse.

– Ça va très bien, mentit-elle.

Dès l'instant où ils s'arrêtèrent sur le parking de l'hôpital, Tracy passa en mode automatique, reprenant sa vie là où elle l'avait arrêtée avant cet intermède. C'était comme si l'enterrement de sa mère n'avait jamais eu lieu. Elle avait une idée fixe : aller voir son bébé et s'assurer qu'il allait bien.

Les deux mois qui suivirent furent deux mois d'apprentissage intense, Julian et Tracy se devant d'observer chaque fait et geste des infirmières lorsque celles-ci s'occupaient de la canule d'Amber.

Qu'est-ce que c'est que ce truc ? se demandait Julian, pantois, devant le long tuyau que les femmes glissaient dans la stomie, l'ouverture formée dans le cou d'Amber. Il s'agissait d'un cathéter, relié à un appareil à succion qui aspirait les sécrétions de la trachée de la petite. Les infirmières s'en servaient constamment.

Et ça ? s'alarmait à son tour Tracy devant l'espèce de ballon vert qu'on attachait à la canule d'Amber plusieurs fois par jour. C'était un nébuliseur, qui permettait de liquéfier les sécrétions qui obstruaient la trachée.

– C'est un peu comme les inhalations qu'on fait en cas de rhume ? demanda-t-elle.

– On peut résumer ça ainsi, oui, répondit l'infirmière, amusée par sa naïveté.

Et ce n'était que le début. Il y avait ce long tuyau qu'on avait introduit dans le nez d'Amber et qui rejoignait son estomac. Il s'agissait d'une sonde naso-gastrique, à travers laquelle on faisait passer du lait artificiel agrémenté de vitamines et de minéraux. Puis il y avait ces tonnes d'anti-douleurs et d'antibiotiques que la pauvre Amber devait prendre pour soulager la douleur de l'opération ou éviter que la plaie ne s'infecte.

Il y avait toujours quelque chose à faire, et c'en était désorientant.

Julian et Tracy avaient l'impression qu'ils venaient tout juste de se faire au rythme du service de néonatalogie, et voilà qu'ils devaient désormais tout reprendre à zéro. Le simple fait de différencier chaque machine et d'en connaître l'usage était un véritable défi en soi.

Amber pourrait quitter l'hôpital dans quelques jours, et l'idée de remplacer les infirmières terrorisait le couple, tellement la charge de responsabilités leur semblait lourde.

Et les préconisations dont on les assommait n'aidaient en rien à relativiser. Gérer la trachéotomie d'Amber paraissait être la chose la plus terrifiante du monde, à leurs yeux.

« Assurez-vous d'avoir les mains propres avant de prendre le cathéter. » « Insérez-le à six centimètres *précisément* dans la canule ; un millimètre plus loin et vous risquez d'obstruer ses poumons. » « Ne tentez jamais de créer un effet de succion lorsque vous insérez le cathéter, mais seulement quand vous le retirez. » « La succion ne doit pas durer plus de quinze secondes. »

En plus de tout cela, il y avait la règle d'or :

– N'utilisez *jamais* deux fois le même cathéter, leur

expliqua l'infirmière d'un ton péremptoire tandis qu'elle s'occupait de nettoyer la canule de la petite.

Elle dressa un sourcil sévère et s'assura qu'ils l'écoutaient attentivement.

– Si vous n'avez pas tout aspiré, jetez-le et prenez-en un autre, d'accord ?

– Entendu, dirent-ils en opinant docilement du chef.

– Et combien de fois par jour il faudra faire ça ? finit par demander Julian, effrayé devant l'ampleur de la tâche.

– Ça peut être cent fois comme cinq fois. Tout dépend de l'obstruction de la trachée, répondit l'infirmière.

– Cent fois..., murmura le couple en échangeant un regard interdit.

Tout cela leur paraissait décidément bien trop effrayant.

Une règle en particulier ne cessait de les hanter, tout comme, des mois plus tôt, l'image des petites qu'on serait venu poser sur Tracy si on n'avait pu les sauver.

– Vous ne disposez que d'un délai de vingt minutes pour changer la canule avant que l'orifice ne commence à se refermer, les prévint l'infirmière.

Julian et Tracy échangèrent un nouveau regard pantois.

Ils devraient changer la canule interne une fois par semaine, et s'ils n'y parvenaient pas à temps, Amber finirait tout bonnement par suffoquer. Autant dire que la pression était terrible.

Alors qu'ils pensaient ne pas pouvoir toucher plus bas, ils furent convoqués dans le bureau du médecin afin de discuter de l'avenir d'Amber.

M. Kuo, l'ORL, les accueillit d'une ferme poignée de main et les invita à s'asseoir. Comme à son habitude, Julian ne put s'empêcher de balayer les lieux du regard.

Sans grande surprise, la pièce était aussi stérile que le reste de l'hôpital. Les étagères étaient nues en dehors de quelques livres médicaux appuyés les uns sur les autres comme des dominos. Sur le bureau trônaient seulement une pile impeccable de dossiers et un cadre photo argenté tourné de telle manière que seul le médecin pouvait voir la personne chère à son cœur. De toute évidence, cet homme passait le plus clair de son temps en dehors de son bureau, hormis pour venir y avaler un café bien mérité – la couleur bronze de l'intérieur de sa tasse ne trompait pas.

Même s'ils avaient dû traverser plusieurs couloirs jusqu'ici, la chambre d'Amber ne devait pas se trouver bien loin car la vue dehors était la même – à savoir le McDonald's.

Mr Kuo, qui était chinois, remonta ses lunettes sur son front et frotta ses yeux fatigués. Il commença par les rassurer en déclarant être pleinement satisfait du rétablissement d'Amber. Mais cela ne soulagea en rien le stress de Tracy, qui se préparait au « mais » inéluctable.

Jusqu'ici, les Austwick avaient seulement eu conscience qu'Amber respirait grâce à ce tuyau inséré dans son cou, juste en dessous du larynx. Ils avaient vécu au jour le jour, sans penser une seule fois à l'avenir.

– En revanche, nous ignorons si elle pourra un jour parler, poursuivit le médecin en lâchant la sentence tant redoutée.

– Comment ça ? hoqueta Tracy.

L'homme expliqua alors qu'il y avait une chance que le larynx d'Amber soit endommagé, et si c'était le cas, même une valve de phonation ne pourrait lui venir en aide.

– Est-ce qu'elle va devoir porter une canule pour le restant de sa vie ? insista Tracy, au bord de l'implosion.

Mr Kuo se pencha en avant, s'efforçant d'insuffler un peu de calme à la pauvre maman désemparée.

– Nous l'ignorons.

La petite Amber devrait peser au moins dix kilos avant que l'on puisse envisager une nouvelle opération. Dépassant à ce stade à peine le kilo et demi, autant dire qu'un tel changement était pour le moment impossible.

Par ailleurs, les chances de réussite resteraient très faibles. Tracy fixait le vide, plongée dans un profond désarroi.

– Est-ce qu'elle pourra sentir le goût des aliments ? voulut savoir Julian.

Le médecin joignit les mains, les doigts repliés comme pour une prière.

– Nous l'ignorons. Je suis vraiment navré…

Tracy avait le sentiment d'avoir une brique dans l'estomac. L'idée que sa petite fille grandisse sans pouvoir s'exprimer et avec cette « chose » lui sortant du cou lui était intolérable. Julian misait tout sur l'optimisme – au moins Amber était-elle en vie –, mais Tracy, elle, avait l'impression de vivre un cauchemar éveillé.

Cet affreux sentiment de culpabilité l'assomma dans la seconde.

C'est ma faute, songea-t-elle. Et elle en était convaincue : à cause d'elle, sa petite fille démarrait mal sa vie. Tracy était résolue à faire tout ce qui était en son pouvoir pour « guérir » son bébé ; elle fit la promesse à Amber qu'elle veillerait sur elle, jour et nuit. Évidemment, cette pression imposée finirait par avoir raison d'elle, mais pour le moment, Tracy était décidée à enfiler le costume de Super-Maman.

Tenant à être parée à toute éventualité, elle demanda même, quelques heures avant le grand départ, à changer la sonde gastrique de sa fille.

– Mon Dieu, je ne veux pas voir ça…, gémit Julian en observant, caché derrière ses mains, sa femme glisser la sonde dans le nez d'Amber.

Avant de fixer la poche de lait, Tracy devait s'assurer que la sonde était bien placée en recueillant à l'aide d'une seringue un peu de liquide gastrique et en vérifiant son taux d'acidité sur un papier réactif. Julian ne put réprimer une grimace de terreur. C'était une opération extrêmement délicate, pire encore à ses yeux que le changement de canule. Il était toutefois content que Tracy se soit mis en tête de s'en occuper, ce qui leur éviterait d'innombrables allées et venues à l'hôpital.

Il leur restait un dernier test à passer avant de pouvoir partir avec leur fille : changer la canule, deux fois chacun. Cette opération était beaucoup plus gérable pour Julian car beaucoup plus propre ; la stomie d'Amber avait bien cicatrisé. Julian inséra délicatement le tuyau de plastique incurvé dans l'orifice sans cesser de guetter les expressions faciales de sa fille. Si elle remuait ne serait-ce qu'un cil, il cesserait son geste.

– Allez-y, l'encouragea l'infirmière. C'est très bien.

C'était un sentiment étrange, mais Julian dut s'efforcer d'oublier qu'Amber était sa fille, juste le temps d'accomplir sa tâche. Il noua enfin le cordon et déposa un doux baiser sur son front.

– Bon, ce n'était pas si terrible…, dit-il fièrement en arborant un grand sourire.

L'infirmière le gratifia d'un petit rictus, comme si elle savait quelque chose qu'il ignorait.

Il ne comprit que plus tard que cette épreuve tant redoutée n'était *rien* en comparaison de ce qui les attendait.

Amber put quitter l'hôpital pour enfants le 12 novembre 2010, six mois après sa naissance. Tracy trépignait d'impatience à l'idée d'avoir enfin ses deux petites filles sous le même toit. La pauvre maman n'avait même pas pu porter une seule fois Amber depuis la trachéotomie, à cause de tous ces tuyaux dont la petite avait été cernée. Ces trois derniers mois lui avaient paru durer des années.

La simple préparation de leur départ avait des allures de jour de soldes : la voiture était remplie à ras bord de cartons de cathéters, de médicaments et de canules. Ils auraient pu ouvrir une pharmacie s'ils l'avaient voulu.

– Purée…, souffla Tracy en soulevant l'appareil à succion.

Les apparences sont parfois trompeuses, et la petite machine jaune poussin pesait huit bons kilos. Ils devraient l'avoir avec eux où qu'ils aillent, désormais.

– Donne-moi ça, chérie, intervint Julian en déposant l'appareil à l'arrière.

Dorénavant, l'un d'entre eux devrait toujours s'asseoir aux côtés d'Amber, armé de l'appareil à succion et des cathéters, au cas où sa trachée soit soudain obstruée. Tracy se cala entre ses deux filles, Amber à sa droite, Hope à sa gauche.

– Tu as vu, Hope ? Ta sœur rentre avec nous ! sourit-elle, rayonnante.

Le soleil était déjà couché quand ils se garèrent enfin devant chez eux. Après le stress dont elle avait été envahie lors de la sortie de Hope, Tracy avait demandé à Julian à ce que celle d'Amber leur soit réservée à tous les quatre.

Julian établit son camp dans le salon à peine arrivé. Il étala une couverture et des coussins par terre pour les filles et construisit une forteresse d'équipements et de médicaments tout autour. Les Austwick désiraient plus que tout profiter de ce moment tant attendu, mais ils comprirent très vite qu'ils ne pourraient jamais se détendre pleinement. La respiration d'Amber les obsédait trop.

S'ils percevaient le moindre changement dans son souffle, ils dégainaient un cathéter et aspiraient. Ils se jetaient sur elle toutes les cinq minutes, terrifiés à l'idée qu'Amber puisse suffoquer.

Ils auraient été incapables de dire combien de fois ils avaient aspiré les sécrétions d'Amber, lorsque la fatigue commença à se faire sentir. Julian était assis par terre, adossé au canapé, Tracy allongée sur la couverture auprès de ses deux filles. Ils n'osaient pas monter de peur que quelque chose ne vienne obstruer la trachée d'Amber.

– On n'a qu'à dormir là pour cette nuit, proposa Julian.

Évidemment, ni l'un ni l'autre ne parvint à dormir cette nuit-là. Chaque fois que leurs paupières menaçaient de se fermer, ils étaient aussitôt rappelés à l'ordre par le premier petit gémissement poussé par Amber. Ils passèrent la nuit dans une espèce de brouillard semi-éveillé.

Il ne leur en fallut pas plus pour prendre peur. Comment allaient-ils pouvoir gérer ? Ils avaient pris tellement de notes à l'hôpital qu'ils n'avaient pas réfléchi au côté pratique de devoir s'occuper d'un bébé vingt-quatre heures sur vingt-quatre, et à l'immense responsabilité que cela impliquait.

Les choses banales du quotidien prenaient désormais une tout autre dimension.

– Comment faire lorsqu'on veut aller se doucher ? Ou aux toilettes ? se mit à paniquer Julian le lendemain.

Si l'un d'eux se retrouvait seul avec Amber, il ne pouvait clairement pas quitter la pièce. Impossible de monter se brosser les dents ou d'aller se faire une tasse de thé dans la cuisine, car elle pouvait suffoquer à tout moment dès que vous aviez le dos tourné.

– On pourrait essayer de mettre Hope dans sa chambre et de dormir avec Amber dans le berceau, ce soir ? suggéra Tracy.

Julian acquiesça. Il aurait accepté n'importe quoi, déjà sur les rotules après une nuit blanche et une nouvelle journée d'aspirations.

Ils se couchèrent tôt ce soir-là, mais à peine dix minutes venaient de s'écouler qu'Amber eut de nouveau besoin d'eux.

– J'y vais, dit Tracy en bondissant du lit – Amber était de son côté, de toute façon.

– Peut-être qu'on aspire trop souvent ? songea Julian.

Tracy émit un claquement de langue suffisamment sonore pour que son mari l'entende.

– Mieux vaut prévenir que guérir, répliqua-t-elle d'un ton ferme.

De toute évidence, la fatigue et la tension commençaient déjà à avoir raison d'eux.

– Laisse-moi faire, je peux m'en occuper, proposa Julian en cherchant à calmer le jeu.

Mais Tracy lui fit signe de rester au lit ; elle voulait être Super-Maman.

Ils décidèrent de se relayer durant la nuit afin que chacun puisse dormir un peu, mais évidemment, cela ne fonctionna pas – l'appareil à succion faisait un tel bruit que même le plus gros dormeur n'aurait pu tenir.

Le lendemain, quand Hope commença à remuer à six heures du matin, Julian et Tracy étaient au bord de la crise de nerfs. Ils tombaient d'épuisement, aussi bien physique que psychique. Il était clair qu'Amber ne pourrait pas passer toutes ses nuits dans leur chambre. Comment tenir sans une seule nuit de sommeil ? Ils ne pourraient jamais s'occuper de Hope, et encore moins d'Amber, dans cet état-là. Il fallait que ça change.

– Bon, je reviens dans une heure, annonça Julian.

– Tu vas où ? demanda Tracy en paniquant.

– Au magasin de literie, dit-il en enfilant sa veste et en récupérant les clefs de sa voiture sur le comptoir de la cuisine.

Aux grands maux les grands remèdes… Rien ne pouvait détourner Julian de sa mission : acheter un matelas supplémentaire pour la chambre des filles. Il était évident qu'ils allaient devoir veiller à tour de rôle. L'idée de ne plus dormir avec sa femme ne l'enchantait pas plus que cela, mais ils n'avaient clairement pas d'autre choix.

Les finances n'étant pas au beau fixe depuis plusieurs mois déjà, Julian acheta le matelas le moins cher du magasin. Par chance, on put le lui livrer plus tard dans la journée, et il se porta volontaire pour effectuer la première nuit « de garde ». Cela ferait soixante-douze heures d'affilée sans dormir : il allait devoir prévoir un véritable stock de café s'il voulait tenir.

– Arrête de te tracasser, ma chérie. Ça va aller, dit-il en embrassant sa femme avant de la pousser doucement vers leur chambre.

Il fallait à tout prix que Tracy se repose. Elle était sur les rotules, elle aussi.

– Je sais ce que je vais faire, murmura-t-il alors en s'emparant de toute une pile de bandes dessinées qu'il alla poser entre les lits de ses deux filles.

Puis il alluma la lampe de chevet et se glissa sous une couverture. À lire ses vieilles BD toute la nuit dans un lit à une place, il avait l'impression de faire un voyage dans le temps.

Heureusement pour lui, la piètre qualité du matelas l'empêchait de sombrer dans le sommeil. Chaque fois qu'il remuait un peu, un ressort lui rentrait dans les côtes. Et étrangement, le fait d'être seul rendait la situation avec Amber bien moins stressante. Le couple ne s'était-il pas finalement perdu dans un engrenage de peur ?

Par chance, Hope était un bébé de rêve : rien ne pouvait la réveiller, pas même le bruit assourdissant de l'appareil à succion.

L'atmosphère n'était pas aussi paisible dans la pièce d'à côté. Tracy avait beau tout faire pour profiter de cette nuit de sommeil, elle était incapable de fermer l'œil. Le bruit ténu de la machine qui lui parvenait à travers le mur lui causait chaque fois un élan de panique. *Est-ce qu'Amber va bien ? Julian va-t-il s'en sortir sans moi ?*

Elle était dans l'incapacité de lâcher prise. Il fallait qu'elle soit là, auprès de sa fille. Elle lui avait fait la promesse.

Clignant des yeux pour lutter contre le sommeil, Tracy songea un instant à apporter le petit ange dans la chambre des filles.

– Ce n'est pas moi qui ai besoin de toi, murmura-t-elle à la figurine. Ce sont elles.

Si vous demandiez à Julian et Tracy comment ils étaient parvenus à gérer le manque de sommeil et les soins d'Amber, allant parfois jusqu'à cent aspirations par nuit, ils se contenteraient de hausser les épaules en disant : « Nous n'avions pas le choix, de toute façon. On est prêt à tout lorsqu'il s'agit de son enfant. »

Chacun élabora son propre rythme et sa propre routine. Tracy découvrit avec étonnement combien il lui était aisé de rester éveillée, lorsque c'était son tour, car elle débordait littéralement d'adrénaline.

Sa plus grande frayeur était qu'Amber arrache sa sonde gastrique lorsqu'elle la nourrissait. Maintenant que sa fille commençait à découvrir le monde autour d'elle, elle aimait à tirer dessus, d'autant que le tuyau, qui courait sur sa joue, était une tentation plutôt facile. Elle n'avait qu'à forcer un peu et la sonde quitterait son estomac pour pénétrer dans ses poumons. Un moment d'inattention et la petite pouvait s'étrangler avec le lait.

Si elle se sentait partir, Tracy se levait et s'occupait en rangeant la chambre. Ou alors elle vérifiait qu'il y avait suffisamment de cathéters, que l'équipement était correctement en place… C'était une vraie pile électrique.

Avant de retourner à l'inconfort du nouveau matelas, Tracy prenait toujours soin de jeter un œil dans le lit de Hope, qui dormait à poings fermés.

Une nuit, alors qu'elle n'avait pas même l'énergie de se lever, Tracy s'assit contre le lit d'Amber et passa la main à travers les barreaux. Puis elle posa les doigts sur la poitrine menue de sa petite fille afin de la sentir se soulever.

Une bouffée de soulagement l'envahit : son bébé était encore en vie.

Tracy n'avait jamais vraiment compris le sens de l'expression « le bruit du silence », jusqu'à ce qu'elle sache ce que cela faisait d'être éveillée alors que tous ceux qui l'entouraient, y compris son mari, étaient dans les bras de Morphée.

Elle se sentait si seule que les battements de son cœur lui paraissaient assourdissants.

Les larmes se mirent alors à couler. Tracy n'aurait jamais imaginé qu'être maman pourrait être si triste.

7

Cicatrices à nu

Sutton Park, Birmingham, juillet 2011

Un terrible bruit de tonnerre éclata dans le ciel. Personne, au Donkey Sanctuary Riding Therapy Centre de Birmingham, n'avait vu l'orage arriver. La journée avait été magnifique jusqu'à ce que, en l'espace d'une demi-heure, de gros nuages noirs rendent l'atmosphère lourde et étouffante.

– Il ne va pas tarder à pleuvoir ! cria Andy Perry, palefrenier du refuge.

Courant dans l'enclos, il s'efforçait de rassembler les vingt et un ânes du centre afin de les mettre à l'abri avant que l'averse ne tombe.

Pire encore, ils se préparaient à accueillir Shocks d'un moment à l'autre.

– Les conditions ne pourraient pas être pires pour son arrivée..., ragea Andy sous un nouveau coup de tonnerre.

Les ânes étaient nerveux, et les quelques membres de l'équipe qui avaient pu tirer sur leurs heures pour accueillir Shocks ne savaient plus où donner de la tête. Zebedee, le seul âne blanc du refuge et leader de la troupe, s'était mis en tête de prendre l'enclos pour une piste de course.

– Viens là, mon grand, haleta Andy en plongeant pour

lui saisir la bride. Je veux seulement te mettre au sec, tu sais, ajouta-t-il en guidant l'animal têtu dans l'écurie.

Le dernier verrou fut tiré de justesse : une pluie fine se mit à tomber avant de se muer, en une poignée de secondes, en véritable déluge.

Andy se protégea la tête avec sa polaire et courut se mettre à l'abri dans le manège. Le bruit de la pluie qui martelait le toit était assourdissant.

– Ce pauvre âne va être pétrifié…, commenta Nick, l'un de ses collègues, tandis qu'il se séchait le visage à l'aide d'une serviette.

Cela faisait un peu plus de dix ans que Nick était l'homme à tout faire du centre. Il était l'un des seize membres du personnel et trente bénévoles qui composaient l'équipe de Birmingham. Il avait passé la journée à réparer une clôture et s'était fait surprendre, comme tous les autres, par la pluie.

Andy opina du chef, quelque peu angoissé à l'idée de devoir non seulement gérer une tempête, mais également un pauvre âne maltraité qui arrivait dans les pires conditions qui soient. Amber Brennan lui avait raconté l'histoire de Shocks et l'avait décrit tel qu'elle l'avait découvert durant sa visite dans le Devon, un an plus tôt. Elle les avait prévenus : ça n'allait pas être facile.

Amber était évidemment présente, ce jour-là.

– Il va falloir le mettre à l'abri au plus vite, s'inquiétait-elle.

Tous les autres acquiescèrent vivement, comme s'il s'agissait d'une unité spéciale se faisant briefer avant de se lancer sur une zone de combat. Ceci étant dit, on aurait pu facilement se croire sur un champ de bataille, avec un temps pareil. Le ciel grondait de plus en plus et la pluie martelait la terre sans relâche. La sonnerie stridente du téléphone vint rompre l'atmosphère étouffante du bureau.

Amber courut décrocher tandis que toutes les oreilles se tendaient vers elle.

– Tu es où ? demanda-t-elle au chauffeur du fourgon qui transportait Shocks. Fais attention, le chemin est étroit, et avec toute cette pluie, mieux vaut y aller doucement.

Elle réapparut alors dans l'encadrement de la porte, l'angoisse se lisant sur ses traits.

– Il vient d'entrer dans le parc, annonça-t-elle en se mordillant les ongles.

Le fourgon ne tarderait pas à arriver. Les membres de l'équipe collaient tous leur visage contre les vitres, guettant les phares à travers la pluie torrentielle.

Quelques minutes plus tard, deux rais de lumière vinrent percer la pénombre. Andy, Amber, Nick et deux autres bénévoles rentrèrent la tête dans les épaules et coururent à la rencontre du fourgon.

La pluie leur fouettait le visage. Andy enfonça les mains dans ses poches, la tête baissée, s'efforçant de se protéger du mieux possible. Les vestes de ses collègues, dont ils se servaient pour s'abriter, claquaient au vent telles des voiles en pleine tempête. Andy et Amber agitaient les bras afin de guider le chauffeur le long de la piste étroite. Les branches des arbres tambourinaient sur le toit du fourgon ; le pauvre Shocks devait être terrorisé.

– Stop ! cria Andy en dressant les deux bras.

Le chauffeur devait désormais effectuer un demi-tour afin qu'ils puissent faire sortir Shocks.

Un nouvel éclair illumina le ciel avant qu'ils ne soient une fois de plus plongés dans la pénombre.

– Je ne vois rien du tout ! grondait le chauffeur en se dévissant le cou par-dessus la vitre.

– Vas-y, c'est bon ! hurlaient Andy et Amber en lui faisant signe de reculer.

Les cheveux du chauffeur partaient dans tous les sens

tandis qu'il s'efforçait de manœuvrer le fourgon, la moitié du corps exposé aux rafales.

Le camion finit par s'arrêter et toute l'équipe accourut pour abaisser la rampe de chargement. Ils savaient que Shocks serait attaché, mais ils ignoraient dans quel état ils le découvriraient. Andy se préparait au pire.

La rampe heurta le sol dans un bruit sourd, suivi d'un nouveau coup de tonnerre. Shocks était tout au fond du fourgon, masqué par les ombres.

– Je m'en occupe ! cria Andy pour couvrir le bruit avant de monter doucement la rampe.

Il savait tout ce qu'il y avait à savoir au sujet des ânes. Il travaillait avec eux depuis ses douze ans, et il en avait désormais presque trente.

– Tout doux, mon petit père..., dit-il en avançant pas à pas.

Shocks tremblait de peur, remuant la queue et tapant des pattes arrière.

– C'est bien. Tout doux, continua Andy, qui s'approchait toujours.

On aurait pu croire à une danse : à chaque nouveau pas du jeune homme, l'âne reculait. Heureusement qu'il était attaché, il ne pouvait pas aller bien loin.

Andy plongea alors vers l'avant et agrippa Shocks par la bride. L'animal tenta de se cabrer, mais Andy tenait bon.

– Du calme, souffla-t-il d'une voix rassurante.

Tous les autres l'observaient au bout du camion, prêts à bondir au moindre signe de danger.

Andy fixa sa longe à la bride et commença à tirer Shocks, tout doucement. La rampe était une vraie patinoire, désormais.

– Fais attention ! cria Amber.

Les sabots de Shocks glissaient dans toutes les directions. Un nouvel éclair éclata dans le ciel. Shocks se raidit aussitôt et commença à faire marche arrière, mais il tenait à peine debout sur la rampe glissante.

– Tu vas où comme ça ? murmura Nick en saisissant la longe à son tour afin d'aider Andy.

Les deux hommes parvinrent enfin à sortir l'âne du fourgon.

– Eh ben ! Ce n'était pas gagné, soupira Amber en prenant la tête de la petite troupe.

Une fois dehors, Shocks cessa de se battre et se laissa mener vers le manège sans broncher. Sa couverture violette était détrempée ; il allait falloir la lui retirer au plus vite.

Andy savait d'expérience que lorsqu'on retirait sa couverture à un âne, il allait aussitôt se rouler dans le sable, comme pour célébrer sa toute nouvelle liberté.

Mais Shocks ne fit rien de tel. La pauvre bête tremblait de tous ses membres, transie par le froid.

– J'ai l'impression que tout cela était un peu trop pour lui, commenta Andy, inquiet.

Amber le rejoignit dans le manège, et ils s'adossèrent au mur afin de jauger la situation.

Sous les lumières crues, ils pouvaient enfin avoir un véritable aperçu de leur nouvelle recrue.

– Qu'est-ce qu'il est grand…, souffla Andy.

Shocks était l'âne le plus grand que le refuge ait jamais accueilli. Il faisait pratiquement la taille d'un cheval. Andy ne put s'empêcher de songer aux dégâts que pourraient produire des sabots si massifs dans le cas où l'animal viendrait à paniquer.

– Qu'est-ce qu'on fait maintenant ? murmura-t-il, subjugué par la bête.

– On lui apporte une nouvelle couverture ? suggéra Amber avant de se tourner vers le reste de l'équipe, qui attendait derrière la porte.

Un bénévole partit en chercher une dans la seconde.

– Il va falloir avant tout le sécher et le réchauffer, expliqua-t-elle en secouant ses propres cheveux, trempés.

Cette attitude prévalait chez chacun des membres du refuge : ils faisaient toujours passer les ânes et les enfants qu'ils aidaient avant leur propre intérêt.

Andy s'approcha lentement de Shocks avec la nouvelle couverture. L'âne ne chercha pas à lutter ; il tremblait tellement qu'il semblait cloué sur place. Il avait les yeux grands comme des soucoupes. Ses longues oreilles étaient tournées vers Andy, attentives au moindre de ses pas.

– C'est bien, murmura Andy en posant délicatement la couverture sur sa croupe afin de ne pas l'effrayer.

– On ferait mieux de le laisser ici pour cette nuit, déclara Amber lorsque son collègue revint.

En général, elle rattachait dès leur arrivée les nouvelles recrues à un autre âne, mais Shocks n'était clairement pas en état d'aller où que ce soit.

– Je peux rester avec lui cette nuit, proposa Andy, qui s'inquiétait beaucoup pour l'animal.

Lorsque tous les autres furent partis, le palefrenier s'enveloppa dans une couverture et s'allongea sur la paille.

Shocks semblait apprécier le fait d'avoir de la compagnie, car il ne chercha pas à s'éloigner. Les ânes s'allongent pour dormir, en temps normal, mais celui-ci était bien trop nerveux pour ça. Cela avait dû être terriblement désorientant pour lui d'entrer dans un fourgon sous un soleil de plomb pour en ressortir, presque trois cents kilomètres plus loin, en pleine tempête. Toutes ces nouvelles odeurs n'avaient pas non plus dû aider…

Comme s'il lisait dans ses pensées, Shocks se mit à rouler sa lèvre supérieure, ce qui est la manière de renifler des ânes.

– Tu sens les autres copains, hein ? murmura Andy.

Shocks laissa alors échapper un éternuement qui lui fit remuer jusqu'au bout des oreilles.

Andy sourit, amusé. Il prendrait ça pour un « oui ».

Maintenant qu'ils étaient à l'abri de la pluie, les nombreux signes distinctifs de son nouvel ami étaient beaucoup plus faciles à repérer. Le pelage de sa tête était tout duveteux, et il avait un museau blanc qui formait un cœur au niveau des naseaux. Mais c'était par-dessus tout son toupet qui lui plaisait le plus – la partie de sa crinière qui saillait entre ses deux oreilles. Shocks avait une façon de vous observer à travers ses longs cils qui conférait énormément d'expression à son regard.

Quand l'âne baissa la tête, Andy eut l'impression que la pauvre bête portait tout le poids du monde sur ses épaules. Les cicatrices de son passé étaient toujours aussi visibles, malgré la couverture.

– Pourquoi t'ont-ils envoyé ici ? souffla Andy, incapable de comprendre ce qui avait motivé ses collègues du Devon pour expédier leur pire cas dc maltraitance dans un centre thérapeutique.

Chaque semaine, deux cents enfants à besoins spécifiques se rendent au Assisted Therapy Centre de Birmingham pour chevaucher les quinze ânes consciencieusement choisis pour leur caractère docile. Les pouvoirs de guérison des animaux ne sont plus à prouver à ce jour. Les ânes recueillis sont toutefois craintifs face à des inconnus, et Andy ignorait totalement ce qu'il pourrait bien faire de Shocks.

– Tu n'as pas eu une vie facile, mon pauvre pépère…

Andy avait un don pour parler aux ânes ; il pouvait presque ressentir leur douleur.

Le soigneur dut finir par s'endormir, car il fut réveillé par les rayons du soleil qui s'infiltraient par les grandes fenêtres du manège ainsi que par le chant des oiseaux. Shocks n'avait pas bougé d'un poil ; il avait veillé sur lui toute la nuit.

– Salut, Shocks, sourit Andy en dressant ses lunettes pour chasser le sommeil de ses yeux.

Andy discutait toujours avec ses amis les ânes. Il lui arrivait d'avoir de longues conversations avec eux – unilatérales, cela va sans dire. Sa voix douce était une source de réconfort pour les animaux, d'autant plus quand ils ne s'étaient pas encore faits à la vie du refuge. Quand Andy était d'humeur blagueuse, il s'amusait même à adopter différents accents selon l'origine des ânes auxquels il s'adressait. Il savait toutefois qu'il ne parlerait jamais à Shocks avec l'accent irlandais – il avait bien trop peur que cela lui rappelle de mauvais souvenirs.

– Tu as bien dormi ? demanda Amber en pénétrant dans le manège.

– J'ai connu mieux, mais ça va, répondit Andy tout en se débarrassant de la paille qui s'était collée à ses vêtements.

Il faut être du matin lorsqu'on travaille au Sanctuary : les ânes sortent dans leur enclos à peine le soleil levé. Leur petit-déjeuner consiste en un filet rempli de foin, qu'ils mettent en pièces en quelques minutes. À les voir se jeter dessus comme des affamés, on pourrait croire qu'ils ne sont nourris qu'une fois par semaine…

Le refuge de Birmingham fait partie des six centres thérapeutiques répartis dans le Royaume-Uni. C'est toutefois le seul à ne comprendre que des ânes mâles, décision prise par la directrice du centre, Sue Brennan – la mère d'Amber –, lors de son ouverture en 1994. Même si tous les mâles étaient castrés, le fait d'accueillir des femelles les aurait tout de même trop distraits et poussés à mal se comporter. Pourquoi des mâles et non des femelles ? Sue avait le sentiment que les mâles étaient plus en état de faire les tâches demandées, mais il s'agissait là d'un avis tout à fait personnel, et non d'une vérité scientifiquement prouvée, bien sûr.

N'avoir que des mâles signifiait toutefois que l'enclos pouvait se transformer très vite en cour de récréation. Il y avait les gros durs, les filous, les dissipés, les boucs émissaires et les discrets.

Mais Shocks n'entrait dans aucune de ces catégories. Il fut le solitaire de la bande dès le premier jour.

Dès que l'équipe accueillait une nouvelle recrue, la première chose à faire était de la présenter au reste du troupeau – à l'exception des « chefs », bien évidemment.

Les trois chefs du refuge se prénommaient King, Mackenzie et Zebedee. Il était facile de deviner leur échelon dans la hiérarchie du troupeau car ils étaient toujours les premiers à venir avaler leur petit-déjeuner, et les premiers à rentrer à l'écurie, le soir.

Si Andy venait à jeter des pommes et des carottes dans l'enclos, vous pouviez être sûr que les Trois Mousquetaires seraient aux premières loges. Cela ne les dérangeait pas davantage de rabrouer ceux qui s'approchaient trop de leur repas, et ils n'hésitaient jamais à montrer les dents.

C'étaient les ânes les plus affirmés de la bande, et l'équipe ne doutait pas un seul instant qu'ils auraient beaucoup trop intimidé Shocks. C'était bien la dernière chose dont il avait besoin, après toutes ces années de souffrance. Il finirait par faire la connaissance des trois lascars, mais l'un après l'autre, et en douceur.

Dès qu'Andy fit entrer Shocks dans l'enclos, l'animal se mit à faire des ruades et partit s'isoler dans le coin le plus éloigné. Il n'en bougea plus de la journée, collé au pilier de bois comme à une béquille.

– On pourrait peut-être l'emmener au manège avec deux ou trois autres ânes, suggéra Sara Gee, la monitrice d'équitation.

– Non…, souffla Amber sans cesser d'observer Shocks.

Il avait la tête basse, les yeux à moitié fermés : de toute évidence, il aurait disparu sous terre s'il l'avait pu.

– Mieux vaut le laisser tranquille. Il a besoin de temps pour se faire à son nouvel environnement.

Évidemment, quand vint l'heure de coucher les ânes, l'équipe dut faire face à un dilemme : Shocks refusait d'être à proximité de ses congénères, mais ils ne disposaient malheureusement pas d'assez de place pour lui offrir un box à lui tout seul.

– On devrait le mettre avec Jacko, suggéra Andy.

Jacko étant l'âne le plus doux qu'il ait jamais connu, c'était pour lui le meilleur compagnon de chambrée qu'il pouvait proposer à Shocks.

Au refuge, l'heure du coucher n'était jamais source de stress pour le personnel : les ânes savaient la leur rappeler. Dès dix-sept heures, les animaux les plus bruyants, à l'instar de Tony, se mettaient à braire comme pour dire : « Allez, une bonne botte de foin et au lit ! »

Le bruit des charnières, quand Andy ouvrait l'enclos, suffisait à causer une véritable ruée. Les plus sanguins galopaient vers l'écurie en se donnant de petits coups de dents au passage.

Par ailleurs, les ânes n'avaient pas besoin de plan pour savoir où aller. Les plus calmes, comme Jacko et Rambo, allaient tranquillement se coucher dans leurs box respectifs, tandis que les plus turbulents, comme Zebedee, Bob et Lob, devaient constamment être rappelés à l'ordre.

– Sors de là, Zebedee ! lança Andy à l'âne blanc qui furetait chez son voisin.

Le soigneur savait très bien ce que l'animal cherchait : un peu de foin supplémentaire avant de s'attaquer à sa part. C'était la même histoire chaque soir, mais l'ambiance ne serait pas la même sans les petites terreurs…

Andy jeta un regard par-dessus son épaule ; Shocks n'avait toujours pas quitté son poteau.

– Je vais le chercher, se proposa Amber.

Même si Andy avait passé la nuit précédente avec lui, il

avait très vite remarqué que Shocks semblait bien moins à l'aise en compagnie des hommes. Mieux valait donc laisser Amber gérer la situation ; elle aurait beaucoup plus de chances de l'attacher sans histoires.

Shocks ne chercha pas à lutter, mais il suivit Amber d'un pas traînant et la queue entre les jambes. Ses oreilles étaient dressées mais sa tête baissée. On aurait cru qu'il cherchait à se faire tout petit, presque invisible.

– Désolé, mais tu ne passeras pas la nuit tout seul, mon pépère, murmura Andy en tenant la porte de Jacko ouverte. On t'a trouvé un nouveau copain.

Jacko, un âne tout brun qui paraissait bien petit à côté de son nouveau compagnon de box, leva brièvement ses yeux cernés de fourrure blanche qui lui donnaient l'air de porter des lunettes. Puis il inclina la tête, comme pour lui souhaiter la bienvenue.

Shocks passa la porte d'un pas hésitant avant d'aller se caler le plus loin possible de Jacko.

– Il ne te fera aucun mal, le rassura Andy. Il est doux comme un agneau.

Jacko se reconcentra alors sur sa barre de minéraux, qu'il se remit à lécher goulûment de sa grosse langue. La barre est l'équivalent d'une sucette, pour un âne, sauf qu'en lieu et place du sucre, elle est bourrée de nutriments.

Jacko avait six ans à son arrivée au refuge, en 2009. Il vivait jusqu'ici avec des chèvres, dans une ferme du Kent, qu'il dut malheureusement quitter lorsque son propriétaire devint trop souffrant pour s'occuper de lui. Il faisait partie des discrets de la bande, et il n'était pas rare de le trouver en train de brouter tranquillement aux côtés de Rambo, son meilleur ami.

Shocks retroussa sa lèvre afin de renifler l'odeur de son nouveau compagnon, puis il tourna lentement la tête et se mit à fixer le coin du box.

– C'est juste de la timidité, commenta Amber, qui l'observait de la porte du box.

J'espère que tu as raison, songea Andy sans pour autant faire part de ses craintes à sa collègue. Il n'avait jamais vu d'âne aussi réservé, aussi marqué par son passé…

Malheureusement, ses craintes ne furent que renforcées le lendemain matin, tandis qu'il faisait sortir les ânes, gardant Shocks et Jacko pour la fin.

– Bon, vous avez réussi à ne pas vous entretuer, les garçons… C'est une bonne nouvelle, plaisanta-t-il en arrivant à la porte de leur box.

Jacko était déjà au garde-à-vous devant lui, prêt à se ruer à l'extérieur pour une bonne petite séance de roulades. Mais Shocks, lui, ne semblait pas avoir bougé d'un centimètre. Il était toujours dans son coin, comme un vilain petit garçon qu'on aurait puni.

– Allez, mon grand, c'est l'heure de la sortie !

Andy ouvrit alors la grosse porte en bois. La journée promettait d'être belle ; la rosée scintillait, sur l'herbe verdoyante qui parsemait l'enclos. *Rien de tel pour ouvrir l'appétit*, songea-t-il en se rappelant que Shocks n'avait rien mangé la veille.

Mais Shocks ne semblait pas particulièrement pressé de manger. Il traînait de nouveau les pieds, tandis que Bob, Lob, Jacko, Christopher et tous les autres galopaient vers le foin et les carottes mis à leur disposition.

Andy alla ensuite récupérer le tuyau d'arrosage afin de remplir l'auge – les ânes aimaient faire descendre leur petit-déjeuner d'une bonne goulée d'eau bien fraîche.

Mais dès qu'il leva le tuyau, Shocks s'emballa.

– Je ne veux pas te faire de mal ! cria Andy.

Mais il était déjà trop tard : Shocks avait fui de l'autre côté de l'enclos, tremblant de peur.

– Qu'est-ce qu'ils ont bien pu te faire ? murmura Andy en secouant la tête à la fois de tristesse et de frustration.

Un bruit de bottes sur le gravier le fit se retourner ; c'était Amber qui venait à sa rencontre.

– Ne t'inquiète pas. Laisse-le prendre son temps ; il finira par se radoucir, le rassura-t-elle.

Les deux collègues s'appuyèrent à la clôture, les yeux rivés sur le pauvre animal.

– Les enfants commencent à arriver. Il faut qu'on selle les bêtes, déclara soudain Amber.

Les ânes se relaient quotidiennement au manège. Ils adorent la compagnie des enfants, alors c'est chaque fois un vrai plaisir pour eux quand ils sont sollicités par les moniteurs. Ce matin-là, c'était au tour de Moïse et d'Oscar de prendre les rênes.

Andy et le reste de l'équipe suivirent le conseil d'Amber et laissèrent Shocks tranquille. Et cela sembla finalement fonctionner. Après plusieurs semaines, l'animal s'était fait à la routine du centre et paraissait un peu moins nerveux.

Au lieu de s'emballer à la vue du tuyau d'arrosage, par exemple, il trottait légèrement, s'arrêtait, se retournait pour observer l'objet puis s'éloignait encore un peu.

– Tu vois, tu ne crains rien, soufflait Andy en brandissant le tuyau.

La pire chose qu'il aurait pu faire était de le cacher dans son dos ; cela aurait été le meilleur moyen de donner raison aux frayeurs de Shocks.

C'était sa façon à lui d'amadouer leur nouvelle recrue ; l'idée était que Shocks comprenne au fil du temps qu'Andy n'était pas là pour lui faire du mal.

La fois suivante où Andy remplit l'auge, Shocks se contenta de s'éloigner tranquillement en remuant la queue. Puis il regarda par-dessus son épaule et inclina la tête, comme pour dire : « Tu ne vas pas me faire de mal, en fait ? »

– C'est très bien, mon petit père. C'est juste un tuyau, tu vois ?

Andy tendit alors l'objet en question vers l'animal. Shocks se tourna complètement vers lui, ses longues oreilles duveteuses dressées en pointe, remuant au moindre bruit. Il leva le sabot gauche comme pour avancer, mais sembla se raviser au dernier moment.

– Viens, Shocks. Ça ne va pas te mordre, l'encouragea Andy.

L'animal fit quelques pas vers lui puis s'arrêta – il n'osait pas aller jusqu'au bout. On se serait cru en pleine partie de « Un, deux, trois, soleil ! ». Pour tout individu manquant un tant soit peu de patience, le spectacle aurait été invivable, mais tout ce qu'Andy voyait, c'est qu'ils progressaient.

– Tu t'approches de plus en plus, mon grand. C'est génial ! Je te l'ai dit : personne ne te fera de mal, ici.

Shocks observait Andy, comme pour dire : « C'est vrai que tu ne fais pas si peur que ça… »

Témoigner de ces changements était incroyablement gratifiant. Après tout, c'était pour cela que tous ces gens travaillaient ici.

Andy avait été gardien au zoo de Dudley avant de rejoindre le refuge. Même s'il avait adoré s'occuper de tous ces animaux sauvages et exotiques, les ânes étaient de loin ses préférés. Ces grosses peluches le faisaient fondre, et même si elles se montraient parfois têtues, cela ne les rendait que plus attachantes.

Le lendemain, le soigneur débarqua au refuge plein d'allégresse. Il salua les mâles d'un mélodieux « Bonjour ! » avant de les laisser quitter l'écurie. Puis il alla récupérer le balai afin de nettoyer les excréments, dans l'abri construit au milieu de l'enclos pour que les ânes puissent se protéger du soleil brûlant, l'été. C'était également le poste favori de Shocks, car il pouvait y observer ses congénères de loin sans être trop dérangé.

Andy gagnait l'abri quand il fut pris d'un doute. Mais c'était déjà trop tard : il suffit d'un seul regard au balai pour que Shocks prenne la poudre d'escampette. Cette fois, il ne s'arrêta ni ne regarda par-dessus son épaule. La pauvre bête était profondément terrorisée.

– Oh, Shocks..., murmura Andy avec un soupir d'impuissance.

Shocks refusait de regarder le palefrenier dans les yeux. Il gardait la tête baissée, comme s'il s'attendait à se faire battre.

Andy pouvait presque ressentir sa douleur. Amber lui avait montré les photos de Shocks, à son arrivée dans le premier refuge, et les images lui revinrent avec une force insupportable. *Comment peut-on être aveugle à ce point à la souffrance d'un animal ? Shocks est-il convaincu que sa vie sera toujours ainsi ?*

L'équipe de Birmingham avait très vite appris à oublier le passé douloureux de ses protégés ; dans le cas inverse, ils auraient passé leur temps à pleurer. Mais cette fois, Andy eut beaucoup de mal à tenir ces principes : il était submergé par la tristesse.

S'il a peur d'un simple balai, comment réagira-t-il quand nous lui demanderons de franchir les obstacles, dans le manège, ou quand les enfants s'approcheront de ses cicatrices ?

– Mon pauvre Shocks... Pourquoi t'ont-ils fait venir ici ? Pourquoi t'imposer cette charge quand tu as déjà les épaules trop lourdes... ?

8

Deux mondes diamétralement opposés

Sutton Coldfield, Birmingham, printemps 2011

– Je n'ai pas le choix : je vais devoir démissionner, soupira Julian en secouant la tête d'un air triste.

Il lui était impossible de tenir plus longtemps ce rythme : veiller sur Amber la nuit pour enchaîner une journée complète de travail devenait beaucoup trop éreintant.

Il était évidemment hors de question d'imposer à Tracy de veiller toutes les nuits, alors Julian s'était résolu à faire l'impensable à ses yeux : demander de l'aide.

Julian ne supportait pas l'idée d'être dans l'incapacité de faire vivre sa famille. Cela allait contre tous ses principes. C'était lui l'homme ; c'était à lui de travailler dur et de subvenir à leurs besoins. Le fait de s'apprêter à réclamer des allocations lui faisait grincer des dents.

Il s'enfonça dans le canapé et ferma les yeux quelques instants, le temps de laisser la vague de désespoir passer.

– On va s'en sortir, tu verras, l'encouragea Tracy, l'optimisme incarné, même quand elle avait elle-même à lutter contre ses propres démons.

Il sentit sa main chaude venir presser doucement la sienne. Tracy n'avait pas pour habitude de se montrer tactile. Julian rouvrit les yeux, soucieux de savoir ce qui tracassait sa femme.

– Ça me pèse de penser une chose pareille, mais…, commença Tracy.

– Qu'est-ce qu'il y a, chérie ?

Elle posa les yeux sur Hope et Amber, toutes les deux allongées sur le tapis, dans leurs jolis pyjamas rose et blanc. Elles étaient habillées à l'identique, mais à désormais huit mois, elles n'auraient pas pu être plus différentes. Hope remuait sans cesse et voulait s'agripper à tout ce qui traînait. Elle avait le regard vif et pétillant. Amber, elle, était complètement inerte. Ses jolis yeux bleus faisaient penser à des glaciers, froids et distants. C'était comme si la lumière était allumée mais qu'il n'y avait personne à l'intérieur.

– Je n'ai pas l'impression d'avoir des jumelles mais deux enfants totalement différents, expliqua-t-elle. J'ai l'impression d'être la mère de la première, et l'aide-soignante de la deuxième.

Puis elle détourna les yeux pour cacher ses larmes.

Julian ne put qu'acquiescer, en avouant ressentir exactement la même chose.

Mais il y avait autre chose qui hantait Tracy, et les mots étaient coincés dans sa gorge. Elle s'en voulait tellement de penser une chose pareille…

Je me sens plus proche de Hope que d'Amber.

– Trace ? souffla Julian pour la sortir de sa rêverie.

Tracy esquissa un sourire nerveux. Elle savait qu'elle ne pourrait jamais avouer ce terrible secret.

L'ambiance pesante qui régnait soudain fut brisée par le bruit de la trachée obstruée d'Amber. Tracy plongea aux côtés de son bébé, déballa le cathéter et s'empressa de la soulager.

C'était justement là le problème : chaque fois que Tracy touchait Amber, ce n'était pas pour la câliner, mais pour la soigner, changer sa canule, lui mettre sa sonde, son nébuliseur, retirer les sécrétions... Elle avait l'impression d'être une infirmière à domicile.

C'était *éreintant*.

Et à côté, il y avait Hope, qui n'avait besoin d'aucun soin particulier.

Le fait que Tracy n'ait jamais pu tisser de véritable lien avec sa fille ne faisait qu'agrandir ce fossé. Elle ne l'avait pas allaitée, ne l'avait jamais portée sur son épaule pour lui faire faire son rot... Elle ne prenait Amber que rarement dans les bras, à cause de tous ces tuyaux.

De toute façon, Tracy ignorait où elle aurait trouvé le temps de la câliner, car elle était constamment en train de la soigner. Mais ce qui lui brisait définitivement le cœur, c'était le fait de plus en plus évident qu'Amber ne désirait même pas de câlin. Tout ce que la petite voulait, c'était qu'on la laisse tranquille.

– Je le vois dans son regard, confia Tracy à Julian après avoir passé la nuit à veiller sur leur fille. Elle est complètement fermée. Il y a eu tellement de gens qui l'ont manipulée, piquée, tournée et retournée qu'elle semble ne vouloir qu'une chose : qu'on la laisse seule une bonne fois pour toutes.

Julian s'efforça de rassurer sa femme, mais il s'était déjà fait la même réflexion. Cela lui semblait plus urgent que jamais qu'il donne davantage de son temps à son épouse et ses filles. Même si cela lui était particulièrement pénible, il s'obligea à aller solliciter les allocations auxquelles la famille avait désormais droit.

Au final, Julian découvrit avec soulagement que toucher une aide financière de la part de l'État n'avait rien de la mission qu'il s'était imaginée de prime abord. La mairie avait su correctement le diriger, et leur dossier était désormais en cours de finalisation. C'était une grosse épine qu'on s'apprêtait à leur retirer du pied, mais cela ne changerait rien au problème de plus en plus accablant de la fatigue. Le discours de Tracy, qui avait pourtant d'habitude tellement de mal à exprimer ses émotions, suffisait à ce que le couple réalise qu'il était temps de tirer la sonnette d'alarme.

Julian songea de nouveau à l'entretien qu'ils avaient eu lors de la sortie d'Amber, six mois plus tôt. Le docteur Kuo les avait prévenus que la suite serait difficile. Il leur avait proposé de l'aide sous la forme d'un suivi médical assuré par un aide-soignant, qui viendrait s'occuper d'Amber quinze heures par semaine. Mais le couple avait poliment refusé.

Toutefois, l'idée d'un tel répit était aujourd'hui terriblement séduisante. Julian saisit son téléphone et composa le numéro de l'hôpital. *Il n'y a rien de mal à admettre qu'on ne peut finalement pas s'en sortir seuls*, tenta-t-il de se rassurer.

L'aide-soignant devrait changer la canule d'Amber deux fois avant de pouvoir s'en occuper seul – le même test que Julian et Tracy avaient dû passer des mois plus tôt. Les quinze heures de soins seraient réparties de la manière suivante : une nuit de douze heures et les trois restantes pour un moment de la journée.

Karen arriva chez eux aussitôt que l'horloge sonna huit heures, ce soir-là. Son grand sourire chaleureux ne permit toutefois pas à Julian de déstresser face à son jeune âge évident – vingt ans à peine. Il s'en voulait de la juger si vite, mais c'était la première fois qu'ils s'apprêtaient à confier Amber à quelqu'un – d'autant plus à une parfaite inconnue. Tracy lui jeta un regard réprobateur, lisant dans ses pensées.

Ils accompagnèrent Karen dans la chambre des filles afin de lui faire faire le tour de tout ce qui pourrait lui être nécessaire. La jeune fille hochait doucement la tête sans se départir de son sourire – elle avait de toute évidence l'habitude d'avoir affaire à des parents submergés par l'angoisse. Elle coinça une mèche de ses cheveux courts teints en noir derrière son oreille et examina le contenu de la boîte remplie d'équipement médical.

– Nous avons également dressé une liste de tout ce que vous devrez faire, indiqua Julian en désignant une feuille A4 remplie du haut jusqu'en bas.

– Ne vous inquiétez pas, tout va bien se passer, sourit Karen en les chassant gentiment de la pièce.

Julian et Tracy descendirent à la cuisine en faisant de leur mieux pour ne pas craquer. Pris en sandwich entre le réfrigérateur et le micro-ondes, ils se dévisageaient d'un air perdu, ignorant ce qu'ils pouvaient bien faire désormais.

Ils avaient la nuit pour eux, la première depuis des mois à pouvoir partager le même lit. Ils avaient beau être l'angoisse personnifiée, ils sentaient qu'ils se devaient de faire quelque chose de cette occasion. Mais il était difficile autant pour l'un que pour l'autre de s'abandonner totalement à ces quelques heures de répit, avec Amber juste au-dessus. Et puis ils devaient aussi s'occuper de Hope – Karen n'était légalement pas autorisée à garder un œil sur elle, même si elle se trouvait dans la même pièce que sa sœur.

– Ça te dit de manger chinois devant un film ? proposa Julian.

– C'est parfait ! répondit Tracy en allant récupérer les menus du traiteur du quartier.

Ils s'installèrent sur le canapé en attendant d'être livrés, Tracy nichée contre le torse de son mari. Elle commençait enfin à se détendre quand elle sentit Julian se raidir. Il venait de percevoir le bruit de l'appareil à succion.

– Ne t'inquiète pas, elle gère la situation, murmura Tracy en le plaquant doucement au dossier du canapé.

Mais Julian était incapable de se détendre un tant soit

peu. Il passa la soirée à monter et descendre, allant chaque fois s'assurer que tout allait bien dans la chambre.

Finalement, Julian fut soulagé lorsqu'ils montèrent se coucher, car ils étaient beaucoup plus proches d'Amber en cas de souci. Il devait toutefois reconnaître que c'était agréable d'avoir Tracy de nouveau dans ses bras, après toutes ces nuits passées seuls, chacun de son côté. Ils échangèrent un regard complice avant d'éclater de rire.

– Je sais… Je suis naze, moi aussi, gloussa Julian.

Ni l'un ni l'autre n'avait la force d'aller au-delà du simple câlin. Ils s'endormirent donc très vite, se réveillant chaque fois qu'ils entendaient un bruit de succion dans la pièce adjacente. Si, à force de remuer, Tracy s'écartait un peu trop de Julian, celui-ci s'empressait de l'attirer délicatement contre lui.

Lorsque le couple se réveilla le lendemain matin, ils étaient plus que ravis de savoir qu'ils disposaient de trois heures de répit supplémentaires dans la semaine. Ils décidèrent de les utiliser deux jours plus tard, mais pas pour eux, cette fois. Julian et Tracy commençaient à craindre de trop négliger Hope, avec l'attention continuelle que nécessitait sa sœur.

– Il faut qu'on en profite à trois cents pour cent pour elle, déclara Tracy en sentant la culpabilité l'envahir de nouveau.

Elle prit alors Hope et l'emmena à la voiture. Ils avaient prévu une sortie au supermarché – rien de bien excitant en soi, mais leur vie avait pris un tel tour, à jongler constamment avec mille et une choses, qu'un moment banal était ce dont ils avaient précisément besoin.

Assise dans le caddie, Hope était émerveillée par tout ce qui l'entourait et ne cessait de remuer la tête, attirée par les couleurs vives des fruits et légumes, tendant les bras pour les toucher même s'ils étaient beaucoup trop loin pour elle.

Ce n'étaient que des petites choses, mais les différences entre les jumelles étaient de plus en plus évidentes. Hope voulait découvrir le monde ; Amber s'en fichait. Hope voulait tout toucher ; Amber ne désirait qu'une seule chose : qu'on la laisse tranquille. Julian était persuadé que ce n'était qu'une séquelle de sa naissance difficile. Mais Tracy, elle, sentait que ça allait plus loin.

Elle mit toutefois ses craintes de côté durant les mois suivants, qui furent une succession de voyages à l'hôpital, de nuits difficiles et de courts moments de panique suite à des obstructions de trachée. Ils ne voyaient que très rarement leurs proches, consacrant chaque minute de leur temps à leurs deux filles. Quand Debs ou Claire, l'amie de Tracy, proposaient de venir leur rendre visite, Julian leur faisait d'abord passer un véritable interrogatoire.

– Tu sais, avec ton rhume, je préférerais qu'on reporte…, déclinait-il poliment.

Un simple rhume pouvait avoir des conséquences dramatiques pour Amber ; ils ne pouvaient pas se permettre de prendre le risque.

Ce n'est que lorsque la grand-mère de Tracy, Irene, proposa de leur offrir quelques jours en village-vacances au bord de la mer, à Brean, qu'ils songèrent enfin à briser leur routine. Nous étions en juin 2011 ; les filles avaient onze mois.

Jusqu'ici, ils n'avaient quitté leur tranquille impasse que pour aller à l'hôpital ou au supermarché. Cela faisait sept mois qu'ils étaient comme prisonniers dans leur propre maison. Tracy était donc plus qu'emballée par cette proposition.

– Faire une pause ne peut nous faire que du bien…, fit-elle remarquer.

Tracy voulait plus que tout avoir l'air d'une famille « normale ». Cela valait au moins le coup d'essayer, et elle était prête à tout, même si elle savait que ce serait loin d'être facile. Mais sa cape de Super-Maman était déjà sortie.

Julian prit toutefois le temps de peser le pour et le contre, faisant de plus en plus preuve de scepticisme ces derniers temps.

– Je ne sais pas…, hésita-t-il en songeant à tout le matériel qu'ils devraient apporter, sans parler du fait de ne pas avoir d'hôpital à proximité.

– Je réserve, déclara Tracy d'un ton sans appel.

C'était une décision plutôt courageuse, surtout si l'on considérait les quatre heures de route nécessaires pour rejoindre Brean. Que faire si Amber venait à avoir une obstruction alors qu'ils étaient coincés dans les bouchons ? Mais Tracy avait une solution pour tout. Elle s'installa donc à l'arrière avec tout le matériel adéquat tandis que Hope dormait à l'avant, dans son cosy.

Par chance, Amber n'eut besoin que de très peu de soins durant le trajet. Le couple ressentit une énorme bouffée de satisfaction lorsqu'ils se garèrent enfin sur le parking de l'hôtel. *On l'a fait*, songèrent-ils, un sourire fier aux lèvres.

La chambre était toute simple, mais c'était ailleurs, et c'était tout ce qui comptait, en particulier pour Tracy. Il fallut plusieurs allers-retours pour décharger le coffre, qui débordait d'appareils – et d'autres en extra au cas où les premiers tomberaient en panne. Julian installa le matériel dans la chambre avec une précision toute militaire.

Se rendre sur la plage s'avéra être une opération militaire encore plus considérable, car ils devaient porter les huit kilos de l'appareil à succion sur les épaules en plus de tout le reste. Avec un vrai treillis, au moins Julian aurait-il pu glisser tous les cathéters dans les poches latérales…, songeait-il en poussant ses filles le long de la promenade.

Mais aucun retour en arrière n'était envisageable : Tracy était déterminée à passer la journée sur la plage entourée de sa famille. Sur le chemin, elle s'arrêta pour acheter un petit seau rouge en forme de château.

– Tiens, histoire de te charger encore un peu, taquina-t-elle son mari en lui tendant sa nouvelle acquisition.

C'était une journée particulièrement chaude, et la plage était envahie de touristes. On distinguait à peine le sable, au milieu de cette marée de serviettes colorées et de parasols rayés. Mais ce n'était pas ça qui allait les décourager.

– Ça fait tellement du bien de changer un peu de décor..., commenta Tracy en inspirant l'air marin à grandes goulées.

La famille choisit un coin suffisamment proche d'une sortie et dressa son camp sur le sable, comme elle avait pris l'habitude de le faire dans son salon.

– Regarde, Hope, c'est la mer ! gazouilla Julian en faisant voler sa fille dans ses bras avant de la poser sur leur plaid écossais.

Le couple se tourna alors vers Amber, assise dans la poussette.

– Elle a l'air triste, soupira Tracy.

– On ne peut pas risquer de la sortir, chérie. Le sable pourrait pénétrer dans sa canule..., tenta de la raisonner Julian.

Une fois encore, la famille vivait un moment déchirant, à la fois plein de bonheur et de tristesse. Le bonheur d'être tous ensemble à la plage, mais la tristesse qu'Amber ne puisse en profiter pleinement.

Julian déplia une serviette et en enveloppa la poussette à la manière d'un voile afin d'éviter que le vent ne projette du sable sur la petite.

– Et si on faisait des châteaux de sable ? proposa-t-il ensuite afin de détendre l'atmosphère.

Tout en observant son mari retomber en enfance et sa fille tenter de ramper vers lui, Tracy fut de nouveau frappée par ce désagréable sentiment que quelque chose n'allait pas.

Pourquoi Amber ne se comporte-t-elle pas comme sa sœur ? Elle passe ses journées allongée sur le dos à regarder dans le vide... Les jumelles avaient désormais treize mois, mais elles auraient pu en avoir six d'écart que cela n'aurait choqué personne.

Elle avait beau tout essayer, Tracy fut incapable de se défaire de ce sentiment les jours suivants. Les différences entre les deux filles étaient plus frappantes encore, en dehors du contexte auquel ils étaient tous habitués depuis des mois.

Julian n'était pas en reste, niveau angoisses. S'occuper d'Amber était une épreuve en soi à la maison, alors dans un environnement étranger... Sans parler des insomnies continues que le fait de partager la même chambre leur imposait. Il était donc impatient de retrouver sa chère routine.

Le chargement de la voiture, le jour du départ, se fit dans une ambiance quelque peu électrique. Par chance, l'atmosphère s'allégea sitôt qu'ils se retrouvèrent sur l'autoroute. Ces quelques jours de vacances avaient été leur premier test pour savoir s'ils pouvaient prétendre au titre de « famille normale ». Avaient-ils réussi ?

– Je ne suis pas mécontent de rentrer..., soupira Julian, derrière le volant.

Tracy s'était régalée de ces quelques jours de pause et de soleil, mais elle ressentait le besoin urgent de récupérer du sommeil, après quatre longues nuits blanches. C'était comme si chaque voie qu'ils désiraient emprunter comportait un obstacle énorme. Et elle ne cessait de lutter contre l'idée que quelque chose n'allait pas chez Amber.

C'est un peu comme quand on découvre une égratignure sur sa voiture ; soudain, tous les autres défauts nous sautent aux yeux. Ce n'est plus le véhicule parfait auquel on avait rêvé. Sauf que dans ce cas, Amber n'était pas un objet, mais un magnifique bébé que Tracy voulait à tout prix aider à évoluer. Elle voulait que sa fille soit heureuse et en bonne santé, mais elle était accablée par un terrible sentiment d'impuissance.

Le soleil se couchait lorsqu'ils empruntèrent enfin les routes familières qui les mèneraient chez eux. Les dernières cinq minutes de trajet les firent longer Sutton Park, une oasis de verdure de presque mille hectares en plein désert urbain – le septième plus gros espace vert d'Europe. Ni Julian ni Tracy n'y avait vraiment prêté attention depuis leur emménagement ici, mais Tracy se surprit à dévorer des yeux la nature sauvage, se demandant ce que cela ferait d'aller s'y promener en famille.

Peut-être un jour..., songea-t-elle d'un air abattu.

Julian poussa un soupir de soulagement une fois la voiture garée dans leur allée : les choses pouvaient enfin reprendre leur cours normal.

– Va donc lancer la bouilloire, chérie. Je m'occupe de décharger tout ça, proposa-t-il, tout sourire – pour Julian, le thé était l'antidote parfait à toutes les situations.

Une fois le thé servi et la voiture vidée, le couple s'écroula sur son canapé moelleux, se moulant aux empreintes qu'ils y avaient laissées. Hope et Amber avaient quant à elles retrouvé leur tapis d'activités, à leurs pieds.

– Attention, Hope ! s'écria soudain Tracy.

La petite était en train d'escalader Amber, comme s'il s'agissait d'un obstacle parmi tant d'autres.

Tracy s'agenouilla et sépara les deux filles afin d'éviter que Hope n'arrache malencontreusement la canule de sa sœur. Hope se mit alors à escalader autre chose, exactement de la même manière qu'elle l'avait fait avec Amber quelques secondes plus tôt.

– Elle ne prête même pas attention à sa sœur, commenta Tracy, choquée par ce qu'il venait de se passer.

Mais comment Hope pouvait-elle remarquer sa sœur ? réalisa-t-elle avec tristesse. Elle bougeait à peine, ne produisait aucun son, ne pleurait pas…

Elles vivaient dans deux mondes diamétralement opposés. Et Tracy avait le terrible pressentiment que cette distance ne ferait que s'accentuer au fil des mois.

9

Un grand pas en avant

Sutton Park, Birmingham, printemps 2012

– Il est hors de question de renvoyer Shocks dans le Devon, déclara Amber Brennan à l'assemblée.

Personne, au centre de Birmingham, n'aurait souhaité cela, mais Amber ressentait le besoin de le préciser, ne serait-ce que pour mettre un terme à ses propres doutes.

Ils avaient laissé Shocks tranquille pendant presque une année entière, mais malheureusement il n'y avait eu aucun changement notable. L'animal passait tout son temps seul, craignant de toute évidence d'approcher ses congénères. On aurait dit qu'il ignorait même comment s'amuser.

– Si aucun enfant ne parvient à le monter, alors nous le garderons pour leurs caresses. Dieu sait qu'il en a besoin, suggéra Amber, farouchement décidée à lui trouver une place au centre.

Elle avait conscience de bien trop s'impliquer, émotionnellement parlant, mais comment aurait-elle pu faire autrement ? Le refuge ne disposant que de vingt et une bêtes, l'équipe ne pouvait que s'y attacher. Se séparer d'un âne, ce serait un peu comme perdre un enfant…

– Shocks est bien trop fragile, et il manque trop de

confiance pour se faire à un nouveau milieu. Il est chez lui, ici, conclut-elle.

Andy et le reste de l'équipe hochèrent la tête en baissant les yeux. Ils voyaient bien que la situation la désolait. Ils brûlaient tous de voir Shocks enfin s'épanouir, mais aucun n'avait trouvé la clef pour le sortir de sa coquille.

– Je sais ce que je vais faire, intervint Sara Gee, la monitrice de cinquante-quatre ans – Amber et Sara étaient les deux monitrices certifiées du refuge. Je vais essayer de tranquillement l'habituer au manège. Qu'est-ce que vous en pensez ?

L'équipe donna son assentiment. Après tout, la situation ne pouvait empirer... Au contraire, cela pourrait même débloquer le pauvre Shocks, car la plupart des ânes se sentent épanouis lorsqu'ils disposent d'un but, lorsqu'ils aident les autres.

Shocks était habitué à la bride, mais ce n'était pas le seul équipement auquel il devrait se faire avant de pouvoir porter un enfant sur son dos.

Les deux accessoires principaux étaient le mors et, évidemment, la selle – des accessoires plutôt oppressants pour un animal qui n'en avait jamais porté de sa vie. Et Shocks était loin d'être friand de l'idée de les porter, surtout avec sa peur qu'on touche à ses anciennes blessures.

Le processus allait donc nécessiter de la patience et du temps, afin que Shocks comprenne qu'il n'y avait pas de quoi avoir peur. Ils devaient absolument lui montrer que plus personne ne pouvait lui faire de mal.

Sara alla récupérer Shocks dans l'enclos après le dernier cours d'équitation. La matinée avait été particulièrement chargée : soixante enfants en tout avaient défilé sur le dos des ânes. Le manège devait regorger d'odeurs, et c'était exactement ce que Sara voulait pour Shocks.

– Viens, mon grand. J'ai quelque chose à te montrer...,

dit-elle en accrochant doucement la longe à la bride de l'animal.

Sara était grande, à l'instar de sa collègue monitrice, ce qui lui donnait un avantage non négligeable lorsqu'il s'agissait de maîtriser un âne aussi imposant que Shocks.

Shocks la suivit docilement. Il faisait toujours ce qu'on lui demandait, mais jamais de bon cœur. Les autres bêtes jouaient des coudes pour être choisies, mais encore une fois, aucun de ses congénères, ici, n'avait connu la même cruauté. Sara soupçonnait que Shocks ait été forcé à faire certaines choses avant d'être secouru.

L'équipe passait le plus clair de son temps à essayer de comprendre ce qui avait pu arriver à ses protégés dans leurs précédentes vies, et, à force d'observation, il était parfois possible de le deviner.

Shocks n'avait pas mis les pieds dans le manège depuis ce fameux soir d'orage, près d'un an plus tôt. Son corps se raidit sitôt qu'il sentit toutes ces odeurs inconnues.

– Tout va bien, Shocks. Allez…

Sara lui fit lentement faire le tour de la piste sans cesser de parler, lui racontant en détail sa matinée avec les enfants. Peu importait ce qu'elle disait ; c'était le ton qui comptait. Sa voix douce était rassurante, comme celle d'une infirmière au chevet de son patient.

– Ta robe mériterait bien un petit coup de propre. Tu permets ? lança-t-elle alors en saisissant la brosse aux poils raides.

Shocks se figea de nouveau tandis que Sara passait délicatement la brosse sur son dos, son bas-ventre et ses pattes, prenant bien soin de ne pas toucher ses anciennes blessures. L'animal avait le regard fixé au sol, comme s'il avait peur de lever la tête.

– Oh, tu as un peu de crotte dans les yeux…

À l'instar des humains, les ânes ont les yeux sales au réveil. Sara mit un peu d'eau chaude sur un chiffon puis frotta ses grands yeux tristes. Pour la monitrice d'équitation, les yeux de ses protégés étaient le reflet de leur âme. Et cela était particulièrement saisissant chez Shocks, car son regard débordait d'émotion.

– Alors, comment ça se passe ? vint s'enquérir Andy.

– Je crois qu'il est un peu perplexe..., dit Sara en riant.

– Il n'a jamais été l'objet d'autant d'attentions, c'est normal. Il se demande sûrement ce qui se passe !

Ça n'avait beau être que des pas de fourmi, il y avait tout de même de l'évolution. Sara laissa Shocks brouter tranquillement dans l'enclos pendant quelques jours, puis lui fit refaire un petit tour de manège, avec en prime une nouvelle toilette. L'idée était qu'il gagne peu à peu en confiance jusqu'à se laisser équiper sans être effrayé.

Une fois de retour dans l'enclos, Shocks fut aussitôt acculé par les gros durs de la bande. On lui avait présenté les Trois Mousquetaires l'un après l'autre, et ils lui avaient bien fait comprendre qui était le chef. Désormais, ils venaient à la pêche aux informations. Shocks se figea tandis que Zebedee, Mackenzie et King le cernaient tels des requins. Zebedee lui renifla l'encolure et lui donna un petit coup de dents afin de lui rappeler une nouvelle fois la hiérarchie. Shocks ne broncha pas, attendant qu'ils fassent ce qu'ils avaient à faire.

Ce genre de scène était tout à fait similaire à ce qu'on peut voir dans certaines cours de récré, sauf qu'ici, les trois mâles n'étaient pas méchants. Ils voulaient simplement tester la nouvelle recrue afin de s'assurer qu'elle ne marche pas dans leurs plates-bandes.

Car, contrairement à Shocks, c'était le cas de certaines bêtes. Par exemple, ils avaient d'emblée pris Junior en grippe. Junior était un âne au pelage cendré de six ans qui ressemblait à une version miniature de Donk, un autre âne du troupeau, d'où le fait qu'on l'eut baptisé « Junior ». C'était une bête puissante et sanguine qui n'avait pas le moindre respect de l'espace personnel de ses congénères. Les Trois Mousquetaires s'en étaient immédiatement méfiés. Un jour, King avait fini par sortir de ses gonds et lui avait décoché une jolie ruade dans la croupe. Depuis, les deux bêtes prenaient bien soin de s'éviter.

Cela sautait toutefois aux yeux que Shocks serait incapable de poser le moindre problème. Ils sentirent très vite sa peur et sa détresse, et décidèrent donc de le laisser tranquille.

Shocks les observa s'éloigner d'un regard triste, comme s'il regrettait de ne pas pouvoir faire partie du gang.

Andy avait assisté à toute la scène de l'abri, où il était en train de balayer.

– Ne te laisse pas impressionner par Zebedee. Au moins, toi, tu n'es pas obligé de te tartiner de crème solaire ! plaisanta-t-il afin de détendre l'animal.

Du fait de son pelage blanc, Zebedee avait la peau fragile, exactement comme les humains. Andy devait donc lui étaler de la crème solaire sur tout le corps quotidiennement, l'été.

Il lui rappela également d'une voix douce que le reste du troupeau n'avait pas droit à toutes ces attentions dont on le couvrait actuellement : c'était au tour de Shocks de briller, de devenir un âne de selle.

Après plusieurs semaines de fréquentation du manège, Sara décida de tenter de seller Shocks. Il y a certaines choses qui peuvent s'avérer déplaisantes dans le fait de porter une selle. Tout d'abord, la sangle que l'on fixe sous le bas-ventre de l'animal afin de maintenir la selle en place. Le bas-ventre est un point particulièrement sensible chez les ânes, ce qui ne les pousse pas à apprécier qu'on les touche là, et encore moins qu'on y attache une grosse sangle – ce qui doit être aussi agréable que de porter un corset. Puis il y a la croupière, la longue sangle qui suit la colonne pour passer sous la queue afin d'empêcher que la selle ne glisse vers l'avant. Les étriers peuvent également effrayer l'animal, lorsque le métal rebondit sur ses flancs.

Shocks étant l'âne le plus imposant que le refuge ait jamais accueilli, ils durent commander une croupière spéciale adaptée à son gabarit !

Sara n'eut aucun souci quand il s'agit de poser la selle sur son dos. Comme à son habitude, Shocks faisait exactement ce qu'on attendait de lui, sans broncher. Il n'y avait simplement aucun enthousiasme en lui, aucune joie de vivre, aucune lumière dans ses yeux.

Vint le tour du mors, qui consistait en une barre de métal glissée dans la bride à l'arrière des dents. Cela permettait aux moniteurs de diriger l'âne durant les activités.

Shocks se mit à mâchouiller la barre, mais en comparaison de certains de ses congénères – qui finissaient parfois par se coincer la langue, à force de la glisser sous la barre – il était d'une sagesse exemplaire.

Ce que Shocks n'aimait pas, en revanche, c'était qu'on lui touche les oreilles. Il n'est pas rare que les propriétaires de pauvres bêtes les tirent par les oreilles pour les punir. Les ânes recueillis, à l'instar de Shocks, portent malheureusement souvent ces traces de torture.

– Ne t'inquiète pas, Shocks ; je ne vais pas te faire de mal, souffla Sara en passant délicatement la bride par-dessus ses longues oreilles, l'une après l'autre, avant de le gratouiller – ce que les ânes adorent.

En plus de l'équipement, Shocks devait également apprendre à s'habituer aux différentes activités auxquelles il finirait par prendre part. Le centre thérapeutique n'avait pas seulement de particulier ses ânes, mais aussi ses jeux spécifiquement conçus pour aider les enfants à développer leur musculature ainsi que leur fonctionnement cognitif.

Ces différents jeux consistaient entre autres à jeter des balles dans un seau, à lâcher les rênes pour attraper des banderoles, à prendre des cartes et à les poster dans diverses boîtes aux lettres. Chaque geste de l'enfant était conçu pour mettre ses forces à l'épreuve.

Il était donc essentiel que Shocks ne soit pas effrayé par le bruit d'une carte qu'on agiterait derrière son oreille, ou celui d'une balle qui atterrirait brutalement devant lui. C'est ainsi qu'il se retrouva à faire des tours de manège, Sara remuant une carte près de lui – scène qui aurait eu de quoi amuser le premier promeneur venu.

Même si Shocks était un âne plutôt docile, il était très facilement effrayé. Il se figeait à la moindre balle passant d'un peu trop près, au bruit de la carte quand celui-ci se faisait plus pressant, ou encore quand il s'agissait de slalomer entre les cônes.

Il était toutefois impératif que Sara conclue chaque session sur une bonne note. Si Shocks avait eu peur de quelque chose, elle le rassurait en lui montrant qu'il ne craignait rien. La dernière chose à faire était de le laisser quitter le manège dans un état de panique.

Même si Sara prenait son travail très au sérieux, elle ne put s'empêcher d'éclater de rire lorsque Shocks se figea un jour devant le rai de lumière qui traversait le manège. Elle aurait presque pu voir les rouages tourner à plein régime dans sa tête. *Qu'est-ce que je fais ? Je saute par-dessus ? Je m'enfuis ?*

– Allez, viens, mon nigaud, sourit-elle en le tirant doucement.

Et c'est ainsi que Shocks finit par être prêt, Sara ayant tué dans l'œuf chacune de ses peurs. Il restait toutefois un dernier point à régler, à savoir la façon dont l'âne réagirait avec quelqu'un sur le dos.

– Et si on essayait avec Bourriquet ? proposa Andy en souriant.

Le refuge disposait en effet d'un Bourriquet en peluche géant, le genre qu'on trouve sur les fêtes foraines. Des parents l'avaient offert à l'équipe, et la peluche trônait fièrement dans le manège.

Les enfants devaient peser moins de quarante-cinq kilos pour pouvoir monter un âne, au refuge. Bourriquet était évidemment loin de faire ce poids-là, mais il était suffisamment imposant pour imiter le gabarit d'un enfant. L'équipe installa donc la peluche géante sur la selle, amusée par cette nouvelle expérience.

Andy sortit son appareil photo, sentant que ce moment mériterait d'être immortalisé puis affiché à l'accueil, pour que tous les visiteurs puissent en profiter.

– Fais un sourire, Shocks ! lança-t-il.

L'animal lui jeta un regard innocent à travers ses longs cils noirs.

Au-delà de l'amusement provoqué par la situation, c'était un moment extrêmement gratifiant pour toute l'équipe : il avait fallu des mois et des mois de dur labeur pour porter Shocks jusqu'ici, et l'animal était enfin prêt à se laisser monter.

– Bien joué, mon pépère, le complimenta Sara après que Shocks eut accompli un tour complet avec Bourriquet sur le dos.

Puis elle lui donna un biscuit. Shocks le prit, mais il n'y avait toujours aucune joie en lui, ni aucune fierté.

Andy et ses collègues auraient tellement aimé que le pauvre animal soit capable de partager leur bonheur… Ils savaient que cela arriverait un jour ; ne restait plus qu'à trouver la clef pour déverrouiller son cœur.

10

Une bataille perdue d'avance

Sutton Coldfield, Birmingham, printemps 2012

– Vas-y, Amber ! Tu peux le faire ! l'encourageait Tracy.

Mais le couple n'était pas en train de filmer ses premiers pas – loin de là. Ils parvinrent seulement à capturer une minute de film durant laquelle Amber réussit à s'asseoir avant de retomber tout aussi sec sur le ventre.

Les jumelles avaient désormais un peu plus d'un an et demi, et Amber n'était toujours pas capable de tenir assise tandis que Hope, elle, était sur le point de marcher. La différence entre les deux filles était devenue une source constante d'inquiétude pour les parents.

Amber aimait s'asseoir entre les jambes de Tracy, mais si celle-ci ne la tenait pas, la petite remuait de droite à gauche comme une poupée de chiffon. C'était un spectacle déchirant pour les Austwick, qui n'avaient aucune idée de ce qui pouvait bien clocher.

Tracy refusait d'en parler, car elle détestait mettre des mots sur ses angoisses. Julian, lui, préférait ne pas aborder le sujet de peur d'inquiéter sa femme. Si seulement il avait été en possession des réponses, il aurait discuté du problème sans souci, mais sans le remède miracle, il préférait garder le silence. Ils avaient un peu l'impression de se retrouver des mois auparavant, dans le service de néonatalogie, à subir une situation qui les dépassait sans être capables de la regarder en face.

L'indifférence totale dont Hope faisait preuve à l'endroit de sa sœur ne faisait qu'accentuer le malaise.

Elles ne jouaient jamais ensemble ; elles avaient à peine échangé un regard ! Les seuls moments d'interaction avaient lieu quand Hope cherchait à dérober un jouet à sa sœur.

– Non, Hope, ce n'est pas à toi, la reprenait Julian tandis que la petite essayait d'arracher la tétine de la bouche d'Amber.

L'hôpital avait donné à Amber des tétines spécialement conçues pour renforcer les muscles de sa bouche. Et c'était justement le caractère unique de ces tétines qui donnait l'envie folle à Hope de les subtiliser.

La pauvre Amber ne faisait évidemment pas le poids face à sa sœur, et elle perdait à tous les coups si ses parents n'intervenaient pas.

Si ce n'était pas la tétine, c'était une brique de Lego, ou encore une peluche. Hope n'avait pas de limites et Amber n'avait pas la force de se défendre.

Cela paraissait normal que les petites ne se comportent pas comme des sœurs, ayant vécu séparément dès le jour de leur naissance : deux couveuses, deux hôpitaux… Tracy ne les avait portées ensemble qu'une seule fois durant les six premiers mois de leur existence. Comment pouvaient-elles même comprendre qu'elles étaient sœurs ?

Cela n'en était pas moins bouleversant de tristesse.

Quand Tracy se sentait à deux doigts de craquer, soit elle se plongeait dans le ménage, soit elle allait se coucher tôt. Cet après-midi-là, elle prit la direction de la cuisine afin de se perdre dans la vaisselle.

Malheureusement, hormis lui friper les mains, la distraction ne fonctionna pas. Cela la tracassait trop ; elle savait qu'elle allait devoir en parler à Julian.

– Je pense qu'il y a vraiment quelque chose qui cloche avec Amber, déclara-t-elle tout à trac.

– Qu'est-ce que tu veux dire ? lança Julian du salon.

Elle répéta alors, cette fois avec plus d'énergie, plus de conviction.

– Je t'avoue que je ne sais pas quoi te dire..., répondit Julian qui venait d'apparaître sur le seuil, toujours un œil sur Amber et l'autre sur Hope, laquelle crapahutait déjà vers l'escalier – son nouveau défi favori.

– Je pense qu'il est temps qu'on ait un deuxième avis, insista Tracy.

Julian plongea alors vers Hope et la récupéra avant qu'elle ne se fasse mal. La différence de développement entre les filles rendait d'autant plus difficile le fait de pouvoir garder continuellement un œil sur les deux.

Tracy était décidée et, dès le lendemain, ils demandèrent conseil à l'infirmière de leur quartier, Michelle Snipe, qui venait leur rendre visite une fois par semaine. L'infirmière se rapprocha alors des services à l'enfance, qui la dirigèrent vers une kinésithérapeute basée dans l'une des écoles de la commune.

Leurs craintes furent très vite prises au sérieux, et Lucy, la kiné, programma d'emblée de suivre Amber à raison d'une fois toutes les deux semaines.

– Vous voyez de quoi je vous parlais ? grimaça Tracy en regardant sa fille tomber sur le côté sitôt assise.

Lucy s'accroupit devant la petite et lui prit doucement les mains afin de la redresser.

– Bonjour, Amber, je m'appelle Lucy, dit-elle d'une voix chantante.

Amber l'observa d'un regard vide. Lucy avait l'habitude de travailler avec des enfants à besoins spécifiques, et cela se voyait à sa façon de faire. Elle était à la fois douce et ferme.

Elle n'eut qu'à lâcher légèrement la main d'Amber pour que celle-ci retombe sur le coussin.

– Il y a en effet un souci au niveau de la stabilisation du tronc, remarqua Lucy en calant Amber dans le coussin de maternité pour l'aider à tenir assise.

Stabilisation du tronc. Encore un nouveau terme que la famille apprendrait bien trop vite à maîtriser…

– Mais je suis sûre qu'on peut améliorer ça, les rassura la kiné.

Elle se releva sans quitter la petite des yeux. Lucy avait un visage auquel on se fiait tout de suite, avec ses joues pleines qui formaient deux jolies pommes lorsqu'elle souriait. Elle avait des cheveux châtain clair coupés en carré très court et ne devait pas être bien plus âgée que Tracy.

Le couple l'adopta d'emblée, mais la partie était loin d'être gagnée avec Amber, surtout quand la kiné la contraignit à des exercices un peu plus astreignants.

Lucy essayait de renforcer les muscles d'Amber en la positionnant sur le ventre sur un gros ballon gonflable, ou alors en la mettant debout et en la poussant à se tenir au canapé.

Julian l'observait, la caméra au poing afin de capturer la moindre évolution.

– Non, on dirait qu'elle n'a pas envie…, soupira-t-il en coupant l'enregistrement.

Amber venait de plisser le visage, les joues rouges et les yeux emplis de larmes, avant de se laisser aller à son chagrin muet.

Le fait qu'Amber ne puisse même pas produire un son lorsqu'elle pleurait rendait le spectacle encore plus déchirant pour ses parents.

Tracy avait beaucoup de difficulté à supporter l'idée que la kiné puisse faire mal à sa fille. Julian, lui, avait de la peine pour la pauvre femme dont le travail consistait à aider des enfants qui devaient profondément la détester.

– On ne peut pas se permettre de baisser les bras si facilement, déclara Tracy.

Cela était douloureux pour elle de voir Amber dans cet état, mais elle était plus que déterminée à ce que sa fille trotte comme sa sœur.

Au bout de quelques semaines, Lucy était presque parvenue à la faire tenir assise. Amber aimait être appuyée sur son flanc gauche et se servir de sa jambe droite pour se déplacer, un peu comme avec une pagaie. Sauf que dans cette position, elle ne faisait que tourner sur elle-même.

Tracy était toutefois soulagée de voir qu'il y avait du progrès.

Amber se servait même de ses nouvelles capacités pour échapper à Lucy. Elle détestait tellement ces séances de kiné qu'elle allait se cacher derrière le canapé en se déplaçant sur les fesses dès qu'elle entendait sa voix à la porte.

Julian avait beau la récupérer et l'étendre sur le tapis, la petite tentait de nouveau de se faire la malle quelques secondes plus tard. C'était une lutte permanente, pour parvenir à la maintenir en place en présence de la kiné.

Ils avaient installé quatre barrières au rez-de-chaussée de la maison. Il suffisait qu'ils détournent les yeux ne serait-ce que quelques instants et Hope filait en direction du jardin ou des escaliers.

Les filles ne tarderaient pas à souffler leur deuxième bougie, et même si le fossé avait diminué entre elles, Lucy n'était pas cent pour cent rassurée.

– Elle n'utilise toujours pas son côté gauche, dit-elle un jour, songeuse, durant une séance.

Amber parvenait désormais à s'asseoir toute seule et à se déplacer en mode « pagaie », mais si vous la mettiez debout, elle s'appuyait de tout son poids sur sa jambe droite et agitait son petit bras comme une aile.

Lucy tenta alors de nouveaux exercices consistant à lui faire plier et tendre le genou gauche, à faire travailler sa cheville et ses orteils. La pauvre Amber n'était pas plus à l'aise, et elle implorait sa mère du regard, des larmes plein les joues.

Une fois Lucy partie, il n'était pas rare que Tracy donne un antidouleur à Amber afin de la soulager un peu. Cela devait être terrible, pour la petite, de se faire constamment palper, entre les séances de kiné et tous les soins liés à sa trachéotomie. En général, Amber passait les heures qui suivaient une séance cachée derrière le canapé, hermétique au monde extérieur.

– Je ne comprends pas ce qui ne va pas chez elle…, ne pouvait s'empêcher de s'inquiéter Tracy.

– Si j'avais la réponse, chérie, je te l'aurais donnée depuis longtemps, répliquait alors Julian, tout aussi dépité par la situation.

Tracy s'efforçait toutefois de rester positive. Après tout, Amber évoluait quand même. En sa qualité de maman, Tracy avait beaucoup de mal à accepter l'idée qu'il puisse y avoir un problème chez sa fille. Pour le moment, elle préférait confiner ses soucis dans une boîte bien fermée et s'absorber dans sa routine : son ménage et ses filles.

Ce fut Lucy qui finit par se décider à ouvrir la boîte de Pandore.

– J'aimerais parler d'Amber à l'une de mes collègues, à l'école. Je ne sais pas ce qui se passe…, marmonna-t-elle en se grattant la tête.

Elle rassura aussitôt les Austwick en leur disant qu'elle cherchait simplement des conseils pour améliorer la stabilisation de son tronc. Encore ce terme… Mais pourquoi ses muscles ne fonctionnaient-ils pas correctement ?

Lucy organisa donc un rendez-vous avec la spécialiste en spasticité de la Wilson Stuart School, située à quelques pas de chez eux. Pauline Christmas était une physiothérapeute qui travaillait avec des enfants victimes de problèmes de mobilité, et elle bénéficiait d'une grande expérience avec ceux ayant des besoins spécifiques. Julian partit au rendez-vous plutôt détendu – ce n'était qu'une spécialiste de plus, après tout ; rien de bien inquiétant. Tracy, elle, appréhendait beaucoup plus la rencontre, mais pas au point de s'attendre à recevoir une gifle en plein visage.

Ils prirent Hope avec eux, qui passa entre les jambes de la physiothérapeute dès l'instant où elle aperçut la petite cuisine en plastique, dans l'angle de la pièce.

Ms Christmas, qui accueillait ses parents, leva un sourcil sévère en direction de Hope puis s'éclaircit la gorge avant de désigner les deux chaises en bois installées devant son vieux bureau. Une fois le couple assis, elle retourna à sa propre chaise – tout aussi inconfortable et tout aussi usée – qui craqua sous son poids.

Ms Christmas devait approcher de la soixantaine. Elle avait des cheveux bruns et courts parsemés de gris.

Elle a l'air plutôt collet monté..., ne put s'empêcher de remarquer Julian.

Mais je suis sûr que c'est une excellente professionnelle, se reprit-il aussitôt, s'en voulant une fois de plus de juger aussi vite.

La chaise laissa échapper un nouveau craquement tandis que la physiothérapeute se penchait en avant, les coudes appuyés sur son bureau.

– Alors, dites-moi, qu'est-ce qui vous arrive ? demanda-t-elle en agitant un stylo entre ses doigts, prête à prendre des notes.

Julian se lança dans le résumé de tout ce qu'ils avaient vécu depuis la naissance des filles. Leur vie était un ascenseur émotionnel constant, et il dut ravaler ses larmes lorsqu'il en vint à narrer certains épisodes particulièrement difficiles. Il était hors de question qu'il pleure devant une parfaite inconnue. Tracy, elle, n'ouvrit pas une seule fois la bouche. Elle se contentait d'observer la spécialiste, sa fille sur les genoux, sans rien laisser transparaître.

Ms Christmas écouta patiemment puis se leva lorsque Julian eut terminé.

– Je vais déjà regarder sa façon de marcher, déclara-t-elle en se dirigeant vers les tapis de sol en caoutchouc.

Amber parvenait plus ou moins à marcher, si quelqu'un lui tenait la main. Tracy lui retira ses chaussures et ses chaussettes, puis prit sa minuscule main dans la sienne.

– Viens, ma puce.

Elle posa Amber par terre et elles gagnèrent lentement les tapis, sur lesquels Hope était déjà installée. Amber marchait sur la pointe des pieds, agitant le bras gauche dans les airs pour garder son équilibre.

Ms Christmas l'observait sous tous les angles en lâchant un petit bruit de gorge de temps à autre. Tracy ne put s'empêcher de revoir l'échographiste qui lui avait fait tant penser à un mécano en train d'examiner une voiture en mauvais état…

– Qu'est-ce qu'on peut faire ? voulut savoir Julian, qui attendait en bout de piste, armé de l'appareil à succion et d'un cathéter, au cas où l'effort ne déclenche un trop-plein de sécrétions.

– Hmm…, marmonna une fois de plus la spécialiste, en pleine réflexion.

Puis elle se tourna enfin vers le couple et déclara d'un ton parfaitement détaché :

– Je pense que votre fille souffre d'infirmité motrice cérébrale.

Tracy jeta un regard désemparé à son mari.

– Quoi ? balbutia-t-elle. Je ne crois pas, non ! Qu'est-ce

que vous voulez dire, au juste ? ajouta-t-elle d'un ton bien plus agressif.

Ms Christmas retourna derrière son bureau et expira longuement avant de s'adresser au couple d'une voix calme.

– Je fais ce travail depuis des années et, d'après mon expérience, la façon dont Amber se déplace et agit avec son côté gauche trahit une infirmité motrice cérébrale, répéta-t-elle.

Comment pouvez-vous lâcher une bombe pareille après n'avoir regardé ma fille que quelques secondes ? aurait voulu lui hurler Tracy à la figure.

Le terme « infirmité motrice cérébrale » lui évoquait des images d'individus en fauteuil roulant, des individus qui ne pouvaient pas manger seuls, qui ne pouvaient pas bouger leurs membres…

Julian ne s'était pas encore laissé dominer par l'angoisse. Il voulait entendre ce que la physiothérapeute avait à dire.

– Y a-t-il eu un saignement cérébral, à la naissance ? s'enquit alors Ms Christmas.

Mon Dieu…

Julian et Tracy se dévisagèrent, livides.

La naissance avait été un tel chaos – les jumelles avaient même souffert de deux saignements pulmonaires la première semaine – que le couple avait fini par oublier ce que le médecin avait pu leur dire deux ans plus tôt.

Mais Amber avait bien été victime d'un saignement cérébral. Était-ce la raison pour laquelle elle ne parvenait pas à faire fonctionner correctement son côté gauche ?

Non, ma fille ne peut pas avoir d'infirmité, s'entêta Tracy, refusant obstinément d'y croire.

Elle coupa donc court au rendez-vous. Le couple salua poliment Ms Christmas, Tracy bouillonnant intérieurement de rage. Ce n'est qu'une fois dans la voiture qu'elle explosa.

– Mais qu'est-ce qui se passe, chérie ? tenta de la calmer Julian.

– C'est complètement ridicule ! Qui est cette femme pour juger les autres aussi vite ?

Elle se pencha au-dessus d'Amber et déposa un baiser protecteur sur son front.

– Prends un peu de recul, Trace... Elle connaît son boulot, après tout.

Julian était beaucoup plus enclin à accepter le diagnostic de la spécialiste. Il pouvait comprendre l'agacement de sa femme, mais il fallait absolument qu'elle s'ouvre un peu si elle ne voulait pas rester dans le déni.

– Ça m'étonnerait qu'elle se permette de donner un tel verdict si elle n'était pas sûre d'elle, insista-t-il.

Une légère infirmité est-elle si grave que cela, si elle peut marcher ? Au moins est-elle en vie, songeait-il en bon philosophe.

Mais Tracy refusait de se laisser raisonner.

– Une sentence pareille ne demande-t-elle pas au moins des examens ? Il nous faut un deuxième avis, Julian. Je veux qu'elle passe une IRM. Je veux savoir à quoi ressemble ce saignement, et quelle taille il a.

La façon dont Julian cherchait à protéger ses filles était à l'opposé de celle de sa femme.

– Une IRM ne changerait rien au problème. Pourquoi lui imposer une chose pareille ?

– Parce que je *veux* savoir, déclara Tracy en croisant les bras sur sa poitrine.

C'était cette ignorance, plus que tout, qui la rongeait.

Julian se sentait frustré de ne pouvoir apaiser sa femme. Mais par-dessus tout, il se sentait impuissant face à la barrière qu'elle dressait entre eux lorsqu'elle se comportait ainsi.

À leur retour, Tracy annonça qu'elle veillerait sur les filles cette nuit-là et monta assez tôt dans la soirée.

Julian zappa devant la télé quelque temps, à la fois abattu et terriblement seul. Il sentit même des larmes couler sur ses joues – la pression qui retombait, sans aucun doute.

Il l'ignorait, mais Tracy n'était pas en meilleure forme, là-haut. Toutes les émotions de la journée resurgissaient soudain.

Au fond, elle savait que la physiothérapeute était dans le vrai. Amber avait bien été victime d'un saignement à la naissance, et son côté gauche avait clairement un souci.

Allongée sur son matelas une place aux côtés de sa fille, elle se torturait avec les pires scénarios, imaginant entre autres sa petite Amber dans un fauteuil roulant.

Elle haïssait Pauline Christmas d'avoir prononcé pareille sentence, mais c'était malgré tout à elle-même qu'elle en voulait le plus.

N'a-t-elle pas suffisamment souffert comme cela ? se reprocha-t-elle tout en sanglotant, le corps secoué de tremblements. Toute sa souffrance, sa culpabilité et sa peine se noyèrent dans son oreiller. Elle aurait aimé que Julian puisse la consoler, mais elle ignorait comment l'appeler à l'aide.

Julian espérait que sa femme se serait quelque peu calmée le lendemain matin, mais Tracy était plus que jamais décidée à obtenir un deuxième avis. Elle avait d'ailleurs déjà convenu d'un rendez-vous avec le pédiatre, le docteur Diwakar, avant même le petit-déjeuner.

Tracy persistait dans son obstination. Julian l'entendait fulminer au téléphone, avec sa sœur, et vu son ardeur, il pouvait aisément deviner que Debs était tout aussi impuissante que lui…

J'imagine que c'est sa façon de gérer sa peur que le diagnostic soit juste, tenta-t-il de se raisonner. Mais cela ne rendait pas la situation plus facile. Il fut donc grandement soulagé lorsqu'il fut enfin temps de partir pour leur fameux rendez-vous.

Les couloirs de l'hôpital pour enfants de Birmingham rappelaient de bien mauvais souvenirs aux Austwick. Ils y étaient déjà retournés durant ces derniers dix-huit mois, mais pour des contrôles de routine, non pour quelque chose d'aussi sérieux.

Le docteur Diwakar accueillit le couple avec un sourire chaleureux. C'était un homme doux qui dégageait une grande sérénité. C'était également un médecin de renom, et il annonça d'ailleurs aux Austwick qu'il ne tarderait pas à rejoindre le Great Ormond Street Hospital de Londres.

Tracy jonglait avec un milliard de questions dans sa tête. Elle s'assit et croisa aussitôt les bras et les jambes, attendant de pouvoir lancer sa tirade.

Julian commença à expliquer la situation et à parler du fameux diagnostic, mais Tracy l'interrompit très vite. Julian secoua la tête, choqué par l'agressivité de sa femme.

– Pauline Christmas a demandé si Amber avait subi un saignement cérébral, bébé. D'après elle, ça pourrait être la cause, lâcha-t-elle en cherchant une réponse dans le regard du docteur.

Le spécialiste ouvrit le dossier d'Amber et se mit à le feuilleter, page après page, ses sourcils remuant à chaque nouvelle information. Derrière ses lunettes ovales sans monture, ses yeux brillaient. Julian jeta un regard réprobateur à sa femme en lui intimant de se calmer. Jamais il ne l'avait vue se comporter ainsi.

Le docteur Diwakar s'éclaircit la gorge avant d'annoncer son verdict.

– Il y a en effet bien eu un saignement cérébral, confirma-t-il.

Le couple l'écouta alors attentivement expliquer qu'il y avait quatre-vingt-quinze pour cent de chances qu'Amber souffre d'une légère infirmité motrice cérébrale. Pour en être certains à cent pour cent, ils devraient lui faire passer une IRM.

– Je veux que vous le fassiez, déclara Tracy en saisissant la perche.

Le docteur hocha lentement la tête, comme s'il comprenait leur douleur. De toute évidence, il savait faire face aux frustrations des nombreux parents qu'il rencontrait. Et il allait lui falloir un sacré courage, car, d'après lui, cela se révélerait trop dangereux d'imposer à Amber l'IRM que Tracy souhaitait tant.

Le souci avec une IRM, c'était que cela nécessitait une anesthésie générale. Et Amber devrait être seule dans la pièce, c'est-à-dire sans personne pour s'occuper de sa canule en cas d'urgence.

– C'est beaucoup trop risqué, je suis désolé, trancha le praticien.

Mais Tracy ne voulait rien entendre. L'homme poussa ses lunettes sur le haut de son nez et s'exprima alors d'une voix lente et posée.

– Ce serait plus dangereux de lui imposer une IRM que de vivre sans être certains du diagnostic, déclara-t-il.

Tracy chercha du soutien du côté de Julian, mais celui-ci partageait totalement l'avis du médecin.

– Lui faire passer une IRM ne changera rien à la donne, Trace. Ça ne fera aucune différence.

Tracy finit par lâcher un soupir de défaite.

– Très bien, marmonna-t-elle sans cesser de marteler le bras de son fauteuil de ses doigts nerveux.

Julian était enfin parvenu à lui faire entendre raison. C'était parfois difficile, mais il y arrivait toujours. C'était pour cela que leur couple fonctionnait aussi bien.

De retour chez eux, il ouvrit aussitôt ses bras à sa femme.

– Viens là, ma chérie... Ça ne changera rien à notre

amour pour elle. Il sera peut-être même encore plus fort, hein ? lui souffla-t-il à l'oreille.

– Oui, ça va aller, mentit-elle.

Elle aurait pourtant voulu hurler à quel point la suite des événements la terrifiait. Encore une fois, elle avait l'impression de jouer aux montagnes russes avec son cœur.

Au fond, Tracy avait le sentiment de se lancer dans une bataille perdue d'avance.

11

Une lueur d'espoir

Hôpital pour enfants de Birmingham, été 2012

Tracy s'immobilisa avant de faire volte-face.

– C'est toi, Liz ? lança-t-elle à la femme qui s'éloignait dans le couloir de l'hôpital.

Mais elle n'avait pas besoin d'une quelconque confirmation : la petite Abbie, dans les bras de sa maman, était trop facilement reconnaissable avec ses cheveux blond platine. Elle avait très vite hérité du surnom « Bébé Boris Johnson », au service de néonatalogie.

– Liz ! appela-t-elle.

– Oh, Tracy ! répondit Liz en se retournant dans une cascade de cheveux bruns digne d'une publicité pour shampoing.

Tracy avait rencontré Liz dans la salle où les mères tiraient leur lait, à Heartlands. Elles se croisaient de temps en temps, Abbie ayant également subi une trachéotomie.

– Comment ça va ?

La poussette avec Amber dans une main, l'appareil de succion par-dessus l'autre épaule, elle se sentait sur les rotules et se demandait bien à quoi elle pouvait ressembler...

– Ça va super, pas vrai Abbie ? répondit Liz avec un sourire rayonnant à l'intention de sa fille.

La pauvre Abbie avait connu davantage de complications qu'Amber. Elle avait six mois de plus mais ne se développait pas normalement. Elle était entre autres privée de toute possibilité d'interaction avec ses parents. C'était une fillette adorable, avec son petit nez en bouton et ses cheveux presque blancs... On aurait dit un elfe.

Chaque fois que Tracy croisait Liz, celle-ci débordait de joie de vivre. Elle ignorait comment elle faisait. Elle aurait aimé avoir sa force.

Si seulement j'étais aussi courageuse que toi, songea-t-elle, anéantie par le diagnostic encore frais des médecins.

– Et vous, alors ? Comment va Julian ?

Liz prenait toujours des nouvelles de tout le monde. Elle parlait d'un ton légèrement guindé, même si ce n'était pas du tout l'impression qu'elle dégageait, au final.

– Ça pourrait aller mieux, pour ne rien te cacher... On vient d'apprendre qu'Amber avait une légère infirmité cérébrale, lâcha Tracy d'une voix morne, son sourire retombant aussitôt.

Liz inclina la tête en esquissant une moue compatissante. Puis elle lui serra le bras et lui assura que tout irait bien. Tracy savait qu'elle le pensait, car Liz semblait croire que tout irait bien quelles que soient les circonstances. Elle aurait tellement aimé avoir ne serait-ce que quelques gouttes de son optimisme...

– J'ai une idée ! s'écria soudain Liz, comme si une ampoule venait de s'allumer sous son crâne. Ça vous dirait de venir vous promener avec Sam, Abbie et moi dans Sutton Park, un de ces jours ?

Liz était mariée à un charmant professeur de sport de huit ans son aîné. Julian était déjà tombé sur Sam, mais ils n'avaient jamais vraiment échangé.

– Ce serait sympa, oui, répondit Tracy en retrouvant le sourire.

– C'est un parc magnifique, tu sais, dit Liz avant de la saluer et de s'éloigner.

– Je n'y suis jamais allée. J'ai hâte !

Tracy n'avait jamais fait que contourner le parc. Elle se souvenait toutefois de ce fameux retour de vacances, lorsqu'ils l'avaient longé et qu'elle s'était demandé ce que cela ferait d'aller s'y promener. Elle n'allait donc pas tarder à le découvrir…

Le soleil tapait fort en ce jour de juin, lorsque les Austwick se garèrent dans le parking de l'entrée sud de Sutton Park. Ils avaient un peu d'avance, avance dont profita Julian pour aller étudier le gros panneau qui indiquait les sentiers pédestres en rouge.

– Ce parc est gigantesque ! lança-t-il à Tracy. Il fait presque mille hectares !

Il planta alors le regard sur l'étendue de verdure devant lui, les yeux plissés par le soleil. Et dire que cet endroit qu'il découvrait seulement maintenant se trouvait à quelques minutes de chez eux…

Ils étaient en train de sortir la poussette double du coffre quand Liz et Sam arrivèrent.

Pour Julian et Tracy, c'était rassurant de côtoyer des parents qui connaissaient les mêmes tribulations qu'eux, à savoir se charger de tout un tas de matériel dès qu'il s'agissait de mettre un pied dehors.

– Donne, chérie, je prends ça, dit Julian en enfilant sur son épaule l'appareil à succion jaune poussin.

Sam le gratifia d'un sourire compatissant, puis ils se lancèrent sur le sentier terreux, qui était dans l'ensemble plutôt plat à l'exception de quelques pierres ici et là. Le ton de la conversation était léger, ce que l'on attendait de quatre individus qui au final ne se connaissaient pas si bien que ça. Cela était étrange de voir Liz et Sam en dehors de l'hôpital ; ce rendez-vous avait comme un goût de première rencontre, quelque part.

– Nous n'aurions pas pu rêver mieux, comme temps, s'émerveilla Liz avec son enthousiasme habituel.

– Oui, cet endroit est vraiment superbe, commenta Tracy.

Mais elle avait beaucoup de mal à véritablement s'imprégner de la beauté des lieux ; elle était bien trop occupée à s'inquiéter de l'avenir d'Amber. C'était l'arbre qui lui cachait la forêt…

– Qu'est-ce qu'on trouve, dans ce parc, alors ? s'enquit Julian en feignant de montrer de l'intérêt.

Hope, elle, n'avait pas besoin de feindre quoi que ce soit. Elle était tellement excitée par tout ce qui l'entourait qu'elle poussait des petits cris et battait des bras pour toucher chacune des fleurs sauvages qu'ils longeaient. En total contraste avec sa sœur, Amber se tenait immobile à côté d'elle, à l'image de la pauvre petite Abbie.

– Eh bien, il y a un refuge pour ânes par là-bas, répondit Liz en agitant la main au loin.

– Un quoi ? souffla Julian, pantois.

– Un refuge pour ânes, répétèrent Liz et Sam en chœur.

– Ils les recueillent et les soignent, poursuivit Liz.

Julian s'imagina aussitôt une vieille écurie et une poignée de bêtes broutant dans un petit enclos.

– OK, lâcha-t-il en haussant les épaules d'un air désabusé.

Mais Liz ne s'arrêta pas là. Elle expliqua ensuite que le refuge consistait en un centre équestre gratuit réservé aux enfants à besoins spécifiques. Ils y avaient déjà emmené Abbie, et la petite s'était apparemment chaque fois beaucoup amusée.

– C'est une thérapie spécialement conçue pour améliorer la stabilisation du tronc, commenta Liz, illustrant son propos en posant le plat de la main sur son ventre.

Encore ce terme… Seulement, cette fois, il capta toute

l'attention de Tracy. Ce centre serait-il la réponse qu'ils cherchaient si désespérément ?

– Ça ne craint rien ? Comment les filles peuvent tenir sur la selle ? Combien ça coûte ? Vous avez remarqué des changements notables chez Abbie ? lança-t-elle sans pouvoir s'arrêter.

Liz dut admettre qu'elle ignorait comment le centre fonctionnait, mais elle avait entendu beaucoup d'histoires miraculeuses à son sujet.

– Tu n'as pas à t'inquiéter pour les filles ; il y a quelqu'un qui les tient, la rassura-t-elle.

Tracy entrevoyait enfin une lueur d'espoir, et c'était un sentiment particulièrement agréable. Sans espoir, il n'y avait rien. Cela faisait tellement de bien de croire en quelque chose...

– Il faut qu'on y aille, déclara-t-elle.

Julian leva les yeux au ciel d'un air peu convaincu. Il n'était pas porté sur les bêtes, mais il aimait encore moins contrarier sa femme, alors il accepta de mauvaise grâce.

Les deux couples décidèrent d'emmener les petites plus tard dans la semaine. Les tours de manège avaient lieu le matin, leur expliqua Liz. Il n'y avait qu'à se présenter et attendre patiemment son tour.

Quand le jour J arriva, Julian se rendit compte qu'il était bien moins détendu que lors de cette fameuse promenade. Il avait beau ne pas vouloir contrarier sa femme, les doutes se bousculaient dans son esprit.

– Et si quelqu'un cogne involontairement la canule d'Amber ? Et s'il y a de la poussière qui y entre ? Comment pourrons-nous l'aspirer si elle est sur un âne ? Et si elle attrapait un rhume à cause des autres enfants ?

– On verra sur place, chéri... Si ça ne va pas, on rentre.

Julian savait que si ça n'avait tenu qu'à lui, ses deux

filles passeraient leur vie dans un cocon. Mais ce n'était pas ce dont elles avaient besoin.

Il entra donc l'adresse du refuge dans son GPS tandis que Tracy attachait les filles dans la voiture. Le centre ne se trouvait qu'à quelques minutes de chez eux, mais Julian songea un instant à prendre une mauvaise direction et tourner pendant des heures dans les bois. Il n'aurait pas pu imaginer pire scénario…

– On va aller voir des ânes ! chantonna Tracy.

Amber la dévisagea d'un air vide. Hope, elle, se mit à crier de joie tout en agitant les bras.

– Mama ! sourit-elle, les yeux pétillant de bonheur.

Tracy lui rendit son sourire. C'était merveilleux d'entendre Hope commencer à parler.

Mais il y avait autre chose qui se cachait derrière ce sourire... Tracy s'était mis en tête que cette sortie relèverait du remède miracle pour Amber. Elle fondait tous ses espoirs sur ces ânes.

Amber nécessita beaucoup d'aspirations durant les dix minutes jusqu'au refuge, si bien que Trace eut à peine l'occasion de profiter du paysage. Elle sut qu'ils arrivaient lorsque la voiture se mit à cahoter en franchissant les passages canadiens.

– Eh ben ! On peut dire que je ne m'attendais pas à ça ! se réjouit Julian à l'approche du refuge.

Deux vans rutilants marqués du logo des lieux trônaient sur le parking. Devant eux, des enclos à perte de vue et un immense bâtiment, que Julian imagina être le manège.

Hope se mit à couiner en découvrant deux ânes en train de brouter l'herbe non loin de là.

– Oh, regarde, ils sont trop mignons ! s'émerveilla Tracy, toujours aussi enthousiaste.

Liz les attendait sur le parking, armée de son fameux sourire de présentatrice télé. Elle agita les mains et Julian alla se garer à côté d'elle.

– Purée, qu'est-ce que c'est que cette odeur ? grimaça-t-il en sortant.

– Contente de te voir, moi aussi, le taquina Liz. J'aurais dû vous prévenir : les ânes ont une tendance à embaumer... Mais on finit par s'y faire, je vous rassure.

Hope sembla remarquer l'odeur elle aussi, car elle plissa aussitôt son petit nez. Amber, elle, affichait son impassibilité habituelle, ne faisant que confirmer les craintes de ses parents quant à la perte définitive de son odorat et de son goût.

Où qu'ils aillent, il y avait toujours quelque chose pour leur rappeler la différence entre leurs deux filles. C'était d'une tristesse intolérable.

Ils installèrent les petites dans la poussette et suivirent Liz jusqu'à l'accueil.

– Il faut signer ici, indiqua-t-elle. Et prendre un ticket là.

Julian était impressionné par la gentillesse du personnel. La femme qui se tenait à l'accueil s'attendrit sur les trois petites dès l'instant où elle les vit.

– Tu as le numéro 9, ma puce, souffla-t-elle à Amber en collant l'étiquette sur le pull de la fillette. Que ça te porte chance !

Amber s'enfonça aussitôt dans son siège. Entre ses visites à l'hôpital et ses séances de kiné, elle craignait le moindre contact, sauf celui de ses parents et de sa sœur.

– Ça va aller, Amber, la rassura Julian en ébouriffant sa petite touffe de boucles blondes.

Puis ils quittèrent l'accueil pour entrer dans une salle beaucoup plus grande, si grande qu'elle laissa Julian sans voix.

Il faut dire qu'il ne s'était certainement pas attendu à un spectacle pareil. Devant eux se tenaient une bonne vingtaine d'enfants, tous âges et toutes infirmités confondus. Il y en avait en fauteuil roulant, d'autres affublés de tuyaux qui leur sortaient du nez, d'autres encore avec des masques à oxygène... Chacun était installé à une table, aux côtés de ses parents.

C'était un peu comme pénétrer soudain dans un autre univers. Jusqu'ici, les Austwick avaient mené une vie très recluse. Ils savaient évidemment ce qu'était une trachéotomie, mais le domaine des infirmités motrices cérébrales leur était encore quelque peu étranger. Ils ignoraient tout des différentes formes que celles-ci pouvaient revêtir, qu'il s'agisse d'autisme ou de trisomie 21.

Julian se sentait soudain très mal à l'aise.

Tracy, de son côté, menait sa propre lutte intérieure. Être entourée de tous ces enfants lui faisait prendre désagréablement conscience que sa fille avait elle aussi une infirmité. Même si elle avait arrêté de se battre contre le diagnostic que les médecins avaient posé, elle n'était pas encore parvenue à l'accepter – jusqu'ici, du moins.

Le couple échangea un regard perdu. *Qu'est-ce qu'on fait ?* pouvait-on lire sur leurs expressions.

Ils repérèrent alors la cafétéria.

– Et si on allait manger un bout, en attendant ? proposa Tracy en suivant l'odeur alléchante des frites.

Julian donna un paquet de chips à Hope et les adultes partagèrent une barquette fumante de frites. Ils étaient en train de discuter lorsqu'une petite fille qui passait à côté d'eux en profita pour chiper l'une de leurs frites.

Tracy et Julian étaient tellement perplexes que ni l'un ni l'autre ne pipa mot.

La fillette, qui ne devait pas avoir plus de sept ans, tourna sur ses talons et reprit une frite dans la barquette. Le plus étrange restait la façon dont elle le faisait, en regardant dans la direction opposée.

– Attention, c'est chaud, la prévint Tracy d'une voix inquiète.

Julian, lui, craignait davantage que la petite ne vienne

heurter la canule d'Amber. Il commençait à ne plus pouvoir supporter tous ces dangers dont ils semblaient cernés.

Soudain, la mère de la fillette surgit.

– Je suis vraiment désolée, bredouilla-t-elle en prenant sa fille par le bras.

– Ce n'est pas grave, elle peut se servir si elle veut, l'excusa Tracy, le cœur gros. J'avais juste peur qu'elle se brûle…

– Elle est autiste, chuchota alors la mère afin que la petite n'entende pas.

Tracy esquissa un sourire compatissant.

Devoir s'excuser de l'infirmité de son enfant... Comme c'est triste, pensa-t-elle.

Elle posa alors un regard protecteur sur Amber. Avec un pincement au cœur, elle songea au jour où elle-même devrait expliquer pourquoi son adorable fillette avait un bout de plastique qui lui sortait de la gorge, ou pourquoi elle ne pouvait pas marcher, ni parler…

– J'espère que ce n'est plus très long, commença-t-elle alors à s'impatienter, avide de se lancer dans cette aventure sur laquelle elle comptait tant.

– Ah, c'est nous ! gazouilla Liz quand le numéro d'Abbie fut appelé.

– On va jeter un œil ? proposa Julian, sautant sur l'occasion de pouvoir récupérer ses filles et les éloigner des autres.

La pause-repas avait été une véritable source d'angoisse pour lui, craignant constamment que l'un des autres enfants ne heurte la canule d'Amber. Les jumelles étaient de loin les plus jeunes du lot.

Julian et Tracy suivirent donc Liz et Abbie dans une nouvelle salle, quatre fois plus grande encore que la précédente.

Julian eut droit à une nouvelle bouffée de doux effluves lorsqu'ils pénétrèrent dans le manège. Puis, dans un début de panique, il vit les copeaux de bois, la poussière, les poils des bêtes, la terre… Non, c'en était trop.

– Arrête de stresser ! gloussa Tracy en lui assenant un petit coup de coude dans les côtes.

Quant à elle, elle n'avait d'yeux que pour les deux ânes qui trônaient au milieu du manège. L'un était brun et l'autre tacheté de gris. Ils se tenaient côte à côte. Le brun semblait le plus taquin des deux – il n'arrêtait pas de mordiller l'encolure de son compagnon, comme pour le faire réagir.

– Il s'appelle Oscar, expliqua leur soigneur en suivant le regard de Tracy. Et moi, c'est Andy, en profita-t-il pour se présenter.

– Ils sont adorables, souffla Tracy, hypnotisée par les ânes.

Elle avait toujours adoré les animaux – contrairement à Julian, qui n'avait jamais été un grand fan de la nature en général.

– Oscar est connu pour être le plus dissipé de nos ânes, expliqua Andy.

– Comment ça ? intervint Julian.

– Il ne peut pas s'empêcher de mordiller tout ce qui traîne. Faites attention à vos sacs et à vos écharpes ! gloussa Andy.

Julian s'empressa de rapprocher leurs affaires.

– Arrête tes bêtises, il est à des mètres d'ici ! s'amusa Tracy avant de se retourner vers le soigneur. Et lui ? dit-elle en désignant l'âne gris.

– Lui, c'est Moïse. C'est notre âne le plus loyal. Il nous aide dans le manège, pour les promenades en calèche et également pour les spectacles, répondit Andy, les yeux pétillant de bonheur à l'idée de parler de ses protégés. Moïse est arrivé parmi nous en 2002, à la mort de son compagnon d'écurie.

Tracy ne put réprimer une expression peinée.

– Eh oui… Beaucoup d'ânes servent en réalité à tenir compagnie aux chevaux. Alors, quand le cheval meurt, le fermier ou l'éleveur n'en a plus vraiment besoin…

Tracy ne devait pas avoir changé d'expression car Andy s'empressa d'ajouter :

– Mais ces deux-là sont les meilleurs amis du monde, rassurez-vous. Ils ne se quittent pas d'une semelle !

Pendant ce temps-là, on avait accompagné Abbie au milieu du manège.

– Oh ! on dirait qu'on m'attend ! s'excusa Andy avant de courir en direction d'Oscar et de la petite.

Julian l'observa attentivement contourner la canule d'Abbie avec la sangle de la bombe.

– Tu n'as pas peur qu'on ne vienne à l'arracher ? ne put-il s'empêcher de demander à Liz, qui faisait de grands gestes à sa petite fille de derrière la barrière.

– Mais non, ils savent très bien ce qu'ils font, répliqua Liz.

Mais Julian n'était pas convaincu. Pour lui, un animal, quel qu'il soit, restait imprévisible.

Une femme plutôt grande avec une coupe à la garçonne prit alors Abbie dans les bras pour la poser délicatement sur la selle de Moïse. Puis elle lui souffla quelque chose à l'oreille et passa un bras protecteur autour d'elle.

– Attention, ça va démarrer ! s'enthousiasma Liz en tapant dans ses mains.

Andy fit claquer sa langue et tira doucement sur les rênes de l'animal, Abbie toujours maintenue par sa collègue. Moïse lâcha un éternuement qui fit trembler toute sa tête, puis il se mit à avancer, gagnant lentement de la vitesse, un peu comme un train à vapeur qui quitterait une gare.

À voir la petite Abbie secouée comme un sac à patates, Julian sentait ses poils se hérisser. Il serra un peu plus fort Amber dans ses bras, définitivement de moins en moins à l'aise, si bien qu'il était à deux doigts de prendre ses jambes à son cou lorsqu'on appela enfin les jumelles.

– Allez, ça va bien se passer, insista Tracy par-dessus la barrière, plus que jamais déterminée à se lancer.

Tout d'abord, il fallait dénicher une bombe adaptée à la petite tête des filles. La grande femme disparut quelques minutes dans la sellerie avant de réapparaître avec deux minuscules casques.

– Ce sont les plus petites que j'ai trouvées !

Amber n'était peut-être pas capable de marcher seule, mais cela ne l'empêchait pas d'avoir de la force dans les jambes, et elle se mit à remuer frénétiquement dans les bras de son père tandis que la monitrice lui enfilait sa bombe.

– Elle est un peu timide…, lui expliqua Julian.

La femme se pencha légèrement pour pouvoir se mettre au niveau de la petite.

– Bonjour, ma puce. Moi, c'est Amber. Et toi ? murmura-t-elle.

Julian et Tracy ne purent s'empêcher d'éclater de rire, ce qui eut pour effet de détendre aussitôt l'atmosphère.

– C'est aussi Amber, répondit Julian pour sa fille.

– Big Amber et Little Amber, donc, rit la monitrice en ouvrant grand les bras pour accueillir sa nouvelle amie.

Julian avait du mal avec l'idée de confier sa fille. Mille et une inquiétudes lui rongeaient l'esprit, à cet instant.

– Ne vous en faites pas, le rassura Big Amber en lui arrachant presque sa fille des bras, tellement il s'y accrochait. Ça va lui faire beaucoup de bien, croyez-moi.

Elle cala alors la petite sur sa hanche et prit la direction d'Oscar.

– La bombe ne risque pas de toucher sa canule ? lança Julian.

– Arrêtez de vous tracasser, répondit Amber en riant.

– Est-ce qu'on vous confie l'appareil à succion ? insista-t-il, la machine dressée devant lui.

– Non, ça va aller, dit-elle en balayant ses inquiétudes de la main.

L'équipe était décidément tout le contraire de tendue. Mais ils semblaient de toute évidence savoir ce qu'ils faisaient, ce qui ne pouvait que rassurer Julian, ne serait-ce qu'un peu.

Amber était si petite que ses pieds ne touchaient même pas les étriers. Elle paraissait si frêle, si vulnérable, sur cette selle immense… Big Amber la serrait fort tandis que l'autre monitrice était en train de faire grimper Hope sur Moïse.

Hope ne semblait pas le moins du monde inquiète. C'était à peine si elle s'était aperçue qu'elle était sur un âne. Mais Amber, elle, écarquillait ses grands yeux humides, cherchant désespérément ses parents du regard.

– Oh non, on dirait qu'elle ne veut pas…, hoqueta Tracy, prise de panique et de remords.

Le visage d'Amber se mit en effet à rougir, et la petite commença à pleurer.

– Elle ne veut pas ! cria Tracy de derrière la barrière. On arrête là, non ?

Big Amber chuchota quelques paroles réconfortantes à l'oreille de Little Amber, ce qui sembla légèrement la calmer.

– Ne vous en faites pas, ça va lui plaire, vous allez voir, les rassura-t-elle.

Oscar et Moïse, eux, attendaient patiemment le signal. Andy se tourna vers Oscar, se préparant à marcher à reculons afin de s'assurer que le polisson ne leur joue pas de tours. Il claqua deux fois de la langue, et ils partirent enfin.

Le ventre noué par l'angoisse, Tracy observait ses filles dodeliner sur leurs montures, leurs casques trop grands se balançant sur leurs crânes. Elle serrait la barrière si fort que les jointures de ses doigts en étaient blanches.

– Bravo, mes chéries ! cria-t-elle en s'arrachant un sourire – elle ne pouvait pas se permettre de leur transmettre sa peur.

De l'autre côté du manège, Julian était monté sur ressort. Il s'était accroupi tout en haut d'une rampe, prêt à bondir sur sa fille au moindre souci. Cela devait donner un spectacle assez comique, chaque parent positionné en un endroit stratégique afin de pouvoir secourir les petites à la première alerte.

Julian et Tracy s'étaient tacitement accordés sur le fait de ne pas dire un mot, de peur d'effrayer l'autre. Et ils faisaient de leur mieux pour tenir.

Julian décida donc d'avoir une conversation avec lui-même à la place.

Hope s'en sort très bien. Les filles ne risquent rien, mon grand ; les monitrices les tiennent. Attends... qu'est-ce que c'est que ce bruit ? Pourquoi l'âne fait-il ce bruit ? Et s'il se mettait soudain à ruer ?

– Encore un tour ? proposa Big Amber, un grand sourire aux lèvres.

Oh non, s'il vous plaît !..., aurait voulu hurler Julian.

Tracy, elle, ne supportait plus toute cette pression. Elle s'arracha à la barrière et tourna le dos au manège. Au loin, dans un petit enclos, un âne broutait du foin, seul.

Il devait être très vieux car tous ses poils étaient blancs. Et son dos était courbé, un peu comme un hamac.

Pascoe, du haut de ses trente-quatre ans, était le plus vieil âne du refuge. Il était beaucoup trop fragile pour être monté, désormais, mais il restait l'un des ânes les plus populaires du centre. C'était une bête si calme que le personnel le laissait même parfois traîner en dehors des enclos. Les enfants ne se lassaient pas de caresser cet âne câlin comme tout et adorable, avec ses grandes oreilles blanches.

Pascoe vit aussitôt Tracy qui s'approchait de son enclos. Il la regarda à travers ses longs cils gris puis vint à sa rencontre. Il avait autant besoin d'attention qu'elle.

– Bonjour, toi, murmura Tracy en caressant le bout de son museau.

Pascoe la gratifia d'un grand coup de langue, ce qui arracha un rire à Tracy et lui permit l'espace d'un instant d'oublier ses tracas.

En haut de la rampe, Julian n'avait pas bougé d'un cil. Chaque seconde qui passait lui donnait le sentiment de durer une éternité.

Il lâcha un énorme soupir de soulagement lorsque les ânes s'arrêtèrent enfin. Hope était tout sourire, mais Amber, elle, montrait son papa du doigt, cherchant clairement son réconfort. Évidemment, les Austwick n'avaient aucune envie de passer pour des sauvages et se retinrent donc de se ruer sur leurs filles dans la seconde.

– Prenez votre temps ! lança Julian d'un ton faussement détaché.

Big Amber se tourna vers Little Amber.

– Tu as aimé, dis ?

La fillette esquissa un faible sourire, mais Tracy voyait bien qu'elle n'avait pas apprécié la balade. La petite ne désirait qu'une seule chose : retrouver ses parents.

– Tu as aimé, Hope ? s'enquit Julian tandis qu'ils rattachaient les filles dans la poussette.

Hope se mit à glousser et lui tapa dans la main d'un air heureux.

Julian, Tracy et Liz remercièrent toute l'équipe pour sa gentillesse. Big Amber avait littéralement craqué pour Little Amber, et elle la serra dans ses bras une dernière fois.

– Je ne suis pas mécontent de partir…, marmonna Julian une fois sorti du centre.

Liz leur annonça alors qu'il y avait tout un tas d'autres ânes à découvrir, dans l'enclos derrière le manège.

– Mouais, on verra ça la prochaine fois, répliqua Julian en prenant la direction de la voiture.

Mais il en fallait plus pour vexer Liz.

– Alors, vous avez aimé ? Vous pensez revenir ? voulut-elle savoir, rayonnante.

– Franchement, ça m'étonnerait, dit-il.

Tracy, elle, était plongée dans ses pensées. Elle avait tellement cru qu'Amber réagirait de manière plus positive… Elle se sentait terriblement coupable d'avoir fait pleurer son bébé. À ses yeux, c'était un nouvel espoir de piétiné. Un nouvel obstacle sur la voie de la guérison. Elle prenait les choses beaucoup trop à cœur. Et évidemment, elle gardait toute cette frustration pour elle…

– Ne baissez pas les bras si vite, les encouragea Liz tandis qu'ils s'apprêtaient à partir. Plus elles viendront, plus elles apprécieront.

Mais pour Julian, la décision était déjà prise : jamais plus ils ne remettraient les pieds là-bas. Quant à Tracy, elle ne voyait pas l'intérêt d'imposer une nouvelle épreuve à Amber. Pour les Austwick, c'était donc la dernière fois qu'ils allaient voir les ânes.

12

Point de rupture

Sutton Coldfield, Birmingham, fin de l'été 2012

– Je pense qu'un peu d'interaction avec d'autres enfants ferait beaucoup de bien aux filles, suggéra Barbara, l'auxiliaire de vie des Austwick.

Cela faisait un an que cette femme venait rendre visite régulièrement à Amber, et elle avait assisté à beaucoup de ses combats.

Tracy et Julian savaient qu'elle avait raison. Les filles ne voyaient aucun autre enfant, en dehors d'Abbie. Elles vivaient une vie de recluses, à l'image de leurs parents. Julian et Tracy s'étaient tellement laissés submerger par les soins d'Amber qu'ils ne voyaient plus jamais personne – ni famille ni amis. Ils n'avaient tout simplement pas le temps.

– Vous avez déjà pensé à les mettre à la crèche ?

Le couple échangea un regard perplexe. Cette idée ne leur avait même *jamais* traversé l'esprit, d'autant plus avec la trachéotomie d'Amber.

– Grâce à vos aides, vous avez droit à quinze heures de garde gratuite par semaine dès les deux ans de votre enfant, leur expliqua Barbara.

– Nous l'ignorions, dut avouer Julian, surpris.

Une ombre passa alors sur l'expression de l'auxiliaire

de vie, comme si une pensée triste venait de la traverser. Elle pencha la tête sur le côté d'un air compatissant.

– Vous ne vous sentez pas un peu seuls ? hasarda-t-elle.

Julian et Tracy ne savaient même pas quoi répondre. Ces deux dernières années, ils n'avaient fait que prendre soin et se soucier de leurs deux filles. Personne ne leur avait jamais demandé si *eux* allaient bien.

Julian se mit à observer ses mains d'un air gêné.

– On voit des gens de temps en temps, comme ta sœur..., dit-il en se tournant vers Tracy.

– Mais nous nous avons l'un l'autre, répondit celle-ci avec un regard amoureux sur son homme. Ça a toujours été comme ça, avec nous, car nous avons beaucoup déménagé, et la plus grande partie de notre famille vit loin d'ici, expliqua-t-elle alors à Barbara.

Barbara ne pouvait qu'être touchée par tout l'amour qui irradiait du couple. Ces deux-là étaient clairement dévoués l'un à l'autre et à leurs filles.

– Je peux vous aider à trouver une crèche, si vous voulez, leur proposa-t-elle.

Tracy était plus que soulagée d'avoir l'aide de l'auxiliaire. Elle avait le cafard depuis leur passage au refuge et leur rendez-vous avec Pauline Christmas. Elle se sentait constamment fatiguée et avait la plupart du temps envie d'être seule.

Ça finira par s'arranger, tentait-elle de dédramatiser. *C'est juste une passade...*

Elle puisa tout de même dans ses dernières forces pour les deux semaines qui suivirent. La fin de l'été fut en effet particulièrement chargée pour les Austwick, qui écrémèrent toutes les crèches de la ville, essuyant refus après refus. Même avec l'aide de Barbara, trouver un lieu pour faire garder leurs filles n'avait finalement rien d'aisé, car personne ne voulait prendre la responsabilité de surveiller une enfant trachéotomisée.

Julian gérait la situation avec son pragmatisme habituel. Mais Tracy, elle, ne pouvait s'empêcher de se sentir frustrée et vexée. Pourquoi personne ne voulait donc de sa fille ? Plus les jours passaient et plus la fatigue prenait le dessus, doublée d'un sentiment d'impuissance et, bien sûr, de cette culpabilité qui la rongeait jour et nuit.

Mais s'il y avait une chose qu'elle se refusait à faire, c'était de baisser les bras. Alors Tracy continuait à frapper à toutes les portes, la tête haute.

Une crèche en particulier tapa dans l'œil des Austwick : la Smart Start Day Nursery. C'était ce genre d'endroit où l'on se sent bien dès l'instant où on y met un pied. Tout leur plaisait, là-bas : l'équipe, les lieux, les sourires sur les visages des enfants...

– Regarde-moi ce jardin ! s'émerveilla Tracy tandis qu'on leur faisait visiter la crèche, située dans une ancienne maison, ce qui ne faisait que contribuer au caractère accueillant des lieux.

Le jardin consistait en un gigantesque parc recouvert de faux gazon et jonché de jouets, de voitures à roulettes ou encore de tricycles. Il y avait tout un tas de choses sur lesquelles grimper, comme un bateau de pirate et des toboggans miniatures. Tracy nota, des papillons dans le ventre, les énormes tournesols peints sur les cabanes.

C'était le coup de foudre.

– J'adore cet endroit ! s'écria-t-elle, les yeux pétillants, en se tournant vers Julian et Barbara. Et les filles aussi, je le sens !

Hope essayait tant bien que mal de se dégager des bras de son père pour aller jouer dehors. Amber avait la tête plaquée contre sa mère, mais de temps à autre, elle se redressait pour jeter un œil à ce qui se passait. On aurait dit une tortue qui sort prudemment sa tête de sa carapace.

Tracy s'accrochait à chaque lueur d'espoir comme si c'était là la dernière bouteille de Coca dans le désert. Mais cela ne faisait qu'angoisser Julian un peu plus, car il redoutait les conséquences de son trop grand enthousiasme.

– On va discuter de tout ça, d'accord ? souffla-t-il à Tracy en lui faisant signe de se calmer tandis qu'ils suivaient la directrice dans son bureau.

Les Austwick avaient perdu le compte des bureaux dans lesquels ils étaient entrés ces deux dernières années. Celui-ci était toutefois de loin le plus coloré, grâce aux nombreux dessins placardés aux murs. Tracy berçait doucement Amber pendant que Hope fouinait à droite à gauche.

– Ne t'éloigne pas, Hope, la prévint Julian tout en gardant un œil sur sa petite baroudeuse.

Sue, la directrice de la crèche, faisait exactement le même effet que les lieux sur le couple. Elle leur tendit une tasse de thé et un biscuit. On l'aurait crue tout juste rentrée de vacances, avec son teint acajou. Tracy laissa alors Julian expliquer leur situation, confiante.

Sue but une gorgée de son thé et se lança :

– Vous avez deux adorables fillettes, commença-t-elle.

Julian savait qu'il y avait un « mais ».

– Mais ça risque d'être compliqué d'accueillir Amber parmi nous…

À côté de lui, Julian sentait la colère et la déception exhaler de son épouse, qu'il refusait de regarder pour ne pas l'encourager.

Sue plaqua les mains devant elle, à la manière d'une femme d'affaires. Elle expliqua alors que cela ne la dérangeait pas qu'un aide-soignant soit là pour s'occuper d'Amber, mais que les autres enfants risquaient de ne pas comprendre la présence d'une personne différente chaque semaine.

– Nous ne pouvons malheureusement pas garantir qu'il s'agisse toujours de la même personne…, dut admettre Julian.

Ils bénéficiaient toujours de leurs quinze heures de répit par semaine, mais ils ignoraient jusqu'à la dernière minute qui serait celui ou celle qui viendrait s'occuper de leur fille.

Il y avait également d'autres complications. Hope mangeait de la purée et quelques morceaux, comme tous les enfants de son âge, mais Amber, elle, en était incapable. Elle avait récemment subi une intervention chirurgicale consistant à inciser son estomac afin qu'elle puisse ne plus dépendre de la sonde naso-gastrique. On appelait cette incision « bouton de gastrostomie », et cette évolution relevait du miracle pour les parents, qui n'avaient plus à se soucier la nuit du risque de fausses routes. Amber devait toutefois être reliée à une poche d'alimentation pour manger, ne pouvant toujours pas s'alimenter normalement. Aussi brutal que cela puisse paraître, Sue et son équipe pouvaient se passer de ce genre de complications. La directrice parvint donc à une conclusion qu'elle s'empressa de partager avec les Austwick.

– Nous serions ravis d'accueillir Hope, mais je suis vraiment navrée…

Inutile de terminer sa phrase ; ils avaient très bien compris.

– Entendu. Merci beaucoup, lâcha Tracy avant de se rendre compte de la sécheresse de son ton. Désolée, c'est juste que ce n'est pas évident, tout ça…, soupira-t-elle.

Sue esquissa un sourire compatissant – ce même sourire dont les avaient gratifiés tant de professionnels au fil des mois. Julian savait que le volcan ne tarderait pas à exploser, ce qui se passa dès l'instant où ils entrèrent dans la voiture.

– Hope n'ira pas à la crèche sans sa sœur, cracha Tracy d'un ton sans appel.

– Calme-toi, Trace, la tempéra Julian tout en prenant le chemin de la maison.

– Ils traitent Amber différemment. Je sais bien que s'occuper d'elle demande plus de temps, mais c'est une crèche privée, tout de même ! On les paierait pour ça !

Julian secoua la tête, découragé – il connaissait suffisamment sa femme pour savoir que quand elle avait une idée en tête, elle n'en démordait pas.

– Essaie de te mettre à leur place, tenta-t-il malgré tout de la raisonner.

Il lui rappela alors les arguments de la directrice : sa trachéotomie, le fait qu'elle ne puisse pas parler, qu'elle doive être accompagnée, tout cela ne pouvait que perturber les autres enfants.

– Hope n'ira pas sans sa sœur, conclut Tracy en croisant les bras sur sa poitrine.

Julian poussa un lourd soupir tout en se garant dans leur allée. Puis il coupa le moteur et se tourna vers sa femme.

– Écoute, chérie, il va falloir envisager de les séparer. Cela ferait beaucoup de bien à Hope d'aller à la crèche.

La vérité, aussi triste soit-elle, était qu'Amber empêchait Hope d'évoluer. Les jumelles avaient désormais deux ans, et Hope s'exprimerait beaucoup plus si son unique camarade de jeux pouvait seulement parler.

Mais admettre que les jumelles devaient être séparées forçait Tracy à affronter sa pire crainte : l'idée qu'Amber ne puisse peut-être jamais mener une vie normale comme sa sœur.

Une fois calmée, Tracy rejoignit Julian qui s'était lancé dans le nettoyage du garage. Elle savait qu'il était tout aussi frustré qu'elle, car s'atteler à ce genre de tâches était sa façon à lui de gérer les situations conflictuelles. Elle s'éclaircit la gorge ; Julian leva la tête de derrière la pile de cartons qu'il était en train de trier.

– Tu as raison. Il va falloir les séparer, annonça-t-elle.

Julian se releva et balaya la poussière de son pantalon avant d'ouvrir grand les bras. Tracy vint se blottir contre lui.

– Ça va aller, tu verras, murmura-t-il dans son oreille.

C'était là toute la magie de leur couple : le travail d'équipe. Ils s'étaient rencontrés ainsi, et ils n'avaient jamais changé depuis.

Cependant, lorsque arriva le moment d'emmener Hope à la crèche pour la première fois, en octobre 2012, c'était Julian qui ne tenait pas en place. Le cœur battant la chamade, il accompagna sa fille nichée dans ses bras jusqu'aux portes de l'établissement. Puis il se retourna vers Tracy, qui l'attendait avec Amber dans la voiture.

– Allez, l'encouragea-t-elle à travers la vitre.

Julian ne parvenait pas à réfréner ses angoisses. Il était surprotecteur d'instinct, quand il s'agissait de ses filles – manquer de les perdre à la naissance avait définitivement eu raison de son innocence. Julian et Tracy s'étaient pourtant exercés à lâcher du lest, mais alors qu'il confiait Hope à l'auxiliaire, à l'entrée, il se sentait à deux doigts de hurler.

Hope avait enfilé sa plus jolie tenue pour l'occasion : un caleçon violet, un petit haut rose et blanc et son gros manteau vert molletonné. Elle portait également sa première paire de chaussures : des tennis dont la semelle s'illuminait quand elle marchait. Dès qu'elle avisa l'auxiliaire de puériculture, un grand sourire éclaira son regard, derrière sa frange blonde.

– Ça va aller. Ne vous faites aucun souci, sourit la femme devant l'expression torturée de Julian. À tout à l'heure, papa !

Julian inspira un bon coup avant d'embrasser sa fille. L'auxiliaire prit la main de Hope et la guida en direction des autres enfants déjà occupés à jouer.

Ils ont l'air immenses, à côté d'elle..., ne put s'empêcher de gémir Julian en regardant son petit bout rejoindre les grands.

Hope se tourna alors vers lui avec de grands yeux humides. Julian se mit aussitôt à paniquer : sa fille avait l'air d'un chiot perdu.

– Allez-y, ne vous en faites pas, souffla la femme.

Mais Julian était incapable d'oublier le regard de sa fille. Il était prisonnier de deux émotions contradictoires : la joie de voir Hope faire quelque chose de normal et la tristesse de « l'abandonner ».

– Elle s'en est sortie comme un chef, déclara-t-il à Tracy en retournant à la voiture. Elle n'a pas versé une seule larme ! ajouta-t-il en essuyant les siennes.

Mais quelques minutes à peine après être rentrés à la maison, Amber commença à montrer des signes de détresse.

– Hope, Hope, ne cessait-elle d'articuler silencieusement.

Tracy jeta un regard désespéré à Julian. Elle avait tellement craint cette situation...

– Hope est à la crèche, et toi, tu es avec papa et maman, dit-il en essayant de calmer sa fille.

Mais Amber semblait complètement perdue. Elle voulait partir à la recherche de sa sœur, sauf qu'elle n'avait pas la force de marcher. Alors elle tournait sur elle-même sur le tapis du salon, en appui sur son bras. Tracy ne pouvait pas supporter de voir sa fille se mettre dans cet état, et, à ses yeux, elle était seule responsable de la détresse d'Amber.

Hope ne passa qu'une demi-journée à la crèche, mais cela suffit à marquer un profond changement. On leur signala que la petite s'était très vite mise à jouer avec les autres enfants, et il fut évident, dès l'instant où elle remit les pieds à la maison, qu'elle avait beaucoup plus manqué à sa sœur que l'inverse.

Amber lui tendit aussitôt les bras, mais Hope l'ignora royalement, bien trop occupée à exhiber son nouveau tablier en plastique, qu'elle avait porté durant l'atelier peinture.

– C'est la première fois que Hope côtoie des enfants qui parlent et courent. Elle est excitée, c'est tout, tenta Julian de rassurer Tracy, choquée par l'attitude de sa fille.

Mais ce n'était que le début. Chaque fois que Hope allait à la crèche, elle revenait avec toujours plus de confiance et moins d'intérêt pour sa sœur. Hope évoluait de jour en jour tandis qu'Amber, elle, régressait. L'une s'épanouissait, l'autre devenait de plus en plus timide et farouche.

Hope revenait en montrant fièrement les peintures qu'elle avait faites dans la journée. Julian et Tracy tentaient de faire la même chose avec Amber, mais c'était difficile. Finalement, de peur que la peinture ou les paillettes ne finissent dans sa canule, Tracy avait très vite décidé d'abandonner.

Ils refusaient de voir la réalité en face, mais elle était pourtant bien là : ils ne pouvaient rien faire d'ordinaire avec Amber. Tout tournait autour de ses soins, et ils ne pouvaient pas la laisser seule ne serait-ce qu'un instant. Tracy et Julian avaient davantage l'impression d'être ses gardes-malades que ses parents, ce qui ne faisait que renforcer ce terrible sentiment de culpabilité.

Julian faisait en sorte de contenir ses émotions car il craignait, en les exprimant, de ressentir lui aussi la culpabilité qui rongeait Tracy. Il devait constamment lui rappeler que cette situation était bénéfique à Hope, mais Tracy faisait la sourde oreille et continuait à se torturer.

Elle était jour et nuit hantée par les mêmes pensées : qu'elle avait forcément fait quelque chose de mal, qu'elle était l'unique responsable des problèmes de santé d'Amber…

Un soir, alors qu'elle était en train de ranger le linge des filles dans leur chambre, elle sentit le trop-plein d'émotions la submerger. Ses jambes se dérobèrent sous son poids et elle s'écroula contre le lit d'Amber, observant sa petite à travers les larmes qui inondaient ses joues.

Comment pourra-t-elle un jour aller mieux ? Elle ne changera pas ; elle sera toujours ainsi, pleurait-elle.

Plus les jours passaient et plus Tracy se maudissait. Ses pensées se faisaient de plus en plus sombres.

Je suis une mauvaise mère. Julian serait mieux avec une autre.

Elle enfouit son visage entre ses mains pour faire taire cette voix hostile, mais c'était déjà trop tard.

Après cela, Tracy perdit le compte des nuits qu'elle passa dans un état d'absence totale, auprès de ses filles. Il n'était pas rare qu'elle se retourne sur son oreiller et sente les larmes qu'elle avait versées sans même s'en apercevoir.

Le coup de grâce fut porté quelques mois plus tard, en janvier 2013, lorsqu'elle apprit que sa grand-mère Irene, qui vivait à Burnham-on-Sea, était atteinte d'un cancer de l'intestin.

Tracy était littéralement dévastée. Les drames n'avaient cessé de s'enchaîner depuis la naissance des filles. Elle n'avait même pas pris le temps de faire le deuil de sa mère. La douleur n'avait fait que s'accumuler, couche après couche.

Elle était dans la voiture avec sa sœur, sur la route qui menait chez leur grand-mère, quand la façade finit par s'écrouler.

Debbie discutait de tout autre chose. Tracy, le front posé contre la vitre, observait d'un air absent le trafic.

Puis soudain, elle éclata en sanglots, la douleur, l'angoisse et la culpabilité la submergeant dans un raz-de-marée incontrôlable.

– Trace, ça va ? s'écria Debbie dans un accès de panique – elle n'avait jamais vu sa sœur dans cet état.

Tracy avait la tête enfouie entre les mains.

– Je ne peux plus gérer tout ça. Je ne peux plus…

Debbie s'arrêta sur le bord de la chaussée, déclencha les warnings et se tourna vers sa sœur, décontenancée.

– Tu me fais peur, Tracy. Qu'est-ce qui ne va pas ? murmura-t-elle en tendant les bras vers elle.

Tracy se figea dans son siège.

– Arrête un peu, tu veux ? Allez, viens là…

Elle parvint à la prendre dans ses bras ; Tracy tremblait de tous ses membres.

– Hé, tu n'es pas Superwoman, d'accord ? la gronda Debbie en forçant sa sœur à la regarder dans les yeux.

Mais c'était justement là tout le problème : Tracy avait essayé d'être une mère parfaite, une épouse parfaite et une femme parfaite durant les deux dernières années et demie, et le poids commençait tout simplement à se faire trop lourd.

– C'est n'importe quoi, notre vie. J'ai tout gâché…, geignit-elle, convaincue d'être la cause de tous ces soucis.

Debbie coinça délicatement une mèche mouillée de larmes derrière l'oreille de sa sœur.

– Ça fait quelque temps déjà que ça ne va pas, Trace. Les drames s'enchaînent, et je pense sincèrement que tu devrais aller parler à quelqu'un…

Tracy hocha la tête.

– Tu n'arrives plus à gérer, et les choses ne pourront que s'empirer si tu ne fais rien.

Tracy continuait d'opiner du chef, résignée. Elle savait que sa sœur avait raison. Mais elle avait simplement du mal avec l'idée de réclamer de l'aide. Et elle ne supportait pas plus celle que Julian découvre qu'elle allait si mal.

– Tu n'en parleras pas à Julian, hein ?

– C'est bien le problème, tu ne crois pas ? soupira Debs.

– Promets-le-moi…, la supplia Tracy en lui agrippant le bras.

Debbie détourna le regard, un lourd soupir s'échappant de ses lèvres, puis elle refit face à sa sœur d'un air résolu.

– Je ne dirai rien à Julian si tu me promets d'aller voir quelqu'un.

– Entendu.

Tracy ne donna donc pas à son mari la véritable raison de son rendez-vous médical, un peu plus tard dans la semaine. Elle le laissa gérer les filles et partit affronter ses peurs, seule, résolue à changer le sens de sa vie.

Faire part de ses démons intérieurs à la femme qui l'accueillit ne fut pas aussi difficile qu'elle l'aurait imaginé. Peut-être était-ce parce qu'il s'agissait là d'une étrangère qui ne pouvait pas la juger ?

Le médecin lui donna un formulaire à remplir. Il comportait une vingtaine de questions ayant toutes trait à ses émotions.

À quelle fréquence vous sentez-vous déprimée ? Occasionnellement ? Une fois par semaine ? Une fois par jour ? Tout le temps ?

Tracy cocha la case « Tout le temps ».

À quelle fréquence avez-vous du mal à vous concentrer ? « Tout le temps. »

Tracy n'en était pas encore arrivée au stade d'avoir des pensées suicidaires, mais elle était toutefois convaincue que tout le monde menait une existence bien meilleure que la sienne. Que les autres s'amusaient pendant qu'elle passait son temps à aspirer les sécrétions de sa fille, claquemurée chez elle.

Ses yeux se gonflaient de larmes au fil du questionnaire. Elle se sentait tellement mal de cocher tous les « oui », toutes les cases « Tout le temps »... Mais elle était également terrorisée, car elle ignorait ce que la suite prévoyait pour elle, et pour les petites. Les mots finirent par se brouiller derrière ses larmes, ne formant plus qu'une grosse tache humide.

Tracy rendit enfin le formulaire au médecin, qui l'étudia avant de relever ses lunettes sur son nez et d'ouvrir la bouche, prête à rendre son diagnostic. Tracy se redressa sur son siège, prête quant à elle à recevoir la sentence.

– Vous n'allez pas très bien, constata le médecin.

Tracy ignorait ce qu'elle entendait par là, mais cela ne présageait rien de bon.

– Vous avez tendance à tout voir en noir, poursuivit-elle.

Tracy buvait ses paroles, les yeux écarquillés, ignorant tout de l'univers de la psychologie.

Le médecin lui apprit alors qu'elle souffrait de dépression et lui prescrivit un antidépresseur appelé Citalopram ainsi que plusieurs séances de thérapie.

– Ne vous inquiétez pas ; on va vous sortir de là, la rassura-t-elle.

Tracy essuya ses larmes du bout de sa manche.

– Vous finirez par aller mieux, vous verrez. Ce n'est qu'une question de temps.

Ce qui n'eut pour effet qu'angoisser Tracy davantage. *Je n'ai pas envie de me sentir mieux dans deux ou trois mois, mais tout de suite ! Le bien de ma famille en dépend. J'ai tellement de choses à faire...*

À s'imposer cette pression, Tracy ne faisait que renforcer le cercle vicieux de la dépression.

Elle quitta le cabinet le cœur au bord des lèvres. Elle était terrorisée à l'idée de parler à Julian, mais elle savait qu'elle n'avait pas d'autre choix.

Durant tout le trajet du retour, Tracy ressassa les mots « dépression » et « cachets » dans sa tête, luttant pour trouver le meilleur moyen de tout dire à son mari. Son niveau de stress avait atteint un pic lorsqu'elle se gara enfin dans leur allée. Cela faisait presque dix minutes qu'elle était là, assise dans la voiture, à s'efforcer de se ressaisir, quand Julian apparut à la porte avec Amber dans les bras.

– Qu'est-ce que tu fais, chérie ?

À vingt-huit mois désormais, Amber paraissait encore minuscule contre le corps de son papa.

– Oh… Rien du tout, mentit Tracy, le ventre noué à l'idée de la discussion qui les attendait.

– Viens, je t'ai préparé un thé bien chaud.

Puis il la guida à l'intérieur, à l'abri de ce temps glacial de janvier.

Tracy le suivit dans la cuisine et l'observa essorer les sachets de thé. Devant son incapacité à tenir en place, Julian devina très vite que quelque chose n'allait pas.

– Qu'est-ce qu'il y a, chérie ?

– Il faut… Il faut que… que je te parle de quelque chose, répondit-elle, le cœur martelant sa poitrine.

– Viens, on va s'asseoir.

Il la guida vers le canapé. Plus les secondes filaient et plus Tracy sentait son cœur accélérer. Le souffle commençait même à lui manquer.

– Je n'arrive plus à respirer…, haleta-t-elle.

Son cœur battait toujours plus vite, et la pièce tournoyait autour d'elle. Tracy était en train de faire une crise de panique.

– Inspire, chérie. Voilà, à grands coups, l'encouragea Julian en lui massant le dos d'une main douce.

Elle plongea la tête entre les jambes et, lentement, parvint à reprendre le contrôle de sa respiration. Julian s'accroupit devant elle et lui prit les deux mains.

– Qu'est-ce qui se passe ? souffla-t-il, pantois de découvrir sa femme dans cet état, elle qui jusqu'ici avait toujours si bien su cacher ses émotions.

Tracy fouilla dans son sac et en sortit la boîte de médicaments.

– Je dois prendre ces cachets, et la simple idée de les prendre me fait paniquer, lâcha-t-elle.

Elle avait honte d'avouer à Julian qu'elle avait besoin d'antidépresseurs. Évidemment, Julian ne fit aucun commentaire déplacé. Il était davantage soucieux de ne pas s'être lui-même rendu compte de la profonde déprime dans laquelle sa femme était plongée.

– Je suis une mauvaise mère. Une mauvaise épouse…, se mit-elle alors à sangloter.

– Arrête, Trace. Tu es une femme qui a mille choses à gérer à la fois.

– Je n'ai que trente-quatre ans. Je ne devrais pas déjà prendre ce genre de choses…

– Tu te trompes. Si ces médicaments peuvent t'aider à aller mieux, il n'y a aucun mal à les prendre.

Julian disparut alors dans la cuisine et revint avec un grand verre d'eau.

– Allez ma belle, on ouvre grand la bouche, dit-il avec un petit sourire.

Tracy sortit le cachet de la tablette et l'observa quelques secondes, posé dans la paume de sa main. Puis elle décompta de trois à un et l'avala.

– Tu vois, ce n'était pas si terrible ! l'encouragea Julian. Je suis fier de toi, chérie. Tu es une mère et une épouse formidable, et je t'interdis d'hésiter encore à me parler, tu entends ?

Tracy opina du chef, l'air piteux.

– Je suis sérieux, Trace, insista-t-il en agitant son doigt sous son nez.

Et, enfin, un sourire se dessina sur les lèvres de sa femme.

13

La libération

Sutton Coldfield, Birmingham, février 2013

– Tu es contente d'aller voir les copains, aujourd'hui ? demanda Julian à Hope tandis qu'ils se préparaient à partir pour la crèche.

– Daisy ! s'écria joyeusement la fillette en tapant des mains.

Daisy était la nouvelle meilleure amie de Hope. L'équipe leur avait dit que les filles étaient inséparables. À la cantine, elles mangeaient toujours ensemble et, dans le jardin, elles ne se lâchaient jamais la main.

Hope passa devant Amber sans même la regarder. On aurait dit que sa sœur était invisible. Les yeux bleus d'Amber se plissèrent aussitôt, comme si elle fusillait sa sœur du regard.

Dès l'instant où Julian et Hope franchirent le pas de la porte, Amber parut perdue. Elle se remit à tourner sur elle-même sur le tapis du salon. On aurait dit ces animaux gardés en captivité qui se balancent d'avant en arrière afin de soulager leur douleur de se retrouver derrière des barreaux.

Et c'était exactement cela que ressentait Tracy aussi.

Elle alluma la télé pour distraire sa fille, mais Amber n'en avait cure. Elle continuait de tourner en rond, s'efforçant de se dresser sur ses orteils sans jamais toutefois y parvenir. Tracy, elle, ne tenait pas en place. Il fallait que Julian rentre, et vite. Lui seul pourrait la calmer.

Tracy détourna les yeux afin qu'Amber ne puisse pas voir ses larmes.

Julian et Hope étaient partis à pied ; c'était leur nouveau rituel. Tracy savait que la marche était parfaite pour le développement de la petite, mais une fois de plus, elle était rongée par la culpabilité qu'Amber ne puisse pas participer.

Les murs de la pièce semblaient se refermer peu à peu sur elle – il fallait à tout prix qu'elle sorte d'ici.

VAS-Y ! lui cria une voix dans sa tête.

Tracy n'avait jamais osé sortir seule en voiture avec Amber, jusqu'ici. Elle avait trop peur que sa fille ait besoin d'être aspirée sans qu'elle n'ait nulle part où s'arrêter. Mais elle s'apprêtait à faire une entorse à cette règle, car Tracy en avait plus qu'assez de se laisser contrôler par ses peurs.

– Allez viens, Amber, on va se promener toutes les deux, déclara-t-elle en reniflant et en s'arrachant un sourire.

Elle fixa le siège auto à l'avant, à côté d'elle, et alors qu'elle était en train d'attacher Amber, les souvenirs du refuge pour ânes qu'ils avaient visité huit mois plus tôt lui revinrent en mémoire. Amber n'avait pas particulièrement apprécié le tour de manège, mais Tracy se rappelait que les lieux l'avaient immédiatement séduite de par leur beauté.

Je connais le chemin. Et je sais que je peux m'arrêter en cas d'urgence, s'encouragea-t-elle. Partir seule demandait du cran, et elle était décidée à le faire, coûte que coûte.

Elle laissa un mot sur le comptoir de la cuisine, disant à Julian où elle était partie, qu'elle n'en aurait pas pour longtemps et qu'elle l'aimait.

Puis elle ferma la portière, démarra la voiture et se lança, le cœur battant la chamade à la fois de peur et de bonheur à l'idée de sortir pour la première fois seule avec sa fille.

Il ne lui fallut que dix minutes pour passer outre la banlieue de Sutton Coldfield. Dès l'instant où elle quitta la rocade et ses files de voitures pour franchir le portail du refuge, Tracy laissa échapper un long soupir. Elle ne s'était même pas rendu compte qu'elle retenait son souffle. Le long chemin qui menait au centre, serpentant entre champs et forêt, donnait l'impression d'être en pleine oasis. Tracy se tourna vers Amber et découvrit que sa fille était subjuguée par le paysage.

Évidemment, la première chose qui frappa Tracy lorsqu'elle sortit de la voiture fut l'odeur !

– Bah…, grimaça-t-elle en agitant la main devant son nez tandis qu'elle installait Amber dans sa poussette.

À cause de la trachéotomie, Amber n'avait ni goût ni odorat, mais cela ne l'empêchait pas de rire aux clowneries de sa mère.

Il lui fallut plusieurs minutes avant de pouvoir quitter le parking, entre ses cinq sacs et son appareil à succion. Cette aventure avait des allures d'opération militaire, mais Tracy se sentait la force d'y arriver. C'était une battante, comme sa fille.

Ils n'avaient pas été voir les enclos lors de leur dernier passage, et Tracy avait envie d'en découvrir un peu plus. Elles prirent donc le chemin de l'écurie et tombèrent sur Andy, qui terminait tout juste de balayer les lieux.

– Hé ! je me souviens de toi, sourit-il en s'accroupissant devant Amber.

La petite s'enfonça aussitôt dans son siège ; on aurait dit un lapin pris dans les phares d'une voiture.

– Elle est très timide, expliqua Tracy. Elle n'aime pas les gens parce qu'elle est persuadée que tout le monde veut lui planter un tuyau ou une aiguille dans le corps…

Elle confia alors à Andy comment la condition d'Amber avait fait d'elle une petite fille très fermée aux autres. Andy, lui, fit de son mieux pour détendre l'atmosphère. Il leur révéla qu'en dehors de sa femme, les ânes étaient l'amour de sa vie. Il avait quitté le refuge pour travailler dans un zoo pendant quelques années, mais le manque l'avait poussé à revenir, et il ne regrettait en rien sa décision. Puis il les guida vers l'enclos, où les ânes broutaient tranquillement.

La clôture étant bien trop haute pour Amber, Tracy la sortit de sa poussette et la cala sur sa hanche. Amber était fascinée par les animaux, qui formaient à eux tous un véritable méli-mélo de tailles et de couleurs. Certains étaient tout bruns, d'autres noirs avec des taches blanches. L'un d'eux avait les pattes blanches, si bien qu'on l'aurait cru affublé de chaussettes. Leurs têtes se balançaient doucement tandis qu'ils reniflaient et broutaient d'un air paisible. Un âne en particulier attira soudain l'attention de Tracy.

– Pourquoi est-ce qu'il reste tout seul ? demanda-t-elle en désignant l'immense bête brune qui se tenait dans un coin de l'enclos.

L'âne fixait le sol, la tête basse et ses longues oreilles pelucheuses tombantes. Sa tristesse était palpable ; Tracy pouvait la sentir de là où elle était.

– Ah… Lui, c'est Shocks, soupira Andy.

Puis il leur raconta sa terrible histoire. Tracy voyait bien que c'était particulièrement difficile pour le soigneur, car sa voix se mit à trembler à certains moments.

– Comment peut-on être aussi cruel ? s'indigna-t-elle, le cœur serré.

Andy n'avait pas de réponse à cela. Il ignorait lui-même comment l'être humain était capable d'infliger autant de douleur.

– Il n'a pas eu la vie facile, comme toi, ma belle, dit-il en se tournant vers Amber.

Amber ne quittait pas Shocks du regard. Elle l'observait avec de grands yeux humides, comme si elle avait compris tout ce qu'Andy leur avait raconté. Puis elle se nicha dans le cou de sa mère pour y chercher du réconfort.

– Mais la bonne nouvelle, c'est qu'il est pratiquement prêt à être monté ! s'enthousiasma Andy tandis qu'ils reprenaient la direction du parking.

Amber était attentive à la moindre de ses paroles, et Tracy vit sa fille se dévisser le cou pour jeter un dernier regard à l'âne solitaire.

Julian était l'ahurissement incarné lorsque les filles rentrèrent à la maison.

– Je n'arrive pas à croire que tu aies pris la voiture seule ! s'exclama-t-il, un grand sourire lui barrant le visage.

Il était très fier de sa femme, en particulier après les événements récents. Il avait craint que la dépression n'empêche Tracy d'aller de l'avant, mais elle était visiblement plus déterminée que jamais à aider sa fille à s'en sortir.

Julian remarqua très vite le changement subtil qui s'était instauré chez sa femme. Elle semblait empreinte d'une nouvelle énergie, comme si le fait de voir les ânes lui avait fait du bien, à elle aussi.

Ce jour-là, Tracy ne put se sortir l'histoire de Shocks de la tête – et Amber non plus. La petite était beaucoup plus excitée que d'habitude, et elle n'arrêtait pas de dresser les mains sur sa tête pour imiter des oreilles d'âne. Tracy fut alors convaincue qu'une autre visite au refuge serait bénéfique, pour toutes les deux.

14

La belle et la bête

Sutton Park, Birmingham,
le lendemain, février 2013

Le lendemain matin, Tracy attacha les deux filles à l'arrière, déposa Hope à la crèche puis décida, sur le chemin du retour, de faire un petit crochet par le refuge.

– Ça te dirait d'aller voir les ânes ? proposa-t-elle à Amber, qui se frottait encore les yeux de fatigue.

La fillette se mit aussitôt à opiner du chef. C'était la première fois qu'elle faisait preuve d'enthousiasme vis-à-vis de quoi que ce soit. Elle vissa alors le regard sur la fenêtre, guettant les lieux tant attendus.

Tracy fut envahie du même sentiment de sérénité lorsqu'elle franchit le portail du refuge. C'était comme si tous ses problèmes, toutes ses angoisses, étaient restés à l'extérieur du parc. Ici ne l'attendaient que d'immenses champs verts et tout un tas d'ânes adorables.

Andy était en train de toiletter Shocks dans la cour lorsque les filles arrivèrent. L'âne était immense – il faisait la taille d'un petit cheval. Amber, du haut de ses soixante centimètres, ne semblait pas le moins du monde intimidée. Elle observait Andy brosser le bas-ventre de Shocks, fascinée par l'animal. Elle se mit alors à remuer dans les bras de sa mère, qui la posa par terre et lui prit la main.

– Qu'est-ce qu'il est grand…, souffla Tracy.

Mais elle n'eut pas le temps d'en dire plus qu'Amber lui avait déjà lâché la main pour trotter jusqu'à Shocks.

– Non ! s'écria Tracy en voyant, comme elle s'y était attendue, sa fille tomber pile devant l'animal.

Andy avait déjà plongé pour récupérer la petite, mais il était trop tard : une magie inexplicable venait d'opérer.

Andy et Tracy regardèrent, bouche bée, Shocks baisser la tête pour observer Amber derrière ses longs cils. Il inclina légèrement le museau comme pour la saluer. Amber ne lâchait pas le géant des yeux. Puis l'animal pencha encore un peu la tête, comme s'il avait compris ce qu'elle voulait. Alors Amber étira ses petits bras du mieux qu'elle put et en enveloppa le museau de Shocks. Puis elle lui fit un baiser et pressa la joue contre lui.

Tracy plaqua une main sur sa bouche pour réprimer un cri. Les deux adultes étaient captivés par la scène qui se déroulait devant eux. Dans une ambiance électrique, une connexion immédiate était en train de prendre vie sous leurs yeux. On aurait dit deux vieux amis qui se retrouvent après des années d'errance… Tracy comprit aussitôt qu'elle avait trouvé la thérapie dont sa fille avait besoin. C'était la première fois qu'elle voyait Amber faire preuve d'affection. Au lieu de se renfermer dans sa coquille, elle cherchait la chaleur et la proximité qui lui avaient manqué durant tout ce temps. Son regard était vif et brillant, et les coins de sa bouche relevés en un sourire de bonheur.

– Est-ce qu'elle peut le monter ? s'empressa de demander Tracy.

Si Amber se métamorphose avec un simple câlin, que cela donnera-t-il une fois sur son dos ? songeait-elle, extatique.

Andy pensait pour sa part qu'Amber était elle aussi le remède au mal de Shocks, car c'était la première fois qu'il voyait son protégé témoigner d'une quelconque affection, ou du désir d'être caressé. Peut-être venait-il de découvrir la fameuse clef qu'il cherchait depuis si longtemps... Celle qui déverrouillerait le cœur de Shocks. Il se hâta alors de seller l'âne pour son premier tour officiel de manège.

– Tu es prête à faire un tour sur Shocks ? demanda Andy en s'accroupissant devant Amber.

Elle hocha la tête et tendit la main, comme si elle savait parfaitement ce qu'on attendait d'elle.

On lui donna la bombe la plus petite du centre, mais même celle-ci était encore trop grande pour elle. Andy eut alors l'idée de la rembourrer en lui glissant d'abord sur la tête un gros bonnet de laine.

– Ça devrait faire l'affaire, gloussa-t-il une fois Amber parée.

Shocks la regarda le rejoindre et baissa de nouveau le museau pour l'accueillir. Amber le caressa un peu, puis Andy la fit grimper en selle.

Amber était tellement petite que ses pieds ne touchaient pas les étriers, si bien que ses jambes pendaient dans le vide. Elle ne tenait même pas assise toute seule. Big Amber rejoignit Andy dans le manège et, comme lors de cette fameuse première fois, elle vint se tenir aux côtés de Little Amber pour s'assurer qu'elle ne tombe pas.

De son poste derrière la barrière, Tracy se mit soudain à paniquer en voyant son petit bébé installé sur l'imposante selle, sur un âne qui faisait la taille d'un cheval !

Et si elle vient à cogner sa canule ? Et si elle a besoin d'être aspirée ? Tracy avait beaucoup de mal à lâcher du lest, à laisser quelqu'un d'autre se charger de sa fille. Elle s'accrochait à l'appareil à succion de toutes ses forces, prête à bondir au moindre signe.

C'était comme si Shocks percevait l'angoisse de la mère et la vulnérabilité de la fille. Il attendit patiemment qu'Amber soit prête, parfaitement immobile. Quant à

Amber, elle souriait d'une oreille à l'autre. Tracy ne l'avait jamais vue aussi rayonnante.

– C'est parti, mon grand, dit Andy en tapotant Shocks pour lui faire signe de se lancer.

Shocks avançait lentement, épousant la bordure extérieure du manège au plus près. Tracy sentait le sang quitter ses doigts tellement elle s'agrippait fort à la barrière. Shocks s'arrêtait et repartait tranquillement, comme s'il savait qu'il se devait de prendre son temps avec Amber. La petite ne cessa pas de sourire tout du long des quatre tours qu'ils leur firent faire.

Lorsque ce fut terminé, Tracy lâcha le souffle qu'elle avait retenu durant tout ce temps. Big Amber desserra son étreinte sur la petite, et Andy se prépara à la faire descendre de selle.

Mais Little Amber n'avait aucune envie de s'en aller. Elle plongea brutalement en avant et s'accrocha au cou de l'animal, là où se trouvaient ses vieilles blessures et dont on savait la peau encore sensible.

Andy et Big Amber s'apprêtèrent à bondir, terrifiés à l'idée que Shocks puisse se mettre à paniquer et à ruer.

Mais ils comprirent très vite que la petite ne risquait rien. Shocks était l'incarnation de la bête heureuse. Il ferma lentement les yeux tandis qu'Amber nichait son visage dans les poils soyeux qui recouvraient désormais ses vieilles cicatrices.

– En principe, il ne laisse personne le toucher ici, commenta Andy en se tournant vers Tracy, les yeux écarquillés.

Tracy était plongée dans ses pensées quand un Andy tout aussi perplexe lui rapporta une Amber rayonnante. Elle la reposa dans sa poussette et partagea ses réflexions avec le soigneur.

– C'est comme si elle parvenait à comprendre sa douleur, avec ce qu'elle a elle-même vécu… Des gens se sont montrés cruels avec lui et, aux yeux d'Amber, on s'est également montré cruel avec elle, à constamment la truffer de tuyaux et d'aiguilles.

– Oui, ça doit être ça..., répondit Andy avant de ramener Shocks vers l'écurie.

Amber ne quitta pas des yeux son nouvel ami tandis qu'il s'éloignait. Et sur le chemin du retour, elle fut incapable de se départir de son sourire. Chaque fois que Tracy la regardait, la petite faisait les oreilles d'âne, les yeux pétillants. À l'instar de sa sœur dès son premier jour de crèche, Amber fit preuve d'un net changement d'attitude après s'être liée d'amitié avec Shocks. Mais la différence la plus flagrante restait la façon dont elle se comportait désormais avec sa sœur.

En général, quand Hope rentrait de la crèche, Amber l'attendait impatiemment, un air perdu au visage. Et elle tendait les bras pour lui réclamer un câlin dès l'instant où Hope passait le seuil.

Mais cet après-midi-là, Amber était tellement bien qu'elle ne détacha même pas les yeux de son dessin animé quand sa sœur rentra.

– Regarde... Maintenant qu'elle a un nouvel ami, elle ne se soucie même plus de Hope, s'amusa Tracy en faisant part de leurs péripéties à Julian.

C'était un tel soulagement, pour le couple, de voir Amber heureuse, et moins dépendante de sa sœur...

– Mais oui, c'est dingue ! ricana Julian, pantois. C'est limite si elle ne la snobe pas !

Cela n'avait rien d'un changement radical, mais c'était suffisant pour apporter un peu d'espoir à la famille. Ce terrible sentiment de culpabilité qui pesait depuis si longtemps sur les épaules de Tracy commençait enfin à s'estomper.

15

Une percée

Sutton Park, Birmingham, mars 2013

– On dirait que Shocks a un nouvel ami ! commenta Andy d'un air amusé en observant l'animal suivre son compagnon de box, Jacko, à travers l'enclos.

Quand Jacko avançait, Shocks suivait. Quand Jacko reniflait le sol, Shocks l'imitait.

Il avait fallu un an et demi pour que Shocks se lie d'amitié avec un autre âne. Andy se demandait si cela avait un lien avec l'influence de Little Amber. Après tout, cette amitié naissante ne s'était opérée qu'après le passage de la petite au refuge.

Big Amber et Sara Gee rejoignirent Andy, et tous les trois observèrent les deux comparses en train de brouter, un grand sourire contagieux au visage.

En général, c'est très bon signe lorsqu'un âne accepte de manger à côté d'un autre. Cela signifie qu'il est confiant et détendu, ce que Shocks n'avait jamais été jusqu'ici.

C'était amusant de les observer ; on aurait dit la version animalière de Little and Large, ce fameux duo de comiques britanniques.

Leurs museaux blancs se balançaient à l'identique tandis qu'ils broutaient en tandem. Shocks s'était rapproché de Jacko parce qu'ils partageaient le même box. Et parce qu'il côtoyait Jacko, il finit par intégrer la bande de celui-ci, dont faisait partie Rambo.

– Tous ces noms, ça doit vraiment faire bizarre aux visiteurs…, ricana Andy.

Très vite, les trois ânes se mirent à traîner ensemble, comme une bande de copains d'école.

Jacko et Rambo s'étaient d'emblée très bien entendus. Rambo était une bête de dix-neuf ans en provenance de Swansea. Son maître avait dû s'en séparer, ainsi que de quatre autres ânes, quand les circonstances de la vie l'avaient exigé. Rambo était brun, et le qualificatif qui lui allait le mieux était « broussailleux », avec son pelage hirsute. La pauvre bête souffrait d'une maladie de peau communément appelée dermite estivale, ce qui lui provoquait des démangeaisons dès l'instant où un insecte le piquait. L'été, il devait donc porter une couverture spéciale qui le protégeait de la tête aux pieds.

Les nouveaux meilleurs amis attirèrent bientôt l'attention de Zebedee, Mackenzie et King, qui lançaient des regards méfiants au petit groupe. Le sanguin Mackenzie, qui compensait sa très petite taille par sa fougue, commença à se rapprocher d'eux, mais King l'arrêta d'un regard, comme pour lui dire qu'ils avaient mieux à faire.

Andy éclata de rire devant ce spectacle. Regarder ses protégés débattre de la hiérarchie était l'un de ses passe-temps favoris, et il était plus que réjoui de voir Shocks sortir enfin de sa coquille. Encore un peu et il finirait par aller remettre les Trois Mousquetaires à leur place !

Il lui restait toutefois une chose à découvrir chez Shocks : son braiment – ce bruit caractéristique que font les ânes lorsqu'ils sont contents ou veulent quelque chose.

Andy avait entendu tous les ânes braire, tous sauf Shocks. Et il savait à quel animal correspondait chaque braiment. Ils avaient tous un son unique ; certains étaient haut perchés, d'autres plus geignards, d'autres encore rapides et hachés. Les ânes brayaient quand ils profitaient du soleil dans l'enclos. Ils brayaient quand Andy venait leur donner de quoi manger. Parfois, il leur arrivait même d'émettre de petits gémissements heureux quand ils se roulaient dans le sable.

Andy avait fini par noter quel âne brayait pour telle ou telle activité : Charlie et Donk brayaient pour le petit-déjeuner, le déjeuner et le dîner. Junior, Teddy et Dillon brayaient d'excitation quand ils voyaient leur soigneur approcher.

Mais aucun âne ne brayait comme Tony. Tony était une véritable horloge parlante. Encore aujourd'hui, il beugle un tonitruant « hi-han » à onze heures du matin et trois heures de l'après-midi tapantes, tous les jours. Cette précision extrême s'expliquait par la précédente vie de Tony. En sa qualité d'ancien âne de plage, il s'agissait là des heures auxquelles il était nourri, et il ne les avait jamais oubliées.

Tony était une bête toute grise dotée d'une personnalité « à part ». Il dut arrêter de promener les enfants sur la plage de Blackpool en raison de sa peur de la fumée des nombreux barbecues et du bruit constant qui y régnait, entre la foule et les trains. Il était au final bien plus heureux ici, à mener une vie paisible.

Andy et toute l'équipe n'attendaient qu'une seule chose : entendre Shocks braire. Ils savaient que ce moment serait à marquer d'une pierre blanche : cela signifierait que Shocks était heureux.

Il y avait toutefois plusieurs petits changements notables chez le protégé d'Andy. À côté de la cafétéria, une aire de jeux permettait aux enfants d'attendre que leur numéro soit appelé tout en s'amusant. Seule une barrière séparait l'aire de l'enclos, afin que les enfants puissent être proches des ânes.

Shocks s'était mis à traîner près de la barrière, ces derniers temps. Il semblait définitivement intrigué par les enfants. Il les observait, ses grandes oreilles remuant à chaque éclat de rire, mais dès l'instant où un adulte apparaissait, il rebroussait chemin et retournait à sa place attitrée, près de l'abri. Il rebaissait alors la tête et se renfermait dans sa coquille, au grand désarroi de l'équipe.

– J'ai l'impression qu'il est attiré par l'innocence des enfants, commenta Amber Brennan.

Andy partageait son avis ; il avait déjà assisté à un comportement similaire chez l'une de leurs autres bêtes, qui ne supportait pas la proximité des adultes mais qui se transformait en véritable peluche dès qu'un enfant était dans les parages.

– Ils sont petits et bienveillants ; Shocks doit savoir d'emblée qu'ils ne peuvent pas lui faire de mal, poursuivit Amber.

Sa théorie expliquait également pourquoi Shocks s'écartait dès l'instant où un adulte intervenait.

Une pensée soudaine traversa alors Andy.

– Et s'il s'était rapproché de Little Amber justement parce qu'elle ne peut pas parler ?

Le bruit peut alarmer les ânes ; la présence silencieuse d'Amber ne pouvait donc être que rassurante pour Shocks. Tous les deux n'avaient pas besoin de parler pour se comprendre ; ils usaient de leur propre langage pour communiquer.

Pendant ce temps, à quelques kilomètres de là, chez les Austwick, Little Amber témoignait elle aussi de certains progrès.

Cela faisait un mois et demi qu'elle montait Shocks, et elle avait déjà une poussée de croissance au niveau des jambes. Ses parents soupçonnaient fortement tout cet exercice d'y être pour quelque chose. Le seul souci, c'est que son « mauvais pied » avait fini par contracter une tendinite. Amber devait donc porter un plâtre pour l'aider à maintenir son pied en place et soulager ses muscles. Julian et Tracy optèrent pour un plâtre rose, le rose étant l'une des couleurs préférées d'Amber et collant à la plupart de ses tenues.

Heureusement, elle pouvait toujours monter Shocks avec sa « botte rose ». À vrai dire, cela lui facilitait même la tâche, car elle pouvait enfin toucher l'étrier gauche du bout des orteils !

En revanche, cela signifiait aussi davantage de séances de kiné, ce qu'Amber détestait viscéralement.

Son plâtre ne la freinait aucunement lorsqu'elle entendait Lucy arriver. Elle faisait volte-face et décampait à quatre pattes jusqu'au canapé. Même Tracy l'entendait prendre la fuite, de la porte. Elle levait alors les yeux au ciel et Lucy se mettait à glousser. C'était toujours le même cinéma…

Ce jour-là, lorsqu'elles arrivèrent dans le salon, Julian luttait pour tenir sa fille, qui se débattait dans ses bras, un peu comme une tortue qu'on tiendrait par sa carapace. Il la posa sur le tapis et elle reprit la fuite dès l'instant où il la lâcha.

– Amber, ça suffit ! gronda-t-il.

– Amber, si tu es sage avec Lucy, on t'emmènera voir Shocks, après. D'accord ? intervint alors Tracy avant de se rendre compte qu'elle était en train de faire du chantage.

Mais cela eut le mérite de fonctionner : Amber s'immobilisa et se tourna vers sa mère, intriguée.

– Oui, ma puce. On va aller voir Shocks ! l'encouragea Tracy.

Amber avait parfaitement compris sa mère, car un grand sourire vint lui barrer le visage. Puis elle dressa les mains sur sa tête pour faire les fameuses oreilles d'âne.

Aucun chantage n'avait fonctionné jusqu'ici. C'était l'amour qu'elle portait à son nouvel ami qui la poussa à bien se tenir, dorénavant.

Dire qu'elle était d'une patience d'ange avec Lucy aurait été quelque peu exagéré, mais quoi qu'il en soit, elle ne pleurait ni ne cherchait plus à prendre la fuite dès que la kinésithérapeute franchissait le pas de la porte.

Pour le couple, c'était un grand pas en avant. Mentionner Shocks avait le pouvoir de rendre Amber beaucoup plus coopérative pour beaucoup de choses.

– Je me sens mal d'utiliser ce prétexte à chaque fois. J'ai l'impression de la manipuler..., confia un jour Tracy à son mari.

– Arrête un peu, la taquina Julian. Avoue que c'est juste génial !

Il savait que sa femme exultait intérieurement d'avoir trouvé une solution aussi simple pour parvenir à ses fins. Et ce n'était pas comme s'ils ne tenaient pas leur promesse. Ils accompagnaient chaque fois Amber au refuge, même pour une simple caresse à son ami.

Ils découvrirent également qu'ils pouvaient se servir de Shocks pour faire avaler de la nourriture solide à Amber. Jusqu'ici, elle n'avait été nourrie que de lait artificiel, d'abord par la sonde naso-gastrique, et plus récemment par le bouton dans son ventre. Depuis que Hope allait à la crèche, Julian et Tracy passaient leurs journées à essayer de faire manger à Amber quelque chose de solide.

Leur but était non seulement qu'elle s'alimente normalement, mais ils tenaient à tout prix à savoir si leur fille pouvait percevoir le goût des aliments avec l'air qui passait à travers sa trachée artificielle plutôt que son nez. Le goût et l'odorat sont très intimement liés, ils le savaient. Dépourvue du sens de l'odorat, il y avait peu de chances qu'Amber puisse avoir celui du goût un jour. Mais ils voulaient s'en assurer.

Lucy avait déjà essayé de lui donner des fruits particulièrement odorants, comme de la mangue ou des fraises, mais Amber lui avait toujours tenu tête. Elle serrait ses petits poings et repoussait sans vergogne la kinésithérapeute et sa cuillère.

Si toutefois Lucy parvenait à lui faire avaler un petit morceau, il s'agissait ensuite de s'assurer qu'Amber ne vomisse pas, à cause des terribles remontées acides dont elle souffrait. Julian et Tracy avaient fini par baisser les bras, de peur que les remontées n'empruntent le mauvais chemin et ne finissent dans ses poumons.

Cependant, la situation avait quelque peu changé depuis qu'Amber montait Shocks. Il n'y avait pas que les muscles de ses jambes qui s'étaient renforcés : ceux de son tronc aussi, et elle était désormais capable d'avaler de petits morceaux de fruits et des légumes écrasés. Il suffisait de parler d'une éventuelle visite au refuge pour lui faire ouvrir la bouche…

– Encore une cuillère et on pourra aller voir Shocks…, l'encourageait Tracy avec un clin d'œil à l'intention de Julian.

Un sourire rayonnant illuminait alors le visage de la petite, qui guidait la cuillère jusqu'à sa bouche plutôt que de la repousser.

– C'est génial…, soufflait Julian, extatique.

Tracy brûlait d'impatience à l'idée de raconter les progrès d'Amber, grâce à Shocks, à ses nouveaux amis du refuge. Elle ne fréquentait Andy et Big Amber que depuis quelques mois, mais elle avait l'impression de les connaître depuis toujours. Cela faisait peut-être cliché, mais leur chaleur et leur tolérance avaient vraiment fait la différence.

C'était un peu comme si toutes les barrières auxquelles on s'attend lorsqu'on fait une nouvelle rencontre étaient tombées dès le premier jour. Le Donkey Sanctuary avait accueilli Tracy les bras grands ouverts, et Tracy y avait trouvé l'antidote idéal à sa propre souffrance.

Cette fois, Julian décida d'accompagner Tracy. Il n'était pas revenu depuis leur première expérience, mais il considérait qu'il était temps de prendre en compte l'impact positif que le refuge avait eu sur Amber et Trace. Évidemment, il ne put s'empêcher de ronchonner au sujet des odeurs et de la poussière, mais Tracy ne voulait rien savoir.

– Ça n'a fait aucun mal à Amber jusqu'ici, le taquina-t-elle en lui donnant un petit coup de coude.

Julian chargea tout l'équipement et Tracy prit Amber dans ses bras. La petite fit les oreilles d'âne durant tout le chemin qui menait à l'écurie, euphorique à l'idée de retrouver son ami.

Malheureusement, la joie d'Amber était loin de refléter l'ambiance qui régnait au refuge. Andy courait partout, et Big Amber lançait des ordres ici et là. Les ânes, quant à eux, semblaient tous nerveux. Shocks s'était de nouveau isolé tout au fond de l'enclos.

– C'est bizarre... Qu'est-ce qui a bien pu se passer ? marmonna Tracy, perplexe.

En s'approchant, ils découvrirent que la cour était jonchée de morceaux de bois brisés et de clous.

– N'allez pas plus loin ! leur cria Andy lorsqu'il aperçut la petite famille.

Les morceaux de bois étaient tranchants, et il craignait par-dessus tout que quelqu'un ne vienne à se blesser.

– Qu'est-ce qui s'est passé ? lui demanda Tracy, inquiète.

Il s'avérait que tout le monde ne débordait pas forcément de bienveillance vis-à-vis des bêtes. Andy expliqua aux Austwick que des voyous avaient réduit en miettes une table de pique-nique.

– Quoi ? Mais pourquoi ? s'écria Julian, incrédule.

– Tous les ans, il y a une fête foraine organisée dans le

champ d'à côté. Il n'est pas rare que cela cause quelques soucis… Il y a un pub juste derrière l'écurie, et le patron nous a dit que des types complètement saouls avaient brisé la table avant de jeter tous les morceaux de notre côté, hier soir.

Les yeux d'Amber s'emplirent alors d'angoisse, comme si l'atmosphère déteignait soudain sur elle, et elle nicha son visage dans le cou de sa maman. Tracy se mit à caresser ses boucles blondes tout en la rassurant.

– Les ânes vont bien ? s'inquiéta-t-elle.

– Le bruit du bois lorsqu'ils l'ont jeté dans la cour les a effrayés. Ils sont sur le qui-vive, pour le moment. Ce n'est clairement pas le genre d'événement souhaitable pour une bête déjà bien traumatisée comme Shocks, maugréa Andy en se tournant vers son protégé.

Amber dressa aussitôt l'oreille à la mention de son ami.

– Ça a forcément dû lui rappeler de mauvais souvenirs, poursuivit le soigneur.

Amber se mit alors à observer Shocks, comme pour lui intimer de venir la voir. Mais l'animal ne bougea pas d'un pouce.

– Shocks n'est pas en grande forme aujourd'hui, ma puce, lui dit doucement Julian. Tu ne pourras pas le monter…

Amber se mit à remuer pour se défaire de l'emprise de sa mère, qui dut lutter pour ne pas la faire tomber – la fillette avait décidément pris beaucoup de forces, ces dernières semaines.

– On reviendra le voir demain, d'accord ? Il ira mieux, tu verras, la rassura Julian.

Puis il jeta un regard stupéfait à Tracy, impressionné par la réaction de leur fille.

Quant à Andy, il s'arracha un sourire pour la petite, dont il voyait bien le désarroi. Mais au fond, il bouillonnait de rage. La voie de la guérison était décidément semée d'embûches, pour ce pauvre Shocks.

Mais il ne peut pas baisser les bras maintenant, se résolut-il, plus déterminé que jamais à trouver le moyen de sauver Shocks.

Cela demanderait peut-être simplement un peu plus de temps que prévu.

16

Les meilleurs amis du monde

Sutton Park, Birmingham, printemps 2013

Amber trépignait d'impatience à l'idée de présenter son nouvel ami à sa sœur.

Cela faisait neuf mois que les jumelles étaient allées voir les ânes ensemble, et la situation n'aurait pas pu être plus à l'opposé de cette fameuse première fois.

Amber était l'excitation incarnée. Quant à Hope, c'était elle qui appréhendait, cette fois.

Hope étant à la crèche toute la semaine, ils avaient décidé d'y aller le samedi.

Amber tapa ses poings entre eux durant tout le trajet. C'était le tout dernier moyen qu'elle avait trouvé pour montrer son excitation. Hope lui jeta un regard agacé ; elle n'avait pas particulièrement l'habitude que sa sœur exprime une telle allégresse seule.

Amber portait une superbe robe violet et blanc. Dernièrement, elle s'était mis en tête de ne porter que ses plus beaux vêtements lorsqu'elle allait rendre visite à Shocks. Tracy lui proposait une sélection de robes et Amber désignait l'élue du jour.

Julian aimait taquiner sa fille à ce sujet, mais au fond, le couple fondait littéralement en voyant son adorable fillette tenir à être la plus jolie pour aller rendre visite à son meilleur ami. Dès qu'ils arrivèrent au refuge, Amber tint à montrer qu'elle était dans son univers. Elle ne parvenait toujours pas à marcher sans aide, mais elle refusa que sa mère lui tienne les deux mains et lui en tendit une seule d'un air résolu.

– Regardez-moi ça… Mademoiselle se la joue ! ricana Julian tandis qu'Amber montrait fièrement le chemin.

Hope ne quittait pas son papa d'une semelle. La pauvre petite était habituée à jouer à la crèche avec ses camarades. À ses yeux, cet endroit n'était rien d'autre qu'un territoire inconnu.

Ils gagnèrent la porte d'entrée, et Amber dressa le bras vers le ciel pour faire comprendre à sa mère qu'elle voulait elle-même faire sonner la cloche.

– OK, ma puce, sourit Tracy en soulevant Amber.

Hope resta cachée dans les jambes de Julian tandis que sa sœur faisait coucou aux deux bénévoles installés derrière le bureau d'accueil. Elle avait beau ne pas connaître ces nouvelles têtes – vu que nous étions samedi, le personnel tournait –, cela ne semblait pas la déranger outre mesure.

– Elle n'est pas aussi à l'aise d'habitude, confia une Tracy amusée à Julian.

De toute évidence, Amber cherchait à montrer à sa sœur qu'ici, elle était chez elle. Hope avait la crèche, et Amber avait son âne.

Le hall était encore plus bondé que lors de leur premier passage. Mais à l'instar de sa petite fille, Julian sentit qu'il avait changé, lui aussi. Il s'installa sur une chaise avec un calme olympien. Au final, il était plus agréable d'être entouré de gens qui étaient dans le même bateau que vous plutôt que de rester seul. Tracy reconnut quelques mamans, qu'elle salua d'un petit geste de la main.

Julian s'apprêtait à aller leur chercher une barquette de frites quand Big Amber apparut dans la pièce. Le visage de sa fille s'illumina aussitôt comme une lanterne.

– Bonjour, Amber, susurra la monitrice en la prenant dans ses bras.

Julian n'en croyait pas ses yeux. À l'image de Shocks qui se sociabilisait enfin, Amber commençait à sortir de sa coquille et à accepter les autres.

Mais Hope ne l'entendait pas de cette oreille. Elle tendit les bras comme pour dire « Et moi alors ? ».

– Voici Hope, la sœur d'Amber, expliqua Julian, ignorant si Big Amber se souvenait de leur première visite.

– Bonjour, toi ! Ça fait longtemps, dis donc ! sourit la femme en s'accroupissant devant Hope.

Big Amber avait la mémoire des visages, et elle ne l'avait évidemment pas oubliée.

– Alors, vous êtes venues monter Shocks toutes les deux ? demanda-t-elle aux jumelles.

Amber dressa les mains sur sa tête pour faire les oreilles d'âne et remua les doigts en riant. Big Amber était ravie à l'idée que Shocks puisse porter un autre enfant. Son but ultime était resté le même : faire de lui un âne de selle pour tous les enfants qui fréquentaient le centre. Elle se demanda toutefois comment Shocks réagirait. Se rendrait-il compte que Hope était la sœur d'Amber ?

Big Amber proposa que Hope passe en premier.

– Tu veux monter Moïse ? suggéra-t-elle alors à Amber.

Mais la petite secoua énergiquement la tête.

– Bon, je crois que c'est non, sourit-elle en adressant un clin d'œil aux parents.

Hope brûlait d'impatience de s'éloigner des autres enfants. En dehors de sa sœur, elle n'avait pas l'habitude de côtoyer des enfants différents, et ne sachant comment se comporter avec eux, elle était restée collée à ses parents tout du long.

Amber prit la main de sa mère et l'entraîna d'un pas confiant en direction du manège. Pour voir Shocks. Puis elle agita le bras frénétiquement, comme si elle s'efforçait par là de faire les présentations entre Shocks et sa sœur.

– Hope n'a pas l'air de trop s'en faire, commenta Julian en regardant sa fille monter en selle.

Hope aurait été tout aussi heureuse avec un autre âne, et il était clair que le sentiment était partagé. Shocks n'accueillit absolument pas la petite comme il le faisait avec sa sœur. Il ne baissa pas le museau pour la saluer, ni ne la suivit des yeux un seul instant. Son corps puissant était bien là, mais son esprit était ailleurs. Bien sûr, il se montra parfaitement obéissant quand Andy tira doucement sur ses rênes. Shocks faisait toujours ce qu'on attendait de lui, mais il ne le faisait pas avec son cœur. Il avançait d'un pas lourd derrière Moïse, sans aucun entrain.

Julian et Tracy ne furent pas les seuls à remarquer cette différence. Certains bénévoles qui se tenaient derrière eux se firent la même remarque.

– Il a l'air beaucoup plus heureux quand c'est Amber qui le monte…, chuchotèrent-ils.

Julian ne put réprimer son envie de sourire. C'était tellement amusant d'entendre les gens parler de leurs filles ; elles auraient presque pu passer pour des célébrités.

– Bravo, Hopey ! l'encouragèrent-ils quand leur fille attrapa une carte pour ensuite la glisser dans la boîte aux lettres.

Amber, elle, ne tenait pas en place. Elle n'avait qu'une seule envie : grimper sur son âne et donner une leçon à sa sœur. Le souci, c'est qu'à trop s'exciter, elle ne cessait de sécréter du mucus. Tracy n'arrêtait pas de l'aspirer, ce qui ne rassurait pas vraiment Julian.

– On ne devrait peut-être pas la laisser monter aujourd'hui, commença-t-il à s'inquiéter.

– On ne peut pas lui faire ça, chéri. Elle serait dévastée...

Tracy savait à quel point Shocks comptait pour sa fille, et elle aurait été incapable de lui imposer une telle frustration.

– C'est beaucoup trop risqué, répliqua Julian.

– Ne t'inquiète pas, tout ira bien.

Amber n'avait pas été la seule à gagner en confiance ces derniers mois. Tracy appréhendait beaucoup moins les risques qu'avant. Tout comme Andy, Big Amber et Sara avaient poussé Shocks à sortir de sa coquille, Tracy avait compris qu'elle se devait de faire la même chose avec sa fille.

Au centre, on apprenait aux enfants à remercier leur âne, après l'avoir monté. Shocks aurait dû normalement baisser le museau pour faciliter la tâche de Hope, mais il n'en fit rien, et la petite dut se contenter de lui tapoter la patte.

Ce n'était toutefois pas ça qui allait contrarier Hope, laquelle était déjà en train de scruter ce qui se passait derrière la barrière. C'était une fillette espiègle et curieuse de tout.

C'était désormais au tour d'Amber. Jamais Tracy n'avait vu sa fille déployer autant d'efforts pour se faire remarquer. Andy prit sa petite main dans la sienne, et Amber fit de son mieux pour marcher la plus droite possible, remuant des fesses à chaque pas.

– Regarde ! Mais quelle chipie, celle-là ! s'exclama Julian, hilare.

Shocks la vit arriver à des mètres de là. Si les ânes pouvaient sourire, il aurait été l'incarnation du bonheur. Il fit pivoter ses longues oreilles dans sa direction, attentif au moindre de ses gestes.

Amber n'eut pas besoin de lui tendre les bras ; Shocks avait déjà le museau à terre, prêt à recevoir l'étreinte de son amie.

– Il a l'air heureux, pas vrai ? murmura Tracy à Julian.

Son mari leva les yeux au ciel. N'étant de nature pas vraiment proche des animaux, lire en un âne n'était pas quelque chose qui lui venait spontanément. Ceci étant dit, il était indéniable que Shocks partageait un lien particulier avec Amber.

Ses pensées furent renforcées par d'autres chuchotements dans son dos.

– Vous avez vu comme il prend son temps avec elle ?

Et en effet, Shocks avançait avec une lenteur étudiée. Il ne paraissait pas plus contrarié que cela d'être à la traîne derrière Moïse. De toute évidence, les besoins d'Amber passaient d'abord.

Tout comme Amber s'était pavanée aux côtés de son âne, Shocks semblait tout aussi fier de montrer « son Amber » à la galerie.

Il passait tranquillement d'un exercice à l'autre, sans se presser, donnant à Amber tout le temps dont elle avait besoin. Les deux obstacles avec lesquels Amber luttait le plus étaient le lancer de balle et le fait de lâcher la selle pour toucher les banderoles.

Avec Big Amber, les petits parvenaient toujours à se lancer, à force de persuasion. Andy, lui, privilégiait la méthode douce : il rapprochait le seau d'Amber, si bien qu'elle n'avait plus qu'à mettre la balle dedans, sans effort.

Mais aujourd'hui, Amber voulait briller. Andy eut à peine le temps de s'approcher du seau que la petite lança la balle de toutes ses forces.

– Vous avez vu ça ? Elle l'a lancée !! s'écria Tracy, extatique.

Elle avait raté le seau, mais de très peu. Tracy battait

des mains, derrière la barrière, un grand sourire aux lèvres.

Amber, elle, rayonnait. Si elle avait pu parler, on l'aurait sans aucun doute entendue fanfaronner : « Regarde ce que je sais faire, Hope ! »

Sa confiance grimpait en flèche, et par conséquent son équilibre aussi. C'était un peu comme marcher sur une corde : si vous étiez convaincu de pouvoir le faire, la bataille était en partie gagnée. Si Amber était convaincue de pouvoir marcher, alors elle était en bonne voie.

Shocks s'arrêta ensuite sous les fameuses banderoles tant redoutées.

– Vas-y, ma puce, lève les bras, l'encouragea Big Amber.

La petite jeta un regard inquiet à ses parents, plus vraiment rassurée, cette fois.

– Vas-y, Amber, tu peux le faire ! s'écrièrent Julian et Tracy.

Il y avait tellement d'yeux braqués sur elle qu'on aurait pu faire un roulement de tambour.

Amber se pencha en avant et caressa l'encolure de Shocks, à la manière de la lampe d'un génie qu'on frotterait pour y puiser force et courage. Puis elle se redressa et lâcha la selle de la main droite, qu'elle leva pour effleurer du bout des doigts les banderoles colorées.

Tracy sentit des larmes de joie gonfler ses paupières.

– Elle l'a fait ! souffla-t-elle en se tournant vers Julian. Tu as vu ? Elle l'a fait !

Julian serra sa femme dans ses bras. Aux yeux des autres, cela ne devait pas signifier grand-chose, mais pour eux, c'était un pas de géant.

Le bonheur irradiait d'Amber comme le parfum d'une fleur. Lorsqu'elle eut terminé son tour et dit au revoir à Shocks et à l'équipe, elle retourna tout aussi fière dans le hall principal, allant même jusqu'à gratifier d'un grand sourire deux enfants qu'elle avait l'habitude de croiser.

C'était enfin elle qui guidait ses parents, plutôt que l'inverse.

Et sa toute nouvelle confiance n'était pas seulement réservée au manège. De retour à la maison, Amber se mit très vite à jouer les casse-cou. Elle tentait des choses qu'elle n'avait jamais osé faire avant, comme se servir de la table basse pour se mettre debout. Julian et Tracy la retrouvaient constamment agrippée aux meubles. Son mur d'escalade favori : le canapé.

Le couple ne savait plus où donner de la tête, entre Hope qui s'appropriait les escaliers et Amber qui transformait le rez-de-chaussée en véritable parcours du combattant. Julian se souvient d'un moment en particulier qui l'a beaucoup marqué. Il se tenait en haut des escaliers, attendant que Hope franchisse la dernière marche ; Tracy, quant à elle, était tout en bas, à empêcher Amber de rejoindre sa sœur.

– On dirait un train humain ! avait-il lancé en riant.

Ils avaient enfin le sentiment d'être de vrais parents. Certes, ils devaient encore se relayer au chevet d'Amber, la nuit ; certes, ils devaient encore l'aspirer constamment dans la journée ; et certes, ils ne pouvaient toujours pas la quitter une seule seconde, mais quelque chose avait changé. Ils parvenaient enfin à s'amuser, tous les quatre ensemble.

Ils commençaient même à songer à de nouvelles vacances en famille. Jusqu'ici, les seules qu'ils s'étaient autorisées avaient été ces quelques jours de plage à Brean, et ils avaient eu davantage un goût de cauchemar que de vacances.

– Et si on se faisait une grande sortie ? suggéra Tracy.

En passionnée des animaux, une idée lui vint presque dans la seconde.

– On pourrait aller visiter le West Midlands Safari Park ?

Julian était déjà en pleine réflexion, ruminant intérieurement les dangers potentiels qu'une telle sortie présenterait. Tracy coupa court à ses pensées en le réprimandant du regard.

– Bon, très bien…, céda-t-il, conscient que sans les initiatives de sa femme, ils vivraient comme de véritables ermites.

Ils partirent tôt, la voiture remplie aux trois quarts d'équipement médical et un quart de pique-nique. Le coffre était à deux doigts d'exploser.

Julian eut l'impression d'avoir trois enfants à l'arrière, et non pas deux, quand ils arrivèrent enfin au parc safari de Bewdley. Tracy était tellement excitée qu'elle sautillait sur son siège en poussant des petits cris. Cela faisait une éternité que Julian ne l'avait pas vue aussi heureuse.

Le parc disposait de cent soixante-cinq espèces d'animaux sauvages, et Tracy ne tenait plus en place.

– On se fait d'abord la partie safari en voiture ? proposa-t-elle.

Les seuls animaux que les filles avaient vus jusqu'ici étaient le chien du voisin et, évidemment, les ânes. Comment réagiraient-elles face à des girafes, des éléphants et des hippopotames ?

Tracy prit le volant afin que Julian puisse filmer un peu. Ils ne s'en étaient pas vraiment rendu compte, mais ils utilisaient de plus en plus la caméra, ces derniers temps. C'était la preuve que la situation évoluait, car ils voulaient capturer le moindre souvenir marquant.

Hope était attachée devant, à côté de Tracy, et Julian était installé à l'arrière, à côté d'Amber. La première partie du safari alternait entre forêts et champs, où flânaient les animaux considérés comme non dangereux.

– Oh ! regardez les girafes ! s'écriait Tracy. Et les chameaux, là-bas !

Les deux petites tournaient frénétiquement la tête de droite à gauche comme des essuie-glaces. Les yeux grands ouverts, elles étaient littéralement captivées par toutes ces étranges bêtes.

Les Austwick avançaient à une allure d'escargot, pare-chocs contre pare-chocs avec les autres voitures. Ils venaient de pénétrer la zone où l'on pouvait ouvrir les fenêtres afin de nourrir les animaux.

– Allez, arrête de faire ton peureux…, se fit taquiner Julian, qui finit par entrouvrir sa vitre.

Tracy l'imita afin que Hope puisse mieux voir les bœufs qui se baladaient tout près de la voiture.

– Salut, toi ! rit-elle tandis que l'une de ces grosses bêtes pelucheuses pointait son museau humide dans l'habitacle afin de réclamer une petite friandise.

Amber s'enfonça dans son siège, pas vraiment rassurée. Il faut dire que le bœuf avait de quoi impressionner, avec son poil hirsute et ses cornes qui se dressaient comme une grosse moustache.

Julian remonta discrètement sa vitre de quelques centimètres, puis ils poursuivirent leur route, Tracy freinant brusquement pour laisser passer le lama qui s'était mis en tête de traverser devant eux.

L'animal était tout blanc, en dehors de ses oreilles noires et de son pelage maculé de boue, comme s'il venait fraîchement de s'y rouler. Il les observait de ses grands yeux sombres et perçants, immobile.

– Euh… qu'est-ce qu'on fait ? chuchota Julian.

Tracy haussa les épaules ; elle n'avait jamais été dans pareille situation.

Le lama marcha alors tranquillement jusqu'à sa vitre, puis, tout aussi brusquement que son apparition, il passa la tête dans la voiture.

Il cherchait évidemment de quoi manger, mais cela ne l'empêcha pas de mordiller le volant en passant.

Hope éclata en sanglots, terrorisée par cette intrusion.

– Ce n'est rien, Hopey, il ne peut pas te faire de mal, la rassura Julian.

Il se pencha vers le siège avant, repoussa doucement l'animal puis remonta la vitre.

– J'avoue que je ne m'y attendais pas…, confia Tracy en reprenant la route.

Amber, elle, ne semblait pas le moins du monde contrariée. Mais plus le temps passait, et plus il était clair qu'elle était beaucoup plus à l'aise avec les animaux que sa sœur.

Ils savaient heureusement ce qui redonnerait du baume au cœur à leur petite Hope : les délicieux cupcakes qu'ils avaient glissés dans le panier à pique-nique.

Julian et Tracy choisirent une place tranquille sur le parking et ouvrirent toutes les portes en grand pour profiter de la douce brise printanière. Puis ils regardèrent d'un air attendri leurs deux petites puces grignoter leurs gâteaux sur la banquette arrière tout en observant l'agitation alentour.

Ils avaient encore du mal à déchiffrer le langage de Hope, mais quoi qu'elle fût en train de raconter, c'était définitivement à sa sœur qu'elle s'adressait.

– Regarde, elle est en train de lui parler, souffla Tracy à Julian, perplexe.

C'était la première fois qu'ils voyaient leurs filles interagir. Amber avait toujours été invisible aux yeux de sa sœur – elle faisait partie des meubles, pourrait-on dire, vu qu'elle allait jusqu'à grimper sur elle. Mais le fossé qui séparait les deux petites diminuait de jour en jour, et peut-être Hope percevait-elle enfin ce changement ?

Julian et Tracy échangèrent un regard sans dire un mot. Ils n'en avaient pas besoin, car ils savaient tous deux qu'ils pensaient la même chose : *On a fait une sortie en famille.*

Enfin.

– Il faut absolument qu'on refasse ça, murmura Tracy, un sourire jusqu'aux oreilles.

Ça, c'était du Tracy tout craché : à toujours prévoir la prochaine étape.

– On va déjà essayer de rentrer en un seul morceau, hein ?...

Et ça, c'était Julian : un pas après l'autre.

17

Premiers pas

Sutton Park, Birmingham, juin 2013

– Elle va y arriver, je le sens ! s'écria Julian en s'emparant de la caméra.

Mais c'était encore une fausse alerte. Amber s'agrippa de nouveau au canapé, toujours aussi inquiète à l'idée de se lâcher et de marcher enfin seule, sans se tenir à la table basse.

Elle n'en était toutefois plus bien loin. Son ventre, son dos et ses jambes avaient tellement gagné en force durant ces six derniers mois d'équitation qu'Amber, âgée désormais de trois ans, était sur le point de faire ses premiers pas.

Julian et Tracy étaient encore moins capables de la lâcher du regard, ne serait-ce qu'une seule seconde, de peur de rater ce moment magique.

– Tu vas voir que ça va se passer pile quand on regardera ailleurs..., dit Tracy en riant.

– Oui... Moins on en fera, plus il y a de chances que ça arrive, tenta de philosopher Julian.

Il décida alors d'aller chercher Hope à la crèche à pied, plutôt que de prendre la voiture. Il commençait à craindre que le couple l'ait un peu trop négligée, ces derniers temps. Ce n'était évidemment pas intentionnel, mais il était difficile de garder un équilibre entre leurs deux filles quand Amber leur demandait tant d'attention.

Cette petite demi-heure rien que pour nous deux est probablement ce dont elle a besoin.

Julian arriva en avance à la crèche. À travers la fenêtre ouverte, il entendait les enfants chanter et taper dans leurs mains. Ne pouvant s'en empêcher, il se rapprocha pour jeter un œil à sa petite fille et découvrit, perplexe, qu'elle était au centre de l'attention. Hope était assise en tailleur à côté du musicien, à chanter et taper des mains comme une folle, entraînant ses camarades dans son jeu.

Ça, c'est ma fille, songea-t-il, arborant un grand sourire satisfait.

Hope sortit en brandissant une nouvelle peinture. La feuille A4 affichait à peine quelques empreintes de pouce, mais Julian était rudement fier. Leur réfrigérateur était presque entièrement recouvert de ses œuvres, désormais.

– Tu as passé une bonne journée, ma puce ?

– Oui ! s'exclama-t-elle joyeusement.

Le vocabulaire de Hope n'était pas encore au niveau de celui de ses camarades, mais elle évoluait petit à petit. Elle parlait de plus en plus à sa sœur, même s'il s'agissait plus d'ordres qu'autre chose. Ceci étant dit, Amber ne semblait pas tracassée par le caractère autoritaire de sa sœur. Depuis qu'elle montait Shocks, elle paraissait beaucoup plus détendue.

Julian et Hope marchaient tranquillement sur le trottoir quand une feuille vola soudain jusqu'à eux. Hope s'immobilisa et déclara, sans crier gare :

– Une feuille !

Julian n'en revenait pas ; il ne l'avait jamais entendue prononcer ce mot. *Tout va finir par s'arranger*, songea-t-il alors, le cœur léger. *Hope apprend à parler, Amber à marcher. Tous ces soucis seront bientôt derrière nous...*

Lorsqu'ils gagnèrent enfin la maison, Julian n'avait qu'une seule hâte : raconter ça à sa femme. Tracy était en train de préparer le goûter dans la cuisine, et Amber observait ses moindres faits et gestes du seuil, agrippée à l'encadrement de la porte.

– Je veux bien un petit thé, chérie ! lança Julian avant d'aller s'installer à sa place favorite sur le canapé, un grand sourire aux lèvres.

Hope vint se blottir contre lui et Julian alluma la télé, un œil sur l'écran et l'autre sur Amber, qui hésitait encore entre rester agrippée à la porte ou venir elle aussi sur le canapé.

– Tu viens nous faire un bisou, Amber ? l'encouragea-t-il en tapotant la place à côté de lui.

Et soudain, il eut comme un pressentiment : ça allait arriver, il en était sûr.

Il s'empressa de récupérer sa caméra et appela Tracy. Celle-ci était convaincue qu'il s'agissait une fois de plus d'une fausse alerte, mais elle se prêta au jeu et alla s'agenouiller devant le canapé en encourageant sa fille à son tour.

– Vas-y, chérie, tu peux le faire, lancèrent-ils en chœur.

Ses petites mains serraient l'encadrement, et ses yeux fixaient la cible. À cet instant, Amber était l'incarnation de la détermination.

– Allez ma puce, tu vas y arriver, la motiva Julian, tout sourire.

La caméra était braquée sur elle, à l'instar de tous les yeux.

Amber décolla doucement une main de la porte, puis l'autre. Elle fit un pas en avant, puis un deuxième. Tracy plaqua une main sur sa bouche pour réprimer un cri de joie. Leur petite fille marchait enfin.

Amber rayonnait, les yeux pétillant d'adrénaline.

– J'aurais le même regard si je m'apprêtais à sauter à l'élastique..., commenta Julian, aux anges.

– Hein ? Mais de quoi tu parles ? gloussa Tracy devant cette étrange comparaison.

– De l'adrénaline de lâcher prise, expliqua-t-il.

Et il avait raison. Amber venait de faire le grand saut, et elle débordait d'une toute nouvelle énergie. Elle ne tenait plus en place, cherchant encore et encore à recommencer.

Tracy appela aussitôt Debs pour lui annoncer la nouvelle. Cela faisait six bons mois qu'elle n'avait plus parlé à son entourage, car elle avait la terrible impression de leur imposer un fardeau qu'ils ne méritaient pas. Et avec la dépression qui s'était abattue sur elle, Tracy avait eu le sentiment de ne rien avoir à offrir à quiconque. Debbie lui avait à plusieurs reprises tendu la main, mais elle s'était chaque fois heurtée à un mur. À l'image de sa fille et de son ami Shocks, Tracy commençait elle aussi à enfin sortir de sa coquille.

– Debbie, elle marche ! Amber marche ! s'écria-t-elle en ravalant ses larmes.

– J'arrive ! répondit Debbie, raccrochant dans la seconde.

Amber était plus que motivée à faire part de l'étendue de son nouveau talent. C'était un changement plus que radical, lorsqu'on repensait à la timidité dont elle avait toujours fait preuve jusqu'ici.

Campée en plein milieu du salon, elle s'agrippait à la table basse tout en se préparant au nouveau défi qui l'attendait.

– Allez ma puce, montre à tata ce que tu sais faire, l'encouragea Tracy.

Les trois adultes, plus Hope, avaient formé un demi-cercle de l'autre côté de la pièce. Debbie s'agenouilla et ouvrit grand les bras.

Un, deux, et trois… Amber était lancée. Plus rien ne pouvait l'arrêter, désormais.

Debbie ne put réprimer un éclat de rire en voyant la manière dont sa nièce se dandinait.

– On dirait une somnambule, à marcher les bras tendus devant elle !

Et elle n'avait pas tort : sa technique aurait pu en effet être empruntée aux zombies.

– Elle peut tout aussi bien marcher comme ça pour le restant de sa vie, du moment qu'elle marche ! rit Julian.

Mais le couple n'avait pas anticipé le changement soudain que cela créerait d'avoir deux petites filles en pleine possession de leurs jambes. C'était comme si leurs bébés étaient brutalement devenus des enfants. Elles allaient et venaient à travers la maison, comme deux autos tamponneuses en pleine fête foraine. Marche avant, collision, chute, redémarrage, accélération…

Ils devaient se balader partout dans la maison avec l'appareil à succion, désormais, à courir après leur nouveau petit bolide.

Deux semaines plus tard, le couple s'écroula sur le canapé, épuisé.

– Tu te souviens de l'époque où on les regardait posées sur leurs coussins, à attendre avec impatience le jour où elles galoperaient partout ? soupira Julian.

– Oui…

– J'en viendrais presque à la regretter, plaisanta-t-il.

– Je vais te préparer une bonne tasse de thé, le rassura-t-elle en lui tapotant la jambe.

Le fait qu'Amber marche enfin n'avait pas seulement changé la vie de leur fille et injecté une bonne dose de bonheur à la famille ; cela avait entraîné un revirement de situation auquel personne ne se serait attendu. La relation des deux sœurs s'était métamorphosée du jour au lendemain.

Déjà, elles pouvaient enfin se tenir la main, et les deux petites se promenaient à travers le salon comme deux vieilles filles, devant l'air hilare de leur mère, qui ne se lassait jamais de les regarder.

Hope s'était également attribuée le rôle d'éducatrice vis-à-vis de sa sœur. Amber ne pouvant lui répondre, Hope aimait à la diriger. « Suis-moi », « Assieds-toi », ne cessait-elle de lui assener. Il lui arrivait même de lui faire les gros yeux.

Mais Amber ne semblait pas le moins du monde contrariée, et elle obéissait de bonne grâce à la moindre injonction de sa sœur. À vrai dire, elle devenait une petite fille plutôt facile.

Amber pouvait d'ailleurs communiquer un petit peu, désormais. Grâce à l'orthophoniste qui venait lui rendre visite toutes les semaines, elle avait commencé à apprendre la langue des signes. Elle savait dire « s'il vous plaît », en décollant la main du cœur, « merci », mais surtout « gâteau », en plaçant une main sur son poing fermé. Bien sûr, elle savait également dire « Shocks », mais cela relevait de son propre langage.

Tracy brûlait d'impatience à l'idée de montrer à toute l'équipe du refuge les progrès miraculeux de sa fille. Elle avait confié un nombre incalculable de fois à tous ces gens comme elle rêvait du jour où Amber serait enfin capable de marcher. Et elle savait qu'elle n'y serait jamais parvenue sans eux. Elle leur en était tellement reconnaissante…

Amber, quant à elle, brûlait d'impatience à l'idée de montrer ses toutes nouvelles lunettes. Son infirmité causant un strabisme au niveau de l'œil gauche, l'opticien lui avait trouvé une jolie paire toute rose. Évidemment, Tracy s'était assurée de dénicher une robe assortie pour l'occasion.

Dès l'instant où elles arrivèrent sur le parking, Amber se mit à remuer comme une folle dans son siège – on aurait dit un cheval de course sur la ligne de départ. Tracy la posa par terre et Amber se mua alors en cheval de parade, cette fois, à lever délicatement une jambe après l'autre pour mieux exhiber son adresse.

« Regardez-moi ! Je sais marcher, maintenant ! », se serait-elle écriée si elle l'avait pu.

– Allez, viens, ma puce, dit Tracy en lui prenant la main pour la guider vers la réception.

Mais Amber n'était pas de cet avis : hors de question de se faire aider. Elle retira sa main et poursuivit sa route, l'air déterminé, tandis que Tracy, hilare, se demandait si c'était d'elle que sa fille tenait un tel entêtement.

Tracy fit sonner la cloche et Amber continua sur sa lancée, passant le bureau d'accueil en ne manquant pas de saluer Gill, la responsable du centre, qui la dévisagea avec de grands yeux incrédules.

– Mais… elle marche ! susurra la femme à l'intention de Tracy.

Tracy, elle, rayonnait. À cet instant, c'était certainement la maman la plus fière de l'univers.

La voix de Big Amber leur parvenait de l'autre côté de l'immense hall. La petite fonça dans sa direction, impatiente de montrer ses progrès à son amie.

– Amber ! Tu marches ! s'écria la monitrice, sidérée.

La fillette, gloussant de joie, tendit les bras pour qu'on la prenne.

Une petite foule s'était regroupée autour d'Amber, désormais. C'était si gratifiant, pour l'équipe, d'assister à une telle transformation. Ces moments magiques étaient ce qui donnait tout son sens à leur travail.

Big Amber faisait tournoyer sa protégée dans ses bras. Elle adorait Little Amber – rien de difficile à cela : la fillette était à croquer, avec ses boucles blondes et ses jolies lunettes roses.

Lorsqu'elle la reposa par terre, la petite continua à tournoyer, s'enivrant du spectacle qu'elle était en train de donner.

Andy apparut alors à son tour, et dès l'instant où il découvrit Amber, Tracy crut voir une larme poindre derrière ses lunettes.

– Ça me fait tellement plaisir…, murmura-t-il en s'essuyant les yeux.

Andy était quelqu'un d'extrêmement sensible. Il n'aurait jamais pu faire aussi bien son travail sans cela. C'était autant une force qu'une faiblesse, car il lui arrivait parfois d'être submergé par l'émotion.

Il avait assisté à de nombreux miracles, ici. Il en profita pour confier à Tracy une histoire qui, il le savait, le marquerait à vie.

– Nous avions un jeune garçon autiste qui nous donnait un coup de main depuis quelque temps déjà…

Il expliqua à Tracy que le garçon en question était plus âgé que les enfants qui se présentaient habituellement au centre. Il avait dix-sept ans, à l'époque, et il n'avait pas prononcé un seul mot de toute sa vie.

Tracy ne quittait pas le soigneur des yeux, absorbée par son histoire. Cela la rassurait d'entendre que d'autres étaient parvenus à s'en sortir.

– Il adorait m'aider à nettoyer les box. Et il travaillait dur ! Je vous jure que pour l'arrêter, il aurait fallu s'y mettre à deux…

Amber s'approcha pour écouter l'histoire d'Andy, elle aussi.

– Il adorait les ânes. Chaque fois qu'il était près d'eux, son visage s'illuminait. Il était très timide, avec nous…

Malheureusement, les médecins et les parents du garçon craignaient qu'il ne puisse jamais parler.

– Et puis un jour, j'étais en train de balayer quand je l'ai entendu dire quelque chose, murmura Andy en souriant à l'évocation de ce souvenir. « Brosse », a-t-il prononcé alors qu'il s'apprêtait à brosser Bob. J'ai d'abord cru que j'avais mal entendu, mais il l'a répété. Encore et encore.

Exactement comme quand Amber a découvert qu'elle pouvait marcher, songea Tracy. *Plus rien ne pouvait l'arrêter...*

– Qu'est-ce qu'il est devenu ? s'enquit-elle, fascinée par l'histoire de ce garçon.

Andy expliqua alors que, comme beaucoup d'enfants qui fréquentaient le refuge, ses progrès lui avaient permis de passer à un nouveau de sa vie.

– Il s'est mis à parler de plus en plus. Aujourd'hui, il va à l'université, conclut-il d'un ton triomphal.

Ce récit n'était que l'un parmi les dizaines de miracles auxquels le refuge de Birmingham avait assisté en onze années d'existence. Lorsqu'elle avait découvert ce centre un an plus tôt, Tracy n'aurait jamais imaginé qu'un âne puisse faire une telle différence dans la vie de quelqu'un. Et pourtant, Shocks avait non seulement transformé Amber, mais aussi elle-même.

Le positif qui irradiait du refuge était décidément contagieux.

Évidemment, la route restait longue pour la petite Amber. Elle marchait à peine à trois ans passés. Le fait qu'elle puisse un jour aller à l'école ou encore parler restait un gros point d'interrogation.

Tracy repoussa toutefois ces sombres pensées ; aujourd'hui était un jour de fête.

– On va dire bonjour à Shocks, Amber ?

La fillette s'élança sur le chemin en faisant l'avion pour garder son équilibre. Mais soudain, elle s'immobilisa.

– Qu'est-ce qu'il y a, ma puce ? souffla Tracy.

Amber croisa les bras et, par-dessus ses lunettes, elle se mit à foudroyer du regard la scène qui se déroulait devant elle : une autre enfant s'apprêtait à monter Shocks, *son* âne.

Andy perçut instantanément le problème. Il s'accroupit alors à son niveau et lui expliqua qu'il était important que d'autres enfants montent Shocks afin qu'il puisse se faire des amis, tout comme elle. Shocks était une âme meurtrie, et il lui fallait guérir.

Amber plissa son petit nez et se mit à taper du pied.

– Bon, ça suffit, mademoiselle, intervint Tracy.

Elle n'avait jamais vu cette facette d'Amber, et elle n'était pas vraiment certaine de la manière de la gérer.

– Va sur Moïse, en attendant. Tu monteras Shocks tout à l'heure.

Mais Amber secoua fermement la tête. Elle attendrait son ami ; il était hors de question qu'elle monte un autre âne. Tracy leva les yeux au ciel, devant un Andy hilare.

– Ah, les enfants..., commenta-t-il en riant.

Collée à la barrière, Amber ne lâcha pas une seule seconde sa rivale des yeux. Elle commençait d'ailleurs à parfaitement maîtriser sa moue boudeuse.

Elle fit alors un geste à l'attention de Shocks pour lui signaler son arrivée. Shocks la remarqua dans la seconde. Il se tourna vers elle et baissa la tête, comme pour lui dire « Je suis à toi dans un instant. »

Cela suffit à dessiner un sourire sur le visage de la fillette.

Ne pouvant accabler de sa jalousie une petite fille qu'elle ne connaissait pas, Amber décida alors d'en faire payer le prix à sa sœur. Dès que Hope rentra de la crèche, Amber se montra exécrable avec elle. Si Hope prenait un jouet, vous pouviez être certain que sa sœur venait le lui arracher dans la minute.

– Non, Amber ! la gronda Julian, tout comme il l'avait fait des mois plus tôt lorsque Hope avait voulu faire la même chose.

– Et moi qui trouvais que c'était une enfant zen…, marmonna Tracy, décontenancée par ce soudain changement d'humeur.

Elle expliqua alors ce qu'il s'était passé au refuge ce jour-là, l'attitude possessive dont Amber avait fait preuve vis-à-vis de Shocks. C'était certes touchant de voir à quel point la petite était attachée à son ami, mais le couple savait que ce genre de comportement se devait d'être tué dans l'œuf.

– Il va falloir qu'elle s'habitue à voir d'autres enfants le monter, commenta Julian.

Tracy proposa qu'ils retournent au centre en famille ce samedi-là. Peut-être Amber serait-elle plus détendue en présence de sa sœur ?

La matinée démarra plutôt bien. Il y eut même des retrouvailles-surprises avec Liz, Sam et leur petite Abbie.

Liz et Sam n'en revenaient pas de l'évolution d'Amber.

– Je vous l'avais dit…, s'extasia Liz en taquinant les Austwick sur le pouvoir guérisseur des ânes dont elle leur avait tant parlé.

Dans cette douce bulle d'effusion, tous les soucis du monde furent oubliés l'espace d'un instant. Amber prit la main de sa sœur ; elle voulait lui montrer l'aire de jeux, à l'extérieur. Elle adorait y attendre son tour, car d'ici, on voyait tous les autres ânes brouter tranquillement dans leur enclos.

Amber désigna Bob et Lob, les deux petits Irlandais qui s'étaient rapprochés pour jouer aux curieux. L'équipe les appelait « les jumeaux » car ils venaient de la même ferme. Ils n'étaient pas de véritables jumeaux, même si on aurait pu y croire tellement ils étaient inséparables. Amber voulait donc présenter sa jumelle au duo de polissons, mais Hope n'était pas le moins du monde intéressée par les animaux. Elle préférait de loin profiter des jeux et observer les autres enfants.

– Hope, Amber, c'est à vous ! les appela Tracy.

Amber partit comme une fusée en direction du manège, manquant même de tomber à la renverse en essayant de dépasser Hope.

– Doucement, Amber, voulut la calmer Julian.

Mais Amber n'avait aucunement l'intention de ralentir : elle voulait aller voir son âne.

– Il y a une petite fille qui est encore sur Shocks, commenta Tracy d'un air inquiet.

De leur hauteur, les parents pouvaient voir ce qu'il se passait dans le manège. Heureusement, ce n'était pas le cas d'Amber.

– Essaie de la distraire deux minutes, lui conseilla Julian en lui adressant un petit clin d'œil.

– Tu as hâte de monter Shocks ? gazouilla alors Tracy d'une voix faussement enjouée.

Amber s'arrêta brutalement à la barrière, la respiration soudain sifflante.

Tracy s'agenouilla afin d'aspirer les sécrétions coincées dans sa trachée.

– Calme-toi, Amber, dit-elle d'un ton plus ferme.

Mais dès que Hope la rattrapa, Amber se remit à s'exciter.

Quand Hope voulut se tenir à la barrière, Amber lui arracha les doigts.

Quand Hope s'approcha du passage par lequel les enfants étaient admis dans le manège, Amber la maintint derrière elle en lui barrant le chemin.

– Ça suffit, maintenant ! s'agaça Tracy. Vous attendez votre tour, toutes les deux, c'est compris ?

Andy se tenait à son poste habituel, au guidage des rênes. Mais comme nous étions samedi, ce fut une bénévole qu'ils n'avaient encore jamais rencontrée qui vint les accueillir à l'entrée du manège. Il s'agissait d'une femme extrêmement douce que Tracy soupçonna aussitôt de partager son fardeau. Beaucoup parmi les bénévoles avaient un enfant en situation de handicap. À l'instar de Tracy et Julian, ils s'étaient tournés vers le Donkey Sanctuary dans un dernier espoir de sauver leur petit et, évidemment, une fois plongé dans ce monde merveilleux, il était difficile d'en ressortir.

La femme, qui avait des cheveux gris et une peau particulièrement hâlée, se chargea d'abord de Hope. Elle commença à la guider vers Shocks, qui attendait patiemment aux côtés de son ami Jacko.

Julian n'avait d'autre choix que d'intervenir.

– Excusez-moi ! appela-t-il. Excusez-moi !

La femme se tourna vers lui, l'air surprise.

– Je suis désolé, mais... est-ce que vous pourriez faire monter Hope sur l'autre âne ? Shocks est celui d'Amber, expliqua-t-il d'un air gêné.

Ils ne s'étaient jamais retrouvés dans une situation pareille, et ce dilemme n'avait rien de bien agréable : ils n'avaient bien sûr aucune envie de céder trop facilement, mais d'un autre côté, Amber n'en serait pas là sans Shocks. Ils ne pouvaient pas se permettre de laisser quoi que ce soit se mettre en travers de sa guérison...

– Oh, bien sûr, répondit la femme en souriant.

C'était ce qu'il y avait de merveilleux, ici : tout le monde était sympathique, et personne ne vous jugeait. *Aux yeux de quelqu'un d'extérieur, ça aurait paru tellement ridicule...*, ne put s'empêcher de songer Julian.

Évidemment, Hope n'en avait que faire de l'âne qu'elle montait. Cela aurait tout aussi bien pu être Bob ou Lob.

Le squelette d'Amber s'était tellement renforcé que la bénévole n'avait besoin de se servir que d'un seul bras pour la maintenir en selle. La petite faisait de grands gestes enthousiastes à ses parents chaque fois qu'elle passait devant eux. De son côté, Andy ne lâchait pas Shocks d'un cil, en pleine analyse de son comportement.

Cela faisait quelque temps qu'il espérait le voir prendre la tête. Il avait tout essayé, mais même en agitant un biscuit sous son nez, Shocks s'était chaque fois arrêté net derrière son partenaire. Andy savait que c'était une simple histoire de confiance : Shocks ne croyait pas assez en lui. C'était exactement comme dans l'enclos : son protégé préférait rester dans l'ombre, pour le moment du moins.

Andy avait toutefois un espoir d'y arriver aujourd'hui, avec l'aide de Jacko. Après tout, si Shocks pouvait doubler un de ses congénères, qui de mieux que son fidèle compagnon de box ?

Il tira doucement sur les rênes, mais Shocks ne voulut rien savoir. Il attendait patiemment que Jacko et Hope terminent leur activité pour suivre avec Amber.

– Pas de souci, mon grand. Je ne te force à rien, le rassura-t-il en lui grattant l'arrière des oreilles.

Shocks remua la tête et laissa échapper un gros éternuement. Pour une raison qu'Andy ignorait, c'était toujours l'effet que produisait sur lui une bonne séance de gratouilles.

Alors qu'ils achevaient le dernier tour, Amber commença à s'agiter en voyant les autres enfants qui attendaient à la barrière. Elle se tourna vers Andy, cherchant de toute évidence à être rassurée.

– Ne t'inquiète pas, Amber. Personne d'autre ne montera Shocks aujourd'hui, dit-il, devinant d'instinct ce qui la tracassait.

Avec Shocks, la devise était « Lentement, mais sûrement ». Seule une petite poignée d'enfants par semaine étaient autorisés à le monter, et l'équipe faisait de son mieux pour maintenir le fragile équilibre entre la précipitation et la régression.

Amber plongea en avant et se mit à serrer son ami. Elle n'avait aucune envie de partir.

– Allez, ma puce, c'est l'heure d'y aller, murmura Andy en la décollant doucement de son protégé.

Amber caressa le cou scarifié de son âne, qui poussa un lourd soupir, comme s'il partageait sa frustration.

Julian et Tracy appelaient leur fille avec de grands gestes, de l'autre côté de la barrière.

– Dis donc, tu commences à peser, toi ! la taquina Andy en posant Amber par terre.

Shocks l'attendait, le museau baissé, les yeux plantés dans les siens. Amber l'embrassa et le serra dans ses bras, comme si c'était la dernière fois qu'ils se voyaient.

– Shocks, articula-t-elle silencieusement.

Aucun son ne sortit de sa bouche, mais l'animal n'en eut pas besoin pour comprendre.

Amber fut anormalement calme, sur le trajet du retour, et Tracy commençait à craindre que quelque chose n'aille pas. Tout se passait si bien, ces derniers temps... Et voilà que cette désagréable boule d'angoisse venait de se reloger au creux de son ventre.

Durant le déjeuner, elle ne lâcha pas une seule seconde ses filles du regard.

– Amber n'a pas l'air de vouloir manger, se mit-elle à paniquer.

Ce fut au tour de Julian de la rassurer. Mais c'était plus fort qu'elle : elle s'était tellement battue pour voir sa fille aller mieux qu'elle était terrorisée à l'idée que la situation ne revienne au point de départ.

Tracy se replongea dans ses tâches routinières afin d'étouffer au mieux son angoisse – la vaisselle, le ménage...

Cet après-midi-là, Amber nécessita plus d'aspirations que d'habitude, ce qui ne fit qu'accroître l'inquiétude de Tracy qui, à la fin de la journée, s'était transformée en véritable cocotte-minute. Elle ne s'était pas attendue à découvrir cette facette chez sa fille, cette jalousie, cette peur panique à l'idée de perdre son ami.

Avant qu'ils ne se mettent à fréquenter le refuge, Julian lui avait fait promettre de lui confier le moindre de ses tracas. Cela ne pourrait lui faire que du bien. Elle l'approcha alors en se raclant la gorge, gênée. Elle avait beau faire la démarche, cela n'était pas plus facile pour elle.

– Qu'est-ce qui se passe, chérie ? s'enquit Julian, qui lut aussitôt la détresse sur son visage.

Elle se percha sur l'accoudoir du canapé, tel un oiseau prêt à s'envoler à tout instant.

– Je pense qu'Amber devrait arrêter de voir Shocks, lâcha-t-elle tout à trac.

Julian attendit qu'elle poursuive, le front creusé par l'incompréhension.

– Je n'ai pas envie qu'elle retombe malade. Elle siffle toute la journée ; de le voir avec d'autres enfants la détruit… Je ne supporte pas de la voir…

– Ce n'est qu'une passade, chérie, la coupa Julian. Elle s'en remettra, tu verras.

Tracy opina mollement du chef. Mais à l'intérieur, le nœud qui lui tordait le ventre était plus serré que jamais.

Peut-être est-ce la fin de cette jolie histoire..., songea-t-elle. Elle décida en tout cas de garder ses distances avec le refuge pendant un moment. L'attitude d'Amber et les essoufflements dont elle avait été victime toute la journée l'avaient sérieusement inquiétée, et elle n'était pas prête à risquer la progression de sa fille, quel qu'en soit le prix.

18

Intégration réussie

Sutton Park, Birmingham, été 2013

L'équipe savait désormais qu'elle n'aurait jamais dû mettre Mackenzie dans le même box que Bob et Lob…

Il y avait eu une propagation de fourmilière parmi les bêtes – une infection contagieuse consistant en un champignon logé dans la corne du sabot et créant des cavités. Sans traitement rapide, elle pouvait occasionner une boiterie. Jacko avait malheureusement contracté cette maladie et se devait donc de rester isolé pendant un certain temps.

Ce qui signifiait que Shocks n'avait pas d'autre choix que de partager le box du leader du groupe, Mackenzie, et des jumeaux irlandais.

– Ça ne pourra que lui faire du bien de côtoyer un peu les gros durs, commenta Andy.

Au refuge, il y a constamment quelqu'un qui veille la nuit, au cas où il arrive quoi que ce soit aux animaux. Ils avaient récemment recruté une jeune maman, Jess, qui avait emménagé avec sa petite fille de deux ans dans le pavillon du gardien. L'habitation se situait à moins de cent mètres de l'écurie.

Les ânes se familiarisent très vite aux nouveaux gardiens, et ils savent précisément où se trouve le pavillon par rapport à l'enclos. Vers cinq heures de l'après-midi, ils se mettent donc à braire tout près de sa fenêtre, réclamant leur foin et leur lit.

Comme à son habitude, ce soir-là, Shocks se fit désirer. C'était tous les jours la même chose : il attendait dans son coin que quelqu'un vienne le chercher.

– Tu vas devoir faire chambre commune avec les gros durs, ce soir, le taquina Andy en le guidant à travers l'enclos.

À l'écurie, un des box comportait un système de double loquet, un peu comme ces portes battantes que l'on voit dans les vieux westerns. Si les deux loquets ne sont pas correctement poussés, un âne aussi turbulent que Mackenzie peut très facilement ouvrir les portes d'un bon coup de sabot.

Mais Andy n'avait pas d'autre choix que d'y loger Shocks, car c'était le seul box capable de contenir quatre bêtes.

– Allez, viens, ne fais pas ton timide..., l'encouragea-t-il.

Bob et Lob ne daignèrent même pas lever les yeux de leur repas. Quant à Mackenzie, il jeta un regard assassin à Shocks dans lequel on pouvait clairement lire : « Pas touche à mon foin, le petit nouveau. »

Shocks s'empressa de se caler dans un coin, trop craintif pour même toucher à son repas.

– Vous avez intérêt à être sympas avec lui, les gars ! les prévint Andy.

Puis il partit donner un dernier coup de balai dans la cour, sous les regards captivés de ses protégés, qui préféraient de loin s'intéresser à ce qu'il se passait dehors plutôt que de rester cloîtrés dans leur box. Les ânes sont des créatures particulièrement curieuses.

– Allez, au lit, maintenant ! gronda Andy, comme un papa avec ses petits.

Tony lâcha un braiment plaintif en regardant le soigneur quitter la cour – c'était sa manière à lui de l'implorer de rester, et évidemment, Andy sentait son cœur se serrer à chaque fois.

Il se retourna pour découvrir une dizaine de regards tristes rivés sur lui par-dessus les portes des box.

– J'y vais, les garçons. Bonne nuit !

Hors de question de se laisser séduire. S'il ne se montrait pas ferme avec eux, il savait très bien qu'ils le feraient très vite tourner… en bourrique.

– C'est pour leur bien…, se rassura-t-il en remontant l'allée du parc tachetée de la douce lumière du soir qui filtrait à travers la voûte des arbres.

Il aperçut alors Jess au niveau du pavillon.

– Alors, bien installée ? lança-t-il, la main en visière pour se protéger du soleil.

– Nickel ! sourit-elle.

La jeune femme de vingt-trois ans avait démarré en tant que bénévole au refuge, mais quand la place de gardien s'était libérée, elle avait sauté sur l'occasion pour pouvoir vivre ici.

– Être entourée de tant de calme, c'est vraiment génial, commenta-t-elle en désignant les champs, les arbres et le parc qui les cernaient.

– Tu parles d'un calme…, sourit Andy en pensant aux braiments quelque peu sonores auxquels Jess ne tarderait pas à avoir droit.

Les ânes disposent d'une routine bien précise. Ils se réveillent autour de cinq heures du matin, mais on ne les sort jamais avant sept heures – huit en hiver. Ils ont tendance à dormir debout, mais quand ils se sentent vraiment à l'aise, il leur arrive de s'allonger. Ils ne dorment toutefois que quelques heures par intermittence, cela venant de leur instinct de protection vis-à-vis des prédateurs. Enfin, les ânes aiment se faire bronzer dans leur enclos, mais seulement si l'un de leurs congénères veille au grain.

Un peu plus tard dans la soirée, lorsque Jess eut couché sa petite Phoebe, à l'instar d'Andy et de ses ânes, elle alla s'installer devant sa télé avec son petit ami Marc.

Elle posa les pieds sur la table basse et s'enfonça dans le vieux canapé qui portait les traces des anciens gardiens. Jess et Marc zappèrent quelques minutes avant de se décider pour *Mary à tout prix*.

Jess se sentait profondément sereine, dans sa petite maison de campagne perdue au milieu des bois. En dehors du murmure de la télévision, les seuls bruits audibles étaient les hululements rassurants de la chouette voisine.

Ses paupières se firent de plus en plus lourdes, jusqu'à se fermer. Jess ne s'était pas rendu compte qu'elle s'était endormie avant d'être brusquement réveillée par un bruit de sirène assourdissant.

– Les ânes ! s'écria-t-elle en enfilant à la hâte ses chaussures d'écurie et son manteau.

– Tu veux que je vienne avec toi ? lui proposa Marc.

– Non, reste avec Phoebe, répondit Jess avant de disparaître par la porte.

Les écuries ont peut-être l'air de sortir tout droit d'un roman de Dickens, mais elles sont en vérité équipées d'un système d'alarme dernier cri. En effet, chaque porte de box est précédée d'un laser, si bien que dès l'instant où un rayon est dérangé, une alarme se met à sonner.

Quelqu'un cherche à voler les ânes, se convainquit Jess, paniquée.

Elle traversa le parking en courant et emprunta l'allée qui menait aux écuries, le cœur battant si vite qu'il lui martelait les tempes. La température avait drastiquement chuté, dehors, et l'air glacial lui brûlait les poumons.

Elle s'immobilisa soudain à la barrière, bouche bée face au spectacle qui se dressait devant elle : trois ânes étaient en train de danser tranquillement en plein milieu de la cour, sous le clair de lune, visiblement ravis de leur escapade nocturne. Pour couronner le tout, ils avaient emporté toute leur paille, histoire de se sentir aussi bien que dans leur box…

– Bande de voyous ! s'écria Jess, hors d'elle.

À quelques mètres de là, Shocks observait ses comparses. On pouvait clairement lire le doute dans ses yeux : *J'y vais ou j'y vais pas ?*

– Ne t'y avise pas ! le menaça Jess.

Ce brave Shocks fit alors un pas en avant, puis un autre, et sans même s'en rendre compte, il était déjà pris dans le tumulte, à ruer comme un fou au milieu de ses camarades tandis que Jess leur courait après.

Si les bêtes avaient pu parler, on aurait entendu des « Nananère, tu ne nous attraperas pas ! ».

Tous les autres ânes les regardaient par-dessus les portes de leurs box, à les encourager de vive voix. Les braiments venaient de droite, de gauche. Jess ne savait plus où donner de la tête.

Bob portait une couverture pour ne pas attraper froid, étant donné qu'on venait tout juste de lui couper la crinière. Mackenzie commença à tirer dessus, et Lob ne tarda pas à le seconder.

– Non, non, non, laissez ça tranquille ! les gronda Jess.

Évidemment, personne ne daigna l'écouter.

– Vous serez punis de petit-déj', pour la peine, marmonna-t-elle en plaquant les mains sur les hanches d'un air résigné.

Puis elle s'empara d'une bride et d'une longe et se rua vers le meneur de la bande, à savoir Mackenzie. Si elle parvenait à le maîtriser, les autres se calmeraient tout seuls.

– Allez mon grand, la fête est finie, déclara-t-elle en se jetant sur lui – heureusement que ses chaussures étaient renforcées, sans quoi elle aurait pu se faire écraser les orteils !

Mackenzie l'esquiva et fit un nouveau tour triomphant. Prise soudain d'une autre idée, Jess se mit à fouiller dans son manteau.

– Ah ! ah ! Je savais bien que j'en avais un qui traînait là-dedans ! s'exclama-t-elle en brandissant un biscuit aux épices.

Décidée à prendre l'âne par les sentiments, elle agita le biscuit sous le nez de Mackenzie. L'animal se mit très vite à ralentir, puis il renifla d'un air curieux et approcha pour réclamer son dû.

– Et voilà ! se réjouit Jess en attachant l'âne aussitôt près d'elle.

Et elle avait vu juste : dès l'instant où Mackenzie fut enfermé dans son box, Bob et Lob se calmèrent et redevinrent doux comme des agneaux. Quant à Shocks, il se retrouva abandonné par ses complices en plein milieu de la cour, cerné de paille et l'air perdu.

Jess était convaincue qu'il avait peur de se faire punir. En vérité, elle se réjouissait qu'il ait suivi le troupeau, pour une fois. Cela signifiait que Shocks gagnait en confiance.

Le dilemme ressemblait étrangement à celui auquel étaient confrontés Julian et Tracy. D'un côté, ils ne désiraient pas encourager Amber à plonger dans l'indiscipline (en faisant preuve de jalousie vis-à-vis de sa sœur ou des autres enfants), mais à l'image de Shocks, cette attitude était également signe de grands progrès et ne pouvait être ignorée.

– Allez, viens, je ne vais pas te faire de mal, idiot…, souffla Jess en raccompagnant doucement Shocks à l'écurie.

Puis elle verrouilla la porte du box, qu'elle vérifia par deux fois avant de reprendre la direction du pavillon. Le nettoyage de la cour attendrait le lever du jour.

Quelle heure est-il, d'ailleurs ? se demanda Jess en passant la porte du pavillon. L'horloge du four annonçait 1 h 54.

– Saletés de bestioles…, marmonna-t-elle avant de regagner son lit.

Les événements de la veille furent relatés en détail le lendemain matin, autour d'une bonne tasse de thé.

Andy, qui venait tout juste de balayer la paille, dans la cour, était persuadé que Mackenzie était celui qui avait ouvert la porte du box – il n'en était pas en effet à son coup d'essai.

En général, les ânes qui avaient vécu avec des chevaux avant d'être accueillis au refuge étaient dotés d'un talent unique, hérité de leurs amis équins. Les chevaux sont maîtres dans l'art de l'évasion : ils peuvent ouvrir un box simplement à l'aide de leurs dents. Mackenzie ayant grandi entouré de chevaux, Andy était convaincu que c'était de cette manière qu'il était parvenu à sortir. Il s'était échappé de tous les box de l'écurie, à l'exception de ce dernier, jusqu'à peu.

– À mon avis, il a fait ça pour provoquer un peu Shocks, commenta le soigneur. Quelle canaille…, ajouta-t-il en essuyant ses mains boueuses sur son pantalon.

Autour de lui, les filles faisaient de leur mieux pour dissimuler leurs petits sourires amusés derrière leurs tasses.

– J'espère qu'ils ne déteindront pas trop sur lui…, soupira Andy.

Sara ne put se retenir de rire plus longtemps ; la situation était trop cocasse. Bientôt, toute l'équipe riait aux éclats.

– Eh ben, au moins, il y en a qui trouvent ça drôle, commenta Andy avec un geste d'impuissance.

– Au moins, Shocks se déride un peu, répondit Sara en gloussant.

Évidemment, elle avait raison, et ce simple épisode avait suffi à provoquer un véritable changement en l'espace d'une nuit. En effet, ce matin-là, Andy ne put que remarquer la nouvelle assurance de Shocks lorsque ce fut l'heure du petit-déjeuner.

Il attendit bien sûr que les « patrons » passent en premier, mais lorsque ceux-ci eurent fini de déchirer le filet et de prendre leur part, Shocks se rua sur le foin avec les autres. C'était comme s'il avait grimpé plusieurs échelons en une nuit.

– C'est bien, mon grand, murmura Andy d'un air radieux, ayant déjà oublié sa colère.

À l'instar d'une arme encore fumante, Shocks portait les traces du crime de la veille : son pelage était maculé de boue.

– Un bon bain ne te ferait pas de mal..., commenta le soigneur.

Shocks le dévisagea, perplexe. *Un bain ? Qu'est-ce que c'est que ça ?* aurait-on pu lire dans son regard.

Étant donné que l'animal prenait la poudre d'escampette chaque fois qu'Andy approchait avec le tuyau d'arrosage, il paraissait évident que le soigneur ne s'en était jamais servi pour le laver.

Et si j'essayais, aujourd'hui ? songea-t-il.

Dans son cerveau, les rouages tournaient à plein régime : la journée promettait d'être chaude, donc il n'aurait pas à se soucier que Shocks attrape froid. D'autre part, l'âne n'avait plus peur du tuyau, et il se laissait même brosser sans broncher. Au final, tout ce qu'il risquait, c'était que Shocks apprécie.

– Attends ici, j'ai quelque chose pour toi...

Il alla chercher le tuyau bleu et le seau rempli de tout le nécessaire pour la toilette des bêtes. Les hommes ont leurs gants, leurs éponges et leurs brosses ; les ânes, eux, ont leurs raclettes. Ce sont exactement les mêmes qu'on utilise pour les voitures, sauf que celles-ci servent à nettoyer les ânes plutôt que les pare-brise.

Andy ignorait si Shocks le laisserait aller jusque-là. Mais chaque chose viendrait en son temps. Il fallait déjà commencer par la base : l'eau.

Il avança lentement vers Shocks, le tuyau dressé devant lui. Il n'avait ouvert le robinet qu'à moitié, si bien qu'un mince filet coulait seulement.

Andy tira un bon coup dessus, et Shocks s'écarta aussitôt.

– Doucement, doucement. Ce n'est que de l'eau, Shocks. Ça ne va pas te faire mal, le rassura-t-il en passant la main sous le filet afin de lui montrer qu'il ne risquait rien.

Shocks ouvrit alors les narines en grand et éternua un bon coup – c'était sa réponse à tout.

Andy testa l'eau sur les pattes de son protégé, et Shocks ne semblant pas le moins du monde contrarié, il monta encore un peu le long de ses jambes interminables. Puis il passa à son dos. Shocks ferma les yeux, visiblement en pleine délectation. Cela devait lui faire un bien fou, un peu comme un bon verre d'eau fraîche sous un soleil de plomb…

– Tu aimes ça, mon grand ?

Andy s'empara alors de la raclette et se mit à retirer l'eau mêlée à la boue du pelage de l'animal, qui se tint parfaitement immobile. De toute évidence, Shocks appréciait tout particulièrement cette séance de soins.

Andy ignorait s'il pouvait risquer de passer le jet d'eau au niveau de son encolure. Les blessures de Shocks avaient cicatrisé depuis longtemps, mais elles étaient encore visibles, sous cette lumière vive, formant un éclair argenté sous son pelage brun.

L'animal le dévisagea alors derrière ses longs cils, comme pour lui dire : « Pourquoi tu t'arrêtes ? »

– Oh, pardon, m'sieur ! rit Andy en revenant brusquement à la réalité.

Il n'était pas rare que le terrible passé de Shocks ne vienne le ronger, lorsqu'il se retrouvait à observer les vieilles blessures de son ami.

– Durant ces cinq années où j'ai pris du bonheur à venir travailler ici jour après jour, soupira-t-il, abattu, toi, tu souffrais… Il est temps d'effacer ce passé, mon vieux. Qu'est-ce que tu en dis ?

Il dressa alors le tuyau au niveau de son encolure. Shocks ne remua pas d'un cil. Au contraire, il semblait se délecter du contact de l'eau fraîche sur son pelage hirsute.

Andy était au bord des larmes. Il n'arrivait pas à y croire : il pouvait enfin toucher Shocks, entièrement, sans que celui-ci soit le moins du monde inquiet.

Il avait enfin gagné sa confiance. Andy savait d'ores et déjà qu'il n'oublierait jamais ce moment. Il avait envie de hurler sa joie.

Mais Shocks ne lui en laissa pas le temps : l'animal s'ébroua de tout son long, si bien qu'après la boue, Andy était désormais trempé… Heureusement qu'il aimait son métier !

De l'autre côté de Sutton Park, Amber était elle aussi en train de faire l'expérience de son premier bain… médicalisé. Évidemment, la petite était quotidiennement lavée, depuis sa naissance.

Pour cela, Tracy la mettait dans une baignoire pour bébé qu'elle remplissait seulement de deux ou trois centimètres d'eau histoire de s'assurer que celle-ci ne s'insère pas dans sa canule. C'était la seule tâche dont Julian ne se sentait pas capable : l'idée de voir de l'eau aussi près de la canule de sa fille le rendait fou. Il ne supportait même pas de regarder Tracy faire.

Rien d'étonnant, donc, à ce qu'il fût quelque peu sceptique lorsque Lucy suggéra d'essayer l'hydrothérapie. Ce simple mot suffisait à invoquer des images terribles, dans son imaginaire : il voyait sa fille glisser sous l'eau, le liquide emplissant peu à peu ses poumons…

Il secoua la tête pour revenir au présent.

– Ne vous inquiétez pas, les rassura Lucy. Nous resterons au niveau le plus bas de la piscine.

Amber avait incroyablement progressé, au niveau de la marche, mais elle continuait à avancer sur la pointe des pieds. Lucy voulait à tout prix lui faire poser le pied gauche à plat. Les séances ordinaires de kiné faisant trop mal à Amber, elle avait alors songé à la piscine. Avec un peu de chance, le fait de ne pas sentir son poids dans l'eau aiderait la petite.

– Je ne sais pas..., marmonna Julian, toujours aussi hésitant.

Tracy lui assena l'un de ces regards dont elle usait chaque fois qu'elle était déterminée.

– Il faut au moins qu'on essaie, déclara-t-elle.

Le couple fonctionnait toujours sur la même dynamique : Tracy poussait Julian à tenter de nouvelles choses, et Julian, lui, rassérénait sa femme. C'était le ciment de leur relation. La plupart des gens auraient eu du mal à sauver leur mariage, avec tout ce qu'ils avaient vécu, mais la force de ce couple était la preuve de leur amour et du respect qu'ils se portaient l'un l'autre.

Lorsqu'il fut l'heure de partir acheter le premier maillot de bain de sa fille, Julian fut évidemment de la partie. Il n'avait toutefois pas imaginé que ni lui ni Tracy n'auraient leur mot à dire quant au choix du fameux vêtement !

Assise dans le chariot, Amber ne savait plus où donner de la tête, scrutant d'un regard euphorique chaque tenue qui se présentait à elle, imaginant très probablement de quoi elle aurait l'air avec devant son meilleur ami Shocks.

Ils s'arrêtèrent enfin au niveau des maillots de bain. Le couple ne s'était pas attendu à une telle diversité : il y en avait pour tous les goûts, des bikinis aux maillots une-pièce, certains affichant des personnages de dessin animé, comme *Les Minions* ou *Mon Petit Poney.* Tracy en sélectionna quelques-uns qu'elle dressa devant Amber.

– Tu veux lequel, ma puce ?

Amber observa chaque vêtement en plissant le nez.

Barbara, leur auxiliaire de vie, avait un jour conseillé à Tracy d'encourager ses filles à prendre un maximum de décisions, car cela permettrait à leur cerveau de se développer davantage. C'était une théorie à laquelle le refuge souscrivait également, d'où ses nombreuses activités impliquant des choix. *Dans quelle boîte aux lettres mettre la carte ? Quelle carte choisir ?* Des dizaines de choix se présentaient aux enfants, qu'il s'agisse de formes ou de couleurs.

Et Amber se devait désormais de choisir entre *Peppa Pig*, *La Petite Sirène* et *Minnie.*

Elle finit par désigner le maillot de bain *Minnie* rouge à pois blancs.

– Excellent choix, Amber, la félicita Julian.

Amber brûlait d'impatience à l'idée d'essayer son nouveau maillot de bain. À peine rentrée, elle s'empara du sac et se rua dans le salon. Quelques secondes plus tard, un tas de vêtements jonchait le sol.

La petite paradait dans sa nouvelle tenue, fière comme un paon et tout sourire. De toute évidence, celui qui oserait lui demander de la retirer ne serait pas sorti de l'auberge…

Amber tint même à prendre le goûter en maillot de bain.

Et le lendemain, elle débordait toujours du même enthousiasme. La piscine choisie par Lucy était rattachée à la Wilson Stuart School, là où ils avaient rencontré Ms Christmas un peu plus d'un an auparavant. Les lieux étaient spécialement conçus pour les enfants à besoins spécifiques.

Amber fit un sacré effet, dans les vestiaires. Il y avait une petite dizaine d'autres mamans se préparant à aller nager avec leurs enfants, qui variaient sensiblement en âge et en handicap. Une jeune adolescente était paralysée au niveau des jambes, et Tracy ne put s'empêcher de se demander comment elle allait faire pour nager. Elle se souvint alors s'être posé la même question durant leur première visite au refuge – *Comment tous ces enfants font-ils pour monter les ânes ?* Et pourtant…

Amber était de loin la plus petite de tous, et elle devint très vite le centre d'attention, avec son adorable maillot de bain *Minnie*.

– Oh, elle est trop mignonne ! roucoulaient les mamans autour d'elle.

Amber les observait d'un air timide ; un peu comme Shocks, d'ailleurs, à croire que les deux amis avaient maîtrisé aussi bien l'un que l'autre l'art du regard fatal…

Tracy, elle, affichait un fier sourire – pas seulement à cause de l'attention dont Amber débordait, mais aussi à cause du chemin que sa fille avait parcouru depuis la dernière fois qu'elles avaient mis les pieds dans cette école. Un an et demi plus tôt, Amber aurait voulu se cacher dans un trou de souris. Aujourd'hui, elle prenait plaisir à jouer la vedette.

Elles gagnèrent enfin la piscine, Tracy tenant l'appareil à succion d'une main et la main de sa fille de l'autre. Julian et Lucy les attendaient ; le pauvre papa paraissait au bord de la panique. Les lieux étaient volontairement chauffés à l'extrême pour les enfants qui ne pouvaient pas bouger, mais le cocktail chaleur-humidité n'annonçait malheureusement rien de bon pour les poumons d'Amber.

– Tu ne penses pas qu'elle risque de s'essouffler ? commença déjà à s'inquiéter Julian.

– Rien ne nous empêche de partir si ça ne va pas, le rassura Tracy.

Amber, quant à elle, était bien loin de partager les tracas de ses parents. Elle affichait un sourire extatique – c'était bien la première fois qu'elle semblait heureuse d'être en compagnie de Lucy !

La kiné guida alors les Austwick en direction de la rampe qui permettait aux fauteuils roulants d'entrer dans l'eau. Elle s'empressa de les rassurer : elles ne resteraient qu'en haut de la rampe, là où l'eau n'arrivait qu'au bassin d'Amber.

La fillette testa la température de l'eau du bout des doigts de pied.

– Je ne peux pas regarder ça…, se mit à paniquer Julian.

Lucy avait beau tenir Amber des deux mains, le pauvre papa vivait un véritable cauchemar.

Un faux mouvement et elle tombe. La vie de sa fille était clairement entre les mains de Lucy. Incapable de rester plus longtemps spectateur de cette scène, et conscient qu'il ne devait surtout pas transmettre son angoisse à sa fille, Julian gagna le fond du bassin à la nage.

– Tout va bien ? souffla Lucy, quelque peu perdue.

– Oui, oui, ne vous inquiétez pas. C'est juste qu'il ne supporte pas de voir Amber près de l'eau, expliqua Tracy.

Elle était assise sur le rebord du bassin, les jambes croisées et armée de l'appareil à succion, prête à plonger à la moindre alerte.

Lucy demanda à Amber de s'appuyer à la barre et de remuer les jambes dans l'eau, ce qui ne manqua pas d'amuser la petite, qui éclaboussait partout. Ensuite, la kiné s'efforça de lui faire plier la jambe et de faire travailler son bassin, dans l'idée de détendre ses muscles – c'était justement cette tension permanente qui poussait Amber à marcher sur les orteils. La fillette aimait cependant beaucoup moins cette partie.

Trace fut tentée de sortir la carotte « Shocks », mais elle parvint à ravaler ses mots avant qu'ils ne franchissent ses lèvres. Combien de temps encore allait-elle empêcher sa fille de revoir son âne ? Peut-être Julian avait-il raison, après tout. Peut-être s'agissait-il seulement d'une passade... Cela faisait une semaine qu'ils n'avaient pas mis les pieds au refuge, et si elle devait faire preuve d'honnêteté, elle-même commençait à ressentir un manque. Elle repoussa alors ces pensées et se concentra sur sa fille.

En bonne pédagogue, Lucy agrémentait les exercices pénibles de petits jeux. Elle avait par exemple disposé tout un tas de jouets en plastique le long du bord afin qu'Amber fasse travailler ses muscles pour pouvoir les attraper. Amber jeta très vite son dévolu sur un petit arrosoir rose. Julian tourna les yeux vers elle juste au moment où elle dressait l'arrosoir en question pour faire pleuvoir au-dessus de sa tête.

– C'est pas vrai…, soupira-t-il.

– Tu comptes dire ça toutes les cinq minutes ? le taquina Tracy en gloussant.

Julian avait toutefois eu raison de craindre le fort taux d'humidité. Le seul point négatif de l'expérience fut le nombre accru de fois où Tracy dut aspirer Amber, la chaleur facilitant l'écoulement des sécrétions.

Mais dans l'ensemble, la petite passa un moment plutôt agréable. Tracy la vit même sourire quand la jeune adolescente en fauteuil roulant lui fit signe de l'autre côté de la piscine. Amber était fascinée par le fait que sa camarade puisse flotter sur le dos. Elle jeta un regard implorant à Lucy ; de toute évidence, elle avait envie de faire la même chose.

– Non, ma chérie, il va falloir te contenter de ton arrosoir pour le moment, s'empressa d'intervenir Tracy.

Même si l'expérience était bien plus séduisante que d'habitude, Amber n'oubliait pas qu'il s'agissait d'une séance de kiné, et au bout d'une demi-heure, il était plus qu'évident qu'elle n'en pouvait plus. On décida donc de s'arrêter là pour cette fois-ci.

Amber s'autorisa tout de même un petit signe de main à l'attention de ses nouveaux amis avant de disparaître dans les vestiaires. Tracy réapparut quelques minutes plus tard avec la petite nichée sur son épaule, les yeux tombant de fatigue.

L'école ne se trouvait pas bien loin de chez eux, mais Julian s'assura de bien l'emmitoufler avant de l'installer dans la voiture. Un simple rhume lui demanderait des semaines de convalescence... Il l'enveloppa donc de plusieurs couvertures, si bien qu'on aurait dit un vrai Bibendum lorsqu'il l'attacha enfin dans son siège.

Amber dormait à poings fermés lorsqu'ils arrivèrent chez eux. Julian allongea son petit Esquimau sur le canapé, où elle dormit jusqu'au goûter.

Lorsque Amber se réveilla, sa sœur se tenait à ses côtés. Et elle avait un cadeau pour elle : un dessin qu'elle avait fait à la crèche. C'était la première fois que Hope exprimait le désir de donner quelque chose à Amber ; toutes ses autres œuvres avaient été destinées à ses parents.

– Oh, c'est trop gentil, ça, Hope ! la félicita Julian, ravi du geste inattendu de sa fille. Qu'est-ce que tu as dessiné ? ajouta-t-il en s'efforçant de donner un sens aux coups de crayon.

– Shocks, répondit Hope avec un grand sourire fier.

– Mais bien sûr, Shocks ! lança Julian tout en réprimant un éclat de rire.

Amber se mit alors à agiter les mains au-dessus de sa tête pour faire les fameuses oreilles d'âne. Puis elle se tourna vers sa mère, avec un regard qui disait : « Quand est-ce qu'on va revoir Shocks ? »

Tracy sentit aussitôt son cœur se serrer.

Comment pouvait-elle volontairement tenir à l'écart sa fille de son meilleur ami ? Qu'est-ce qui lui était passé par la tête ?

Les filles s'entendaient parfaitement bien. Il n'y avait aucune trace de jalousie entre elles, bien au contraire. Et Shocks lui manquait, à elle aussi. Elle avait sous-estimé l'impact que les ânes avaient sur son humeur. Sa dépression avait fondu comme neige au soleil, et elle était convaincue que Shocks y était pour beaucoup.

Cela ne faisait qu'une semaine, mais le sentiment de plénitude qui s'emparait d'elle chaque fois qu'elle passait les grilles de Sutton Park lui manquait terriblement. Ce grand bol d'air frais qui sentait bon la campagne…

Ils retournèrent au refuge dès le lendemain.

Tracy apporta un paquet de biscuits aux épices pour les animaux. Les membres de l'équipe étaient les seules personnes autorisées à nourrir les ânes – les pauvres seraient vite devenus obèses, à avaler la moindre gourmandise offerte par les visiteurs –, mais Tracy ne doutait pas un seul instant qu'ils sauraient faire passer son cadeau le moment venu.

Amber prit la direction de l'enclos à peine sortie de la voiture. Tracy remarqua aussitôt le pelage impeccable de Shocks.

Shocks, lui, remarqua aussitôt son amie, et il ne perdit pas un instant pour venir la saluer. Une grande barrière les séparait, mais cela n'empêcha pas l'âne de baisser le museau afin qu'Amber puisse le couvrir de caresses à travers le grillage.

– Ils se sont manqué, on dirait bien, commenta Andy en arrivant derrière eux. Ça peut paraître bête, mais le changement d'attitude chez Shocks est flagrant. Il sera d'humeur légère pour le restant de la journée, c'est certain…

Tracy dut se mordre la lèvre pour s'empêcher de fondre en larmes.

– Ça n'est pas bête, susurra-t-elle. C'est pareil pour Amber. Sans Shocks, elle est perdue.

19

Un monde cruel

Sutton Coldfield, Birmingham, été 2013

Tracy était tellement habituée à la gentillesse et à l'ouverture d'esprit de l'équipe du refuge qu'elle en oubliait parfois comme le monde pouvait être cruel.

Elle eut malheureusement droit à un rappel quelques jours plus tard au supermarché. Amber se dandinait dans le rayon, désignant tout ce que sa mère ferait bien d'acheter, quand Tracy entendit le son rauque familier de sa trachée.

Elle lui demanda de s'arrêter, s'agenouilla devant elle, inséra le cathéter et lança l'appareil à succion dans un bourdonnement désagréable.

Du coin de l'œil, elle remarqua alors une petite fille, à peu près de l'âge d'Amber, qui l'observait aspirer ses sécrétions. Elle n'avait pas l'air le moins du monde effrayée, mais simplement curieuse, comme n'importe quel enfant de son âge.

Tracy s'apprêtait à lui décocher son plus beau sourire quand la mère de la petite vint l'attraper par la main pour l'éloigner.

– Viens, elle est malade, décréta-t-elle en tirant sa fille comme si Amber avait la peste.

Tracy aurait tout aussi bien pu recevoir un coup de poing en plein ventre.

Elle n'est pas malade, elle respire juste différemment ! eut-elle envie de lui hurler après pour défendre sa fille, mais la femme avait déjà disparu.

Il arrivait parfois que des gens leur demandent ce qu'était ce drôle d'objet qu'Amber portait autour du cou, le prenant bien souvent pour un collier. Mais c'était la première fois que Tracy était confrontée à de l'hostilité, et ce qui était sûr, c'est qu'elle préférait de loin la curiosité au mépris. Mais Amber avait vécu une existence tellement solitaire, jusqu'ici… Ses seules sorties s'étaient principalement cantonnées au refuge.

– Allez, viens, ma puce. On rentre, déclara-t-elle, coupant court à leurs courses.

Mais ce désagréable sentiment ne la lâcha pas de la journée, tel un nuage sombre planant au-dessus de sa tête. *Comment s'en sortira-t-elle, toute seule ?* ne pouvait-elle s'empêcher de s'inquiéter. *Nous ne serons pas toujours là pour la protéger...* En effet, ils commençaient à songer sérieusement à mettre Amber à la maternelle en septembre, et Tracy était plus que jamais terrorisée à l'idée de lâcher son bébé dans la nature.

Elle était déjà à deux doigts d'exploser quand Julian vint lui demander ce qui semblait la tracasser.

– Il est hors de question qu'Amber aille à l'école si elle ne sait pas parler, déclara-t-elle brusquement.

Julian leva les bras en l'air dans un geste de frustration, mais Tracy n'avait pas terminé.

– Écoute-moi. Elle a un morceau de plastique qui lui sort de la gorge, elle a une légère infirmité, elle porte des chaussures spéciales… Je n'ai pas envie qu'en plus, elle ne puisse pas parler. Je… J'ai peur que les autres enfants s'en prennent à elle, hoqueta-t-elle, bouleversée à l'idée que sa petite fille soit persécutée de par sa « différence ».

– Ce n'est pas grave si elle ne peut pas parler, tenta de la raisonner Julian. Ce n'est que la maternelle. Nous avons le temps de nous inquiéter de ça. Le but est de la tirer vers le haut, Trace.

Mais Tracy n'en démordait pas.

– Elle sera forcément laissée de côté, si elle n'est pas capable de s'exprimer. Non, je ne suis pas d'accord, décréta-t-elle avant de quitter la pièce d'un pas vif.

– Chérie ! l'appela Julian.

Mais Tracy était trop affectée pour poursuivre la discussion. Le sentiment de surprotection qu'elle ressentait vis-à-vis de sa fille était indescriptible.

Quelque part, c'était le plus gros défi que les Austwick aient jamais eu à relever jusqu'ici, et cela symbolisait tellement de choses…

D'un côté, ils n'arrivaient pas à croire qu'ils puissent envisager de l'envoyer à l'école avec sa sœur à la rentrée. Sans Shocks, Amber n'aurait jamais été suffisamment forte pour y aller. Elle ne marcherait même certainement pas encore. Comme aimait à le dire Julian : « Réjouissons-nous qu'elle soit en vie »…

Mais d'un autre côté, Tracy savait comme les enfants pouvaient se montrer cruels les uns envers les autres, et elle ne supportait pas l'idée que sa fille puisse souffrir davantage. S'il y avait un espoir, aussi infime soit-il, qu'Amber puisse parler, alors ils se devaient de faire tout ce qui était en leur pouvoir pour l'aider à y arriver. Pour qu'Amber ait la vie la plus facile possible.

Après tout, ils n'auraient jamais imaginé qu'elle puisse un jour marcher, manger normalement… *Les miracles existent*, s'encouragea-t-elle.

Elle prit alors une longue inspiration et retourna dans le salon. Julian ne la lâchait pas des yeux, plein d'appréhension.

– Je pense qu'il est temps qu'on aille voir le docteur Kuo, déclara Tracy.

Julian se raidit. Il savait qu'il marchait dans un véritable champ de mines, quand sa femme était dans cet état – n'importe quoi pouvait la faire exploser. Et il avait terriblement peur des répercussions d'un éventuel échec, sur Tracy. Que se passerait-il, s'il n'existait aucun moyen de faire parler Amber ? Au même titre qu'il ne supportait pas l'idée que la santé de sa fille puisse décliner, celle que Tracy replonge dans la dépression lui était intolérable.

Il dut donc rappeler à sa femme ce que le fameux médecin leur avait dit deux ans et demi plus tôt, quand Amber était alors âgée de six mois.

– Les chances de réussite sont très faibles, Trace…

Mais Tracy était plus déterminée que jamais. Elle s'empara du combiné et composa le numéro de l'hôpital pour enfants. Par chance, ils n'eurent pas à attendre trop longtemps pour un rendez-vous, Amber faisant déjà partie des patients suivis par le docteur Kuo.

Ce matin-là, avant de partir, Julian ne put s'empêcher de ramener une fois de plus Tracy à la réalité.

– N'oublie pas, chérie : nous ne savons même pas si ses cordes vocales fonctionnent. Si nous ne pouvons vraiment rien faire, cela ne changera rien à notre amour pour elle. On trouvera un moyen de communiquer, que ce soit par la langue des signes ou bien…

Mais il s'interrompit très vite. Ses paroles auraient tout aussi bien pu tomber dans l'oreille d'une sourde. Tandis qu'elle attachait les filles à l'arrière, Tracy semblait à des années-lumière de lui.

Chaque nouvelle visite à l'hôpital déclenchait tout un cocktail d'émotions chez les Austwick. Tout d'abord, Julian était terrorisé à l'idée qu'Amber puisse attraper un virus quelconque. Mais si seulement il n'y avait eu que ça…

Longer ces couloirs aux odeurs aseptisées provoqua un raz-de-marée de souvenirs douloureux, pour le couple. Mais alors, il leur suffit de regarder leurs deux fillettes marchant à leurs côtés pour retrouver le sourire. Quel chemin parcouru ! Hope était captivée par l'agitation ambiante. Mais Amber, elle, avançait les bras plaqués au corps, une expression sombre au visage. À ses yeux, l'hôpital était synonyme de douleur, et cela avait pour effet de la remettre aussitôt sous sa coquille.

– Tu te souviens du docteur Kuo, Amber ? dit Julian tandis que la petite famille pénétrait dans le bureau.

Amber observa le médecin par-dessus ses lunettes avec un air toujours aussi mécontent, et légèrement méfiant. L'homme ne se laissa pas démonter et accueillit les jumelles avec un grand sourire en faisant signe à tout le monde de s'asseoir.

Mr Kuo était un homme particulièrement sûr de lui. Julian n'oublierait jamais cette fameuse fois où lui et Tracy attendaient qu'il finisse d'examiner la trachée d'Amber. Un de ses collègues était alors passé et Mr Kuo s'était interrompu pour se tourner vers lui et lancer : « Tu es toujours partant pour aller skier ? » Julian avait été admiratif de la façon dont le médecin était capable de passer d'un examen sérieux à une discussion aussi légère en un claquement de doigts.

Mr Kuo s'était toujours montré honnête et direct, ce que les Austwick appréciaient grandement. C'était également rassurant d'être suivis par le même homme depuis le début, et – ils l'espéraient – jusqu'à la fin, si fin il y avait à ces allers-retours à l'hôpital.

– Bien. Nous sommes venus vous voir…, commença Julian tandis que le médecin s'enfonçait dans son fauteuil, tout ouïe, … parce que nous envisageons de mettre Amber à la maternelle.

– À la Twickenham Primary School, précisa Tracy.

– Oui, Twickenham, répéta Julian en adressant un sourire à sa femme.

Puis il expliqua au médecin l'amitié qui s'était tissée entre Amber et Shocks et les progrès qui avaient suivi, si bien qu'ils pouvaient désormais envisager d'inscrire Amber dans une école ordinaire.

– Elle a enfin rattrapé sa sœur. Nous pouvons enfin les mettre ensemble ! sourit fièrement Tracy.

Les trois adultes prirent un instant pour observer les deux petites qui jouaient à leurs pieds. Mr Kuo ne put qu'admettre que l'évolution fulgurante d'Amber tenait du miracle.

– Nous sommes en train de faire les démarches pour obtenir la présence d'un aide-soignant accompagnateur. Et vu ses progrès, nous nous demandions si une nouvelle opération serait envisageable, déclara alors Julian de but en blanc.

– Nous avons peur qu'elle se fasse persécuter, s'empressa d'ajouter Tracy d'une voix tremblante. Je sais que la maternelle n'a rien à voir avec le primaire, mais les enfants peuvent se montrer méchants à n'importe quel âge. Je n'ai pas envie qu'Amber se sente exclue.

Mr Kuo comprit très vite l'énorme obstacle auquel les Austwick étaient confrontés.

Tracy attendait le verdict du médecin, agrippée à sa chaise, le cœur battant à tout rompre. Julian, lui, était beaucoup plus calme. Depuis le jour où l'échographiste leur avait annoncé qu'il y avait peu de chances que leurs bébés survivent, il en fallait beaucoup pour l'ébranler.

Mr Kuo se pencha sur son bureau, les mains jointes devant lui.

Puis il se mit à expliquer au couple qu'il s'agissait là d'une opération complexe qui s'étalait sur un minimum de six mois. Afin d'annuler la trachéotomie, on devait en effet étirer les deux extrémités de la stomie en utilisant le cartilage costal d'Amber. Et malgré tout cela, il y avait de forts risques que la trachée ne tienne pas.

Avant même de pouvoir envisager une opération, Amber devait atteindre le poids de dix kilos. Elle en faisait actuellement sept.

– Nous pouvons tout à fait la pousser à grossir, l'interrompit Tracy.

Mr Kuo ouvrit la bouche pour répondre, mais la maman poursuivit sur sa lancée.

– Nous pouvons lui donner davantage de lait riche en nutriments, insista-t-elle, cherchant à tout prix une solution.

Mr Kuo poussa un lourd soupir, pesant de toute évidence ses mots afin de délivrer de la manière la plus délicate possible son opinion.

– Pour faire simple, il y a seulement quarante pour cent de chances que l'opération soit une réussite, déclara-t-il de sa voix douce et compatissante.

Tracy sentit tout son optimisme descendre en flèche. Julian lui jeta un regard en coin afin de lui intimer de rester calme.

Mr Kuo expliqua alors que la raison pour laquelle ce pourcentage était si bas résidait dans l'étroitesse de la trachée actuelle d'Amber. Plus elle grandirait et plus les chances de réussite augmenteraient. Pour illustrer son propos, il décida de comparer la trachée de la petite à une pièce de monnaie.

– Si nous opérions aujourd'hui, nous transformerions une pièce de 5 pence en une de 10. Mais si nous attendions de pouvoir démarrer sur une pièce de 10 pence, alors nous obtiendrions une trachée de la taille d'une pièce de 2 livres ! déclara-t-il en secouant énergiquement les mains.

Ce qu'il s'efforçait de leur faire comprendre, c'est que plus ils attendraient avant d'opérer, plus la trachée d'Amber grossirait, et par conséquent plus l'opération aurait de chances d'être efficace.

Julian et Tracy échangèrent un regard pensif. La décision était loin d'être évidente.

Est-ce qu'on ferait mieux d'opérer maintenant, tant qu'elle se rend moins compte de ce qu'il se passe, mais sachant qu'il y a de gros risques que ça ne fonctionne pas ? Et si nous attendons, Amber nous en voudra-t-elle de lui avoir fait perdre tout ce temps, quand elle sera en pleine adolescence, par exemple ? Voilà le genre de questions dont le couple était à l'instant submergé, désemparé face à ce dilemme.

Le comble, c'est que si Shocks n'était pas entré dans sa vie, la décision aurait été bien plus facile. Mais son évolution était si positive qu'ils ne voulaient pas prendre le risque de faire quoi que ce soit qui puisse la ralentir.

Julian et Tracy devaient toutefois prendre une décision. Et même si elle désirait plus que tout au monde entendre sa fille parler, Tracy savait qu'il était plus raisonnable d'attendre.

– Inutile de prendre le risque, avec un pourcentage si bas, déclara-t-elle avant même de consulter son mari. Je refuse de lui infliger toute cette douleur, cette pression et cette peine pour qu'elle se retrouve finalement avec une canule.

Elle secoua la tête, les larmes montant rien qu'à la pensée de l'échec.

– En deçà de cinquante pour cent, ce n'est pas la peine d'y penser, confirma Julian.

– Je veux cent pour cent de chances de réussite, lâcha alors Tracy.

Mr Kuo secoua lentement la tête.

– Vous n'aurez jamais cent pour cent de réussite avec une opération pareille…

– Est-ce qu'il y a des chances que la trachée grossisse d'elle-même ? demanda alors Julian.

– Non, je le crains. Elle est bien trop petite et trop endommagée…

Encore un espoir brisé en plein vol. À chaque seconde qui passait, Tracy était de plus en plus tendue. La pièce s'emplit d'un silence gêné tandis que le couple tentait d'intégrer la nouvelle.

Mr Kuo décida alors de rompre la tension ambiante.

– Mais je trouve cela très bien que vous soyez venus me voir dès maintenant, déclara-t-il en leur adressant son sourire chaleureux. Logiquement, dans une telle situation, je vous suggérerais de m'appeler dès que vous vous sentez prêts à vous lancer, mais j'ai déjà fait ça avec une autre enfant… Le problème, c'est que quand l'opération est devenue envisageable, la petite était tellement habituée à sa canule qu'elle a refusé qu'on la lui retire. Pour éviter cela, je vous propose donc que l'on en discute tous les ans, l'idée étant de lui retirer sa canule avant son entrée en primaire.

C'était exactement la réponse que Julian avait attendue. Même si lui aussi préférait qu'Amber soit opérée la plus jeune possible afin de ne pas en conserver trop de souvenirs, il ne voulait rien précipiter. À vrai dire, il ne désirait qu'une seule chose : rentrer à la maison et retrouver le cours normal de sa vie.

– Parfait. Nous verrons si elle parvient à se faire à l'école, décréta-t-il en poussant sa chaise.

Mais Tracy avait une autre idée en tête.

– Et une valve de phonation ? lança-t-elle tout à trac.

Jo Matthews, l'orthophoniste, avait un jour mentionné cette option, mais Tracy ne s'y était pas vraiment arrêtée jusqu'ici.

Julian, lui, paraissait perplexe. C'était la première fois qu'il entendait parler de cette chose et, à ses oreilles, cela sonnait désagréablement comme une espèce d'accessoire donnant une voix robotisée.

Il s'agissait en vérité d'un appareil tout simple par lequel une valve fixée à la canule laissait pénétrer l'air inspiré en s'ouvrant, mais qui se refermait à chaque expiration afin d'obliger l'air à remonter la canule jusqu'aux cordes vocales avant de ressortir par le nez et la bouche.

Mr Kuo semblait toutefois hésitant.

– Je doute qu'elle supporte bien la pose d'une valve, avec une canule aussi petite, dit-il.

Tracy se sentit une fois de plus sombrer dans la détresse. En réalité, personne ne savait vraiment si les cordes vocales d'Amber fonctionnaient.

– Ceci étant dit, si votre orthophoniste pense que ça vaut le coup d'essayer, pourquoi ne pas vous lancer ? suggéra-t-il alors afin de soulager les pauvres parents.

Cette fois, ce fut Julian qui décida de mettre un terme à l'entretien. L'angoisse de Tracy était palpable, et il voulait couper court au plus vite. Après tout, il se sentait le devoir de protéger sa femme autant qu'il voulait protéger ses filles.

Tracy garda ses pensées pour elle jusqu'à ce qu'ils pénètrent dans la voiture, qui était devenue un véritable bassin d'émotions, ces trois dernières années.

Julian s'éclaircit la gorge.

– Écoute, chérie, s'il se passe quoi que ce soit à l'école – qu'Amber soit persécutée, qu'on lui arrache sa canule, ou que l'équipe ait du mal à gérer la présence d'un aide-soignant –, alors nous pourrons reparler d'une opération. Mais dans le cas contraire, autant attendre que le moment soit plus propice, d'accord ?

Tracy observait le paysage derrière la vitre, les paroles du docteur tournoyant sous son crâne à la manière d'un tourbillon.

– Très bien, céda-t-elle en hochant la tête.

Julian soupira intérieurement, plus que rassuré de ne pas avoir à se battre, pour une fois.

– Mais…, reprit-elle alors.

Il grimaça.

– Mais je pense qu'on devrait quand même réfléchir à cette histoire de valve.

Julian lâcha un lourd soupir, conscient qu'il se lançait dans une bataille perdue d'avance…

20

Amber trouve sa voix

Sutton Coldfield, Birmingham, août 2013

Julian et Tracy envisageaient chacun à leur manière l'entrée en maternelle d'Amber. Julian se mit à chercher des cours de langue des signes (Makaton) destinés aux enfants. Tracy, elle, s'empressa de prendre rendez-vous avec Jo Matthews, l'orthophoniste, afin que celle-ci vienne chez eux faire essayer une valve de phonation à la petite.

Julian était tellement emballé par son idée qu'il suggéra même à la directrice de l'école de dispenser des cours de Makaton après la classe afin d'apprendre aux autres enfants à communiquer avec Amber. À ses yeux, c'était bien là l'approche la plus raisonnable.

C'est donc pour cela que Julian était une vraie boule de nerfs, le jour où Jo Matthews débarqua chez eux. Assis à sa place habituelle sur le canapé, Julian imaginait encore une fois les pires scénarios possible. Il craignait que la valve ne vienne entraver la respiration d'Amber, que sa petite fille soit gênée, que cela ne fasse qu'empirer les choses, au final.

Mais en vérité, qu'il en ait été conscient ou non, la peur qui dominait toutes les autres était le fait de bientôt découvrir si les cordes vocales d'Amber fonctionnaient.

L'idée qu'ils puissent entendre, ou pas, la voix de leur fille pour la première fois était profondément angoissante.

– Je me demande si elle aura ton accent…, le taquina Tracy.

Jo éclata d'un rire franc, mais la pauvre Tracy ne parvint même pas à arracher une bribe de sourire à son mari, dont le front était plissé par l'appréhension.

Amber savait articuler certains mots, comme « Mumma » et « Dada », ou encore quand elle avait faim. Si elle était capable de parler, que dirait-elle en premier ? À quoi ressemblerait sa voix ?

Julian aurait aimé pouvoir tempérer les attentes de sa femme. Jo, elle, s'efforçait d'adopter l'approche la plus pragmatique possible.

– On va faire un essai rapide, d'accord ? prévint-elle.

Puis elle leur fit signe de se joindre à elle, et ils s'assirent en cercle sur la moquette du salon, la petite Amber nichée sur les genoux de sa maman. Ne comprenant pas vraiment ce qui se passait, la fillette adressa un grand sourire à ses parents, amusée par le fait de se retrouver par terre avec eux.

– Allez, Amber, on va montrer à papa et maman comme tu as une grosse voix, l'encouragea Jo, ce qui eut pour effet d'accentuer encore le sourire de la petite.

L'orthophoniste fouilla alors dans son sac et en sortit une boîte violette en plastique.

Julian sentit son cœur s'affoler dans sa poitrine ; Tracy aussi, mais c'était l'excitation qui parlait.

Faites que ça marche, ne cessait-elle de prier.

Mais Julian, lui, entretenait une conversation bien différente avec lui-même.

Faites que ça ne cause pas de nouveaux soucis, supplia-t-il tout en regardant Jo ouvrir la boîte qui lui faisait terriblement penser à une boîte de Pandore. La valve ne ressemblait en rien à ce qu'ils s'étaient imaginé – on aurait dit un petit champignon en plastique violet.

– Tracy, est-ce que vous pouvez distraire la petite deux minutes ?

Tracy se mit à taper dans les mains pour attirer l'attention d'Amber tandis que Jo s'empressait de sortir la valve de la boîte devant un Julian tétanisé. Puis elle compta jusqu'à trois et dévissa l'anneau qui couvrait la canule pour le remplacer par le champignon violet.

Julian et Tracy se figèrent tandis qu'un silence de plomb tombait sur la pièce, tous les yeux étant braqués sur la petite.

Le visage d'Amber se mit alors à rougir et elle ouvrit la bouche pour crier, des larmes plein les yeux.

– Whaaaa ! gémit-elle d'une voix si forte qu'elle sembla les sortir de leur transe.

Tracy plaqua une main sur sa bouche pour s'empêcher de crier.

– Elle peut parler ! Je l'entends ! s'emballa-t-elle.

Julian était toujours sous le choc.

– Allez, Amber… Tu dis « Maman » et « Papa » ? l'encouragea Tracy.

Mais Amber paraissait de plus en plus mal. Ses lèvres commençaient à prendre une teinte dangereusement bleue.

– Retirez ça tout de suite ! s'écria alors Julian, terrifié à l'idée que la petite soit en train de s'étouffer.

– Juste une seconde, chéri…, insista Tracy, désespérée à l'idée d'entendre encore sa fille.

– Retirez ça, j'ai dit ! aboya Julian.

Jo s'empressa de remplacer la valve par l'anneau, ce qui eut pour effet d'évacuer tout l'air dans un sifflement sonore, à l'image de la tension qui quittait au même instant le corps du papa. C'était un moment tellement chargé en émotions que personne ne savait s'il fallait rire ou pleurer. Julian et Tracy étaient bouche bée.

– Sentir tout cet air passer par sa bouche pour la première fois a dû lui faire terriblement bizarre, s'inquiéta Julian avant de se tourner vers sa fille. Tu vas bien, ma puce ?

Amber opina du chef, ses yeux humides toujours écarquillés.

– On devrait attendre un peu avant de réessayer, suggéra-t-il aux deux femmes.

Tracy confirma d'un hochement de tête. Il était évidemment hors de question de s'arrêter là – elle brûlait d'entendre Amber prononcer son premier mot. Mais elle savait également comment les choses fonctionnaient, avec Julian. Si Trace levait le pied pour le moment, elle pourrait se permettre d'aller beaucoup plus vite la prochaine fois.

Aucune maman n'aime voir son enfant dans un état pareil, mais Tracy était convaincue qu'Amber s'habituerait très vite à ce nouveau mode respiratoire. Après tout, rien n'était jamais facile, dans la vie.

Quant à Julian, même s'il avait détesté ce moment, il devait admettre être profondément rassuré de savoir que ses cordes vocales fonctionnaient.

Les semaines suivantes se résumèrent à un habile jeu de négociations, pour Tracy. Elle proposait régulièrement de faire un nouvel essai, ce à quoi Julian rétorquait immanquablement qu'il refusait de faire quoi que ce soit sans la présence de Jo. Tracy réclamait alors seulement quelques petites minutes, qu'elle obtenait en général, quoique avec difficulté.

La petite Hope ne comprenait rien à ce qui se tramait. Comme ses parents, elle n'avait pas entendu un seul son sortir de la bouche de sa sœur ces trois dernières années, elle était donc quelque peu déconcertée par les petits bruits aigus qu'Amber produisait désormais. Elle traversait le salon en courant et venait s'installer aux côtés de sa sœur, à la manière d'un chien de garde.

– Ne t'inquiète pas, Hope. Papa et maman veulent juste entendre la jolie voix d'Amber, la rassurait Tracy en s'approchant.

Alors Hope observait avec de grands yeux sa maman fixer la valve à la canule de sa sœur. Amber commençait à s'habituer au champignon violet, et l'attention dont elle était l'objet n'avait rien pour lui déplaire.

Julian avait beaucoup de mal à supporter tous ces bruits de gorge qui n'en devenaient qu'amplifiés par la valve. À chaque nouvel essai, il était sur le qui-vive.

Les joues d'Amber gonflaient comme des ballons et la petite se mettait à tousser avec un bruit intolérable, aux oreilles de Julian.

– Retire-la, lançait-il.

– Non, elle va bien. Regarde ses lèvres : elles ne bleuissent pas, le rassurait Tracy.

– Mais tu vois bien qu'elle a du mal à respirer ! Retire ça, Trace !

La petite tête d'Amber dodelinait de droite à gauche, passant de son père à sa mère.

– Non, encore quelques petites secondes, arguait Tracy.

Jour après jour, le couple avait constamment la même conversation. La simple vue de la boîte violette rangée sur l'étagère au-dessus de la télé était devenue insupportable pour Julian.

Si je la cachais derrière les livres, Tracy finirait peut-être par l'oublier..., se prenait-il parfois à songer.

Tracy, elle, commença à envisager d'autres manières de faire pour ne plus alarmer son mari – par exemple, en faisant des essais quand il s'absentait pour aller chercher Hope à la crèche ou pour les courses. Ceci étant dit, elle ne le lui cachait jamais.

– On a essayé la valve pendant dix minutes aujourd'hui, annonçait-elle fièrement.

Amber affichait un sourire tout aussi fier, ce qui rassurait aussitôt son papa. Il ne le lui aurait jamais avoué, mais Julian était heureux que sa femme le dispense de tout ce stress. Exactement comme les séances de piscine, il y avait des moments où il préférait simplement ne pas voir ce qu'il se passait.

Amber avait donc de plus en plus de facilités à respirer avec la valve, et ils savaient que ses cordes vocales fonctionnaient, mais ils ne l'avaient toujours pas entendue parler. Pourquoi ne parvenait-elle pas à rattacher sa voix aux mots qu'elle aimait articuler ?

– Peut-être que ses cordes vocales sont trop endommagées pour pouvoir produire des mots ? se mit à douter Julian.

– N'importe quoi ! siffla Tracy, avant de se reprendre devant le regard sévère de son mari. Excuse-moi. C'est juste que j'ai tellement envie d'y croire…

La tension était palpable dans le couple, ces dernières semaines. Julian finit par prendre sa femme à part pour lui dire qu'il l'aimait et qu'il voulait seulement qu'elle soit capable de prendre un peu de recul.

– Tu dois penser à toi aussi, ma chérie.

Tracy baissa les yeux d'un air nerveux. Elle savait que son mari avait raison. Elle avait parcouru un bon bout de chemin depuis ce fameux jour où elle avait craqué devant sa sœur, mais il serait beaucoup trop facile de sombrer de nouveau si elle ne faisait pas plus attention.

Julian et Tracy se relayaient toujours chaque nuit pour veiller sur Amber. Ce soir-là, c'était au tour de Tracy de dormir, mais elle ne parvint pas à fermer l'œil. Elle se retrouva à fixer le plafond, l'oreille dressée au moindre bruit – renard qui fouille les poubelles, chat qui miaule, voiture qui passe... Chacun de ces bruits semblait être amplifié par cent, dans l'obscurité.

Elle cherchait des solutions, brassant les souvenirs et les conseils auxquels elle avait eu droit toutes ces années. Elle se rappela alors le jeune garçon autiste dont Andy lui avait parlé et qui avait appris à communiquer. La réponse lui vint comme un éclair.

Peut-être que Shocks peut l'aider à parler ?

Cela aurait sonné comme de la pure folie pour n'importe qui d'autre, mais pour Tracy, il n'y avait rien de plus logique. Après tout, le Donkey Sanctuary était le havre de paix de sa fille, un lieu où elle se sentait entièrement détendue. Si elle refusait de dire quoi que ce soit à ses parents, peut-être désirerait-elle parler à son meilleur ami ?

Le lendemain matin, elle brûlait d'impatience à l'idée d'emmener sa petite au refuge et de tester sa théorie. Julian était tout autant emballé par l'idée.

– Tu as peut-être raison. Shocks pourrait l'aider, qui sait ?

Puis il ricana, incrédule face à sa propre métamorphose : trois ans plus tôt, il n'aurait jamais imaginé une seule seconde qu'un animal puisse aider un être humain à parler !

Amber tint à enfiler sa jolie robe violet et blanc et à avoir des nattes pour l'occasion. Julian prit la mère et la fille en photo sur le seuil de la porte ; Amber était à croquer, avec ses petites lunettes roses et ses deux tresses qui se dressaient sur sa tête comme des antennes.

– Fais attention à ne pas faire entrer de poussière dans la canule en fixant la valve, avisa Julian avant de les chasser vers la voiture, ce qui arracha un petit sourire amusé à sa femme.

Lorsqu'elles arrivèrent au refuge, l'équipe croulait sous le travail. Ils avaient eu à gérer tout un bus d'enfants plus tôt dans la matinée et s'apprêtaient à en accueillir un autre. Par-dessus le marché, le maréchal-ferrant était venu s'occuper des sabots des bêtes, et son passage n'avait fait que les exciter davantage.

– Eh ben dis-moi, quelle journée ! lança Andy en faisant une grimace à Amber.

La petite se mit à glousser. Son visage s'illuminait aussitôt quand Andy était dans les parages.

– Ces dernières semaines n'ont pas été faciles pour nous non plus, soupira Tracy.

C'était l'une des choses qu'elle appréciait, ici : elle savait qu'elle pouvait se confier ; l'équipe était toujours à l'écoute. Parfois, elle avait l'impression de bénéficier des effets d'une véritable thérapie.

– Nous avons fait plusieurs essais avec une valve de phonation, mais nous ne sommes pas parvenus à la faire parler pour le moment, expliqua-t-elle, une pointe de tristesse dans la voix.

Avec son optimisme habituel, Andy s'accroupit devant la petite et déclara, tout sourire :

– Je suis sûr que Shocks peut résoudre ce petit problème, pas vrai, Amber ?

Décidément, Tracy et Andy étaient sur la même longueur d'onde !

– C'est exactement ce que je me suis dit, soupira-t-elle, un sourire aux lèvres, soulagée de ne pas avoir été complètement à côté de la plaque.

Shocks était déjà sellé, dans le manège, aux côtés de Bob et Jacko. Plusieurs enfants l'avaient monté aujourd'hui, mais il était clairement ravi de découvrir Amber à la porte. Il pouvait repérer son amie à des mètres à la ronde. Amber lui faisait de grands signes, impatiente de remonter en selle.

Tracy s'agenouilla à côté d'elle et sortit la boîte violette tant redoutée. Amber affichait un sourire tranquille, pas le moins du monde angoissée. Tracy retira l'anneau et fixa la valve avant de reculer d'un pas et d'observer sa fille, prête à bondir au moindre signe d'inconfort. Mais Amber allait visiblement bien. À vrai dire, la première chose qu'elle fit fut de remuer la main devant son nez, comme pour signifier que ça ne sentait pas bon.

Tracy sentit son cœur se mettre à galoper.

– Tu peux sentir, chérie ? susurra-t-elle avant de glousser

de joie – jusqu'ici, ils avaient totalement ignoré si Amber serait un jour capable de percevoir le goût et les odeurs.

Il y a certes plus agréable, comme première odeur..., songea-t-elle alors, amusée, en voyant Amber plisser le nez d'un air dégoûté.

– Oui, ça ne sent pas bon, hein ! éclata-t-elle de rire en imitant le geste de sa fille.

Quelques secondes plus tard, Andy arriva pour leur annoncer que Shocks était prêt.

– Ça ne vous dérange pas de la porter jusque là-bas, aujourd'hui ? Je ne vous cache pas que la poussière me fait un peu peur, avec cette nouvelle valve…, lui confia Tracy.

– Pas du tout, répondit Andy, qui s'empara de la petite en faisant mine qu'elle pesait une tonne.

Puis il se tourna vers Tracy d'un air inquiet.

– J'entends des bruits bizarres…

– Je sais, oui, sourit la maman. C'est juste qu'on n'y est pas habitués. Tout est normal, ne vous inquiétez pas.

Andy n'aurait pour rien au monde privé les deux amis de leur câlin habituel, alors il maintint Amber devant le museau de Shocks afin de la laisser lui faire un gros bisou et une caresse. Leurs yeux étaient au même niveau, pour une fois, et Shocks la gratifia d'un regard adorateur.

Amber Brennan était une fois de plus en charge des tours de manège, et les deux Amber se mirent à faire de grands gestes enthousiastes en direction de Tracy.

Quand Jacko entama le circuit, Tracy sentit aussitôt son cœur s'emballer. Ce n'était pas le nombre d'aspirations dont aurait besoin Amber qui l'inquiétait, aujourd'hui, mais l'idée que sa théorie puisse ne pas se confirmer. Shocks aiderait-il Amber à dire quelque chose ? Tracy était prête à entendre n'importe quoi, même « biscuit aux épices » s'il le fallait !

– Allez, Amber, c'est bien, marmonnait-elle sans quitter une seule seconde sa fille des yeux.

– Comment ça va, Tracy ? lança Big Amber quand elles passèrent à son niveau.

– Bien, mentit-elle en s'arrachant un sourire forcé.

Amber regarda sa maman d'un air ravi, totalement hermétique à son agitation.

Le petit groupe dut s'arrêter quelques instants tandis que le garçon qui montait Jacko essayait de jeter la balle jaune vif dans le seau.

Mais alors que tous les regards étaient sur lui – hormis celui de Tracy sur sa fille –, Shocks fit une chose pour le moins inattendue. Tranquillement, sans exprimer la moindre contrariété, il se remit en route et doubla Jacko.

Big Amber et Andy, aux anges, le laissèrent sans souci prendre la tête. Quant à Amber, elle félicita son ami en levant les bras au ciel de bonheur. Ce fut un moment bref mais magique.

– Bien joué, Shocks et Amber ! s'exclama Andy, car il s'agissait en vérité d'une première pour tous les deux.

En effet, à l'image d'Andy qui tentait de pousser Shocks à s'affirmer depuis des mois, Big Amber n'avait cessé d'inciter la petite à lâcher la selle des deux mains, jusqu'ici sans succès.

Le plus beau dans tout cela, c'était que ni l'un ni l'autre ne semblait avoir remarqué ce qu'il avait fait. Shocks poursuivit son chemin, laissant le temps nécessaire à Amber sur chacune des activités, tandis que la petite cavalière continuait de faire signe à sa mère et de caresser son âne alternativement.

Quand le tour fut terminé, Andy confia à Big Amber que c'était toujours quand on s'y attendait le moins, quand personne ne regardait, que ce genre de miracle avait lieu.

– Je crois bien que tu as raison, oui ! sourit la monitrice avant de se tourner vers la petite et de lui annoncer que c'était l'heure de descendre.

Le visage d'Amber s'affaissa, et elle se pencha en avant pour serrer son ami entre ses bras.

– Je t'aime, Shocky, dit-elle alors.

Andy et Big Amber se dévisagèrent d'un air ahuri. Est-ce qu'ils venaient de l'entendre parler ?

– Amber vient de dire à Shocks qu'elle l'aimait ! annonça Big Amber à Tracy.

– Quoi ? Vous plaisantez ? s'écria la maman, à deux doigts de sauter la barrière.

Andy guida alors Shocks vers elle afin qu'elle puisse entendre.

– Vas-y, Amber, dis à Shocks que tu l'aimes. Maman aimerait t'entendre, l'encouragea-t-il.

Les bras toujours noués autour du cou de son âne, Amber observait son auditoire d'un air faussement timide.

Puis soudain, à la manière d'une petite actrice en pleine pièce de théâtre, elle déclama son texte.

– Je t'aime, Shocky, répéta-t-elle en l'embrassant.

Tracy éclata en larmes. Big Amber ne tarda pas à l'imiter. La fillette n'avait pas seulement parlé à l'âme de Shocks, c'était toute l'équipe du refuge qui était touchée en plein cœur.

– Désolée, murmura Tracy en essuyant ses larmes du bout de sa manche. C'est juste que je pensais que ce jour n'arriverait jamais…

Big Amber l'enlaça tendrement par-dessus la barrière tandis que la petite continuait à serrer son meilleur ami.

– Et toi alors, quand est-ce qu'on entend ta voix ? Hein, mon vieux ? souffla Andy dans l'oreille de l'âne.

Eux aussi attendaient cet instant magique où Shocks brairait pour la première fois.

21

Enfin jumelles

Sutton Coldfield, Birmingham, septembre 2013

– Il est hors de question de les séparer de nouveau, déclara Tracy.

Cette fois, Julian n'avait pas besoin d'être convaincu : Hope et Amber iraient à l'école en même temps et au même endroit.

Le sujet était venu sur la table car il s'était avéré plus long que prévu de trouver un aide-soignant pour surveiller Amber à l'école. La pile interminable de paperasse administrative ne serait jamais finalisée à temps pour la rentrée, ce qui leur laissait deux options : soit scolariser Hope un mois avant sa sœur, soit attendre un mois afin de les envoyer toutes les deux en même temps – il paraissait évident qu'Amber ne pouvait pas y aller sans aide-soignant à ses côtés.

Les filles avaient été séparées dès la naissance et avaient mené des vies assez distinctes jusqu'ici.

– Il n'y a aucune raison qu'Amber soit une fois de plus à la traîne. Il faut qu'elle ait le même rythme que sa sœur, confirma Julian tandis que le couple discutait du problème autour d'une tasse de thé.

Il avait simplement besoin d'entendre sa femme le rassurer. Un mois ne paraissait pas si long que ça, aux yeux d'un adulte, mais pour un enfant, quatre semaines suffisaient à instaurer tout un tas d'amitiés.

Ce fut donc pour cette raison que les Austwick décidèrent que les filles iraient à l'école en même temps ; au moins s'auraient-elles l'une l'autre.

– Sans parler du fait qu'Amber ne comprendrait pas pourquoi Hope peut y aller, et pas elle, ajouta Tracy.

– Ça nous donne un mois de plus pour profiter d'elles, conclut Julian en s'efforçant de voir le bon côté des choses.

Puis ils vidèrent leurs tasses d'un air satisfait, ravis d'être parvenus à un accord.

Les semaines suivantes filèrent à toute vitesse. Le vocabulaire d'Amber s'étoffait de jour en jour, et elle aimait tout particulièrement dire : « Je peux avoir du chocolat, s'il vous plaît ? » Julian et Tracy faisaient de leur mieux pour profiter au maximum de leurs filles, mais malheureusement, l'idée de lâcher Amber dans la nature ne cessait de les ronger.

Les autres l'accepteraient-ils ? Comment se comporterait-elle en société ? Après tout, les seuls amis qu'elle avait jamais eus jusqu'ici étaient un âne et d'autres enfants souffrant d'infirmités…

Ils eurent droit à un avant-goût une semaine avant leur rentrée. La petite famille avait décidé de faire le tour du quartier, idée qu'avait également eue l'équipe de Twickenham, avec les futurs camarades des filles.

Julian, Tracy, Amber et Hope tournèrent au coin de la rue et manquèrent d'être piétinés par les trente enfants qui apparurent devant eux. On aurait dit des canetons dodelinant en file indienne, avec leurs gilets jaunes trop grands.

Tracy reconnut immédiatement les adultes en charge du groupe, les ayant déjà rencontrés lors de leur première visite.

– Regardez, les filles, ce sont vos futurs copains !

Amber affichait un sourire excité tandis que Hope,

elle, avait un air bougon. Visiblement, l'idée de se faire de nouveaux amis ne l'enchantait pas particulièrement. C'était un véritable bouleversement dans les rôles, mais Amber devenait décidément la plus confiante et la plus sociable des jumelles.

Tracy et Julian ne voyaient cela que comme une nouvelle phase, et ils étaient convaincus que les cartes ne tarderaient pas à être redistribuées.

Ce moment fut cependant teinté de culpabilité, le couple regrettant que les jumelles ne puissent d'ores et déjà profiter de leurs camarades.

– Vous pourrez bientôt jouer avec eux, les rassura Julian, le cœur lourd.

Et il disait vrai : le jour J du mois d'octobre arriva très vite.

Tracy se leva aux aurores pour tout préparer. Julian, lui, avait rédigé une liste longue comme son bras de tout ce que l'aide-soignante devrait faire au long de la journée. Un sac comportant tout l'équipement nécessaire – cathéters, nébuliseur, appareil à succion, médicaments – trônait devant l'entrée depuis cinq heures du matin.

L'aide-soignante, Jade Cooper, arriva assez tôt pour pouvoir faire le point avec les Austwick. C'était une jeune femme d'une vingtaine d'années aux cheveux auburn mi-longs et au nez percé d'un minuscule diamant.

– Comme vous pouvez le voir, nous sommes quelque peu nerveux, lui annonça Julian en l'accueillant, les mains enfoncées dans ses poches afin de s'empêcher de rajouter de nouvelles choses à sa liste.

Jade, que Tracy adopta d'emblée, fit de son mieux pour les rassurer. Elle leur expliqua que le fait de s'occuper d'un enfant à besoins spécifiques dans une école ordinaire était une toute nouvelle expérience pour elle aussi. Elle n'avait travaillé que dans des écoles spécialisées, jusqu'ici.

Cette simple remarque ne faisait que mettre en avant les progrès incroyables d'Amber. Le fait qu'elle puisse intégrer une école ordinaire était une étape considérable. Bien sûr, c'était également grâce à la directrice de Twickenham, Mrs Mortiboy, qui avait accepté de bonne grâce de s'adapter aux besoins d'Amber.

Hope, qui traînait par là, s'écria soudain « Mrs Naughtiboy[1] ! », ce qui eut pour effet de provoquer l'hilarité générale. Les enfants sont doués pour dire les pires choses de la manière la plus innocente possible… Quoi qu'il en soit, cela permit aussitôt de briser la glace.

Julian et Tracy avaient choisi Twickenham en partie pour l'atmosphère paisible que l'école dégageait, mais aussi pour sa proximité, ce qui permettait d'y aller à pied de la maison. Quand ce fut enfin l'heure de partir, Jade prit la main d'Amber et ils empruntèrent tous ensemble ce chemin qu'ils avaient tant espéré faire.

Il aurait été difficile de dire lequel des deux parents était le plus nerveux. Mais ils firent en sorte de ne rien laisser transparaître, n'ayant aucune envie de transmettre leur angoisse à leurs petites filles.

Ils tournèrent au coin de la rue et leurs ventres se nouèrent violemment. Tout prenait soudain une réalité beaucoup plus nette. Ils ne se souciaient pas vraiment de la séparation avec Hope – ils étaient déjà passés par là, et ils ne doutaient pas un instant qu'elle se débrouillerait très bien toute seule. C'était l'idée d'approcher du portail avec une enfant trachéotomisée qui les travaillait. Les autres s'en prendraient-ils à elle ? Tout un tas d'émotions contradictoires jouaient des coudes chez chacun.

Une longue ligne de mères et d'enfants les séparait des portes de l'école, qui n'ouvraient pas avant 8 h 50. Tracy aurait voulu se présenter aux mamans qui la précédaient,

1. Littéralement, « vilain garçon ».

mais une fois dans la queue, elle fut prise d'une vague de timidité fulgurante. Elle n'était pas habituée à parler aux autres mères, en dehors du refuge...

Le couple échangea alors un sourire nerveux, n'osant pas ouvrir la bouche de peur d'alarmer l'autre davantage.

Julian était terrorisé à l'idée qu'un enfant vienne percuter la canule d'Amber. Tracy, elle, angoissait à l'idée que ses filles ne se fassent pas d'amis.

Et si ça avait été une erreur, de les scolariser un mois après tout le monde ? Et si les autres enfants s'étaient déjà trouvé leurs meilleurs amis ? Est-ce qu'on a pris la bonne décision ? L'idée qu'ils aient fait le mauvais choix lui était insupportable. Le fait qu'Amber et Hope soient les plus petites du groupe n'aidait en rien ; en effet, les filles faisaient une tête de moins que tous les autres enfants.

Ils furent brusquement rappelés à la réalité par le bruit grinçant du portail qui s'ouvrait. Les enfants se ruèrent dans la cour pour jouer, leurs mères leur criant d'attendre. Le moment tant redouté était venu. Ils inspirèrent un bon coup et imitèrent les autres parents.

– Allez, on y va, les filles, dit Julian en prenant la main d'Amber tandis que Tracy s'emparait de celle de Hope.

Ils suivirent le flot de mamans jusqu'à la salle réservée à la petite section. La file se divisa alors en deux, les enfants prenant à gauche ou à droite dans le couloir selon le groupe auquel ils appartenaient.

L'heure était venue de séparer les filles. Amber et Hope seraient dans la même pièce, mais dans des groupes différents. Julian et Tracy étaient convaincus que c'était la meilleure manière pour qu'elles se fassent chacune des amis.

– Vous vous faites un bisou, les filles ? les encouragea Julian.

Amber et Hope s'enlacèrent, devant une Tracy qui sentait les larmes dangereusement monter.

Amber fut la première à lâcher sa sœur. Elle brûlait d'impatience de rejoindre les autres enfants. Hope s'empara de la main de sa mère, beaucoup moins à l'aise.

– Viens, ma puce, lui dit Tracy en caressant les cheveux dorés de sa fillette tandis qu'elles franchissaient la porte de gauche.

Julian, lui, tendit l'appareil à succion et le sac d'équipement à Jade avant de se mettre à courir derrière Amber, qui s'était déjà ruée par la porte de droite.

Il avait beaucoup de mal à accepter l'idée qu'il faudrait partir. D'autant que quelques secondes à peine après être entré dans la classe, un garçonnet visiblement agité s'élança vers Amber en désignant sa canule.

– Qu'est-ce que c'est ? voulut-il savoir.

– Ça l'aide juste à respirer, expliqua Julian en s'efforçant de ne pas paraître trop nerveux.

– D'accord, répondit le garçon avant de tourner les talons pour aller retrouver ses copains.

Amber, qui était devenue aussi robuste que ses amis les ânes, n'était pas le moins du monde contrariée ! Elle repéra très vite la tortue de compagnie de la classe et s'en approcha d'un pas branlant. Julian lança un regard inquiet à Tracy, mais celle-ci se contenta de lui faire coucou, de l'autre côté de la pièce.

Jade vint alors tapoter le bras de Julian et lui souffla qu'il n'y avait absolument pas de quoi s'inquiéter.

– Tout va bien se passer. J'ai votre numéro, d'accord ? le rassura-t-elle en le poussant gentiment vers la porte.

Les filles étaient désormais assises en tailleur sur des tapis, chacune d'un côté de la pièce, les yeux dressés vers la maîtresse.

Tracy rejoignit Julian à l'extérieur. Ni l'un ni l'autre ne furent capables de partir sans jeter un dernier coup d'œil aux petites par la grande fenêtre, dressés sur la pointe des pieds.

– Ne me dis pas que tu pleures…, la taquina Julian.

– N'importe quoi, marmonna Tracy en s'essuyant les yeux. Et puis, ce ne serait pas toi qui as pleuré quand tu as déposé Hope à la crèche pour la première fois… ?

Jade les aperçut à la fenêtre et leur fit signe de partir, un sourire aux lèvres.

– Bon, je crois qu'il va falloir y aller…, soupira Julian d'un air profondément résigné.

Ils prirent alors le chemin du retour, plongés dans leurs pensées. Quand ils arrivèrent, la première chose qui les frappa fut le silence atroce qui régnait dans la maison. Cela faisait désormais plus de trois ans qu'ils ne s'étaient pas retrouvés seuls tous les deux.

– Qu'est-ce qu'on fait, maintenant ? souffla Tracy, perturbée par le silence ambiant.

Julian posa les yeux sur les jouets éparpillés partout sur la moquette, tous autant de signes de la vie qui avait empli la maison quelques heures plus tôt. C'était un sentiment décidément bien étrange.

Ils avaient tellement de fois souhaité un moment de calme, ces dernières années, mais maintenant qu'ils pouvaient enfin souffler un peu, Julian et Tracy ignoraient tout simplement quoi faire de cette nouvelle liberté.

– On pourrait aller faire un tour au magasin de déco au bout de la rue ? suggéra Tracy, ce qui lui valut une grimace sceptique.

– Mieux vaut ne pas trop s'éloigner, au cas où on ait besoin de nous, répondit Julian.

Ils vérifièrent alors chacun leur téléphone pour voir si Jade avait cherché à les contacter.

Pas de message. Pas d'appel.

Une demi-heure passa. Tracy commença à se demander ce que les filles pouvaient bien faire.

– Il est onze heures. Elles doivent être en train de manger, commenta-t-elle à haute voix.

Ils vérifièrent une nouvelle fois leurs téléphones, prenant sur eux pour ne pas envoyer de message à Jade.

– Bon, ça suffit, décréta Tracy, qui se leva et se mit à rassembler les jouets qui traînaient par terre.

Comme d'habitude, elle décidait de noyer son angoisse dans le ménage. En vérité, elle se sentait perdue sans ses filles. Même le bruit de l'appareil à succion lui manquait, parce qu'il lui donnait un but, au final : s'occuper d'Amber.

Ce fut Julian qui craqua le premier et contacta Jade.

– Tout se passe bien. Elles sont en train de jouer au bac à sable, dit-il en lisant la réponse de l'aide-soignante.

Tracy ne put réprimer un sourire, en imaginant ses filles s'amuser avec les autres enfants.

– J'espère que Jade fait bien attention à ce qu'il n'y ait pas de sable qui entre dans sa canule…, commenta alors Julian.

C'est donc ainsi que le couple passa le restant de la journée : à s'inquiéter pour les filles, à imaginer ce qu'elles étaient en train de faire, à fantasmer sur ce qu'eux-mêmes pourraient faire – aller se promener dans Birmingham, par exemple. Mais il ne leur fallait pas plus de quelques secondes pour se raisonner. « Non, mieux vaut rester ici… »

Avant même qu'ils ne s'en rendent compte, il était déjà 15 h 15 – l'heure d'aller récupérer les filles.

Julian et Tracy reconnurent quelques visages, au portail. Évidemment, c'était le lieu idéal pour entendre les derniers ragots, et Tracy tendit l'oreille en gloussant, notant dans un coin de sa tête quelques anecdotes qu'il lui faudrait rapporter à Julian plus tard.

Le portail s'ouvrit et les parents envahirent la cour, où ils attendirent que les salles de classe s'ouvrent à leur tour. Julian et Tracy se dévissaient le cou pour essayer d'apercevoir leurs filles. Hope fut la première à apparaître. Elle était tellement contente de retrouver ses parents que la moitié de son manteau pendait dans le vide tandis qu'elle les rejoignait en courant, sa boîte à déjeuner cognant contre ses petites jambes.

– Coucou, Hopey ! Tu as passé une bonne journée ? s'enquit Tracy.

La petite ne répondit pas, se contentant de fourrer un dessin dans la main de sa mère avant de s'agripper à sa jambe comme une moule à un rocher.

Quelques secondes plus tard, Amber apparut à son tour, radieuse.

– Regarde-la se pavaner, s'amusa Julian en voyant leur fille les rejoindre de sa démarche fière – elle boitait encore, mais beaucoup moins qu'avant, ses jambes étant de plus en plus musclées.

– Tu as passé une bonne journée, Amber ?

La petite remua la tête avec enthousiasme.

– Je peux revenir, demain ? demanda-t-elle avec un immense sourire.

Elle portait sa valve continuellement, désormais, et plutôt fièrement aussi.

Julian et Tracy échangèrent un sourire soulagé.

– Mais bien sûr, ma chérie, répondit Julian en lui prenant la main.

Cela leur retirait un tel poids des épaules… Ils avaient passé la journée à se demander si Amber s'intégrerait, si elle s'amuserait. Autant dire que l'entendre réclamer d'y retourner était un véritable bonheur !

Jade leur fit alors un rapide rapport : Amber avait eu droit à une demi-douzaine d'aspirations, à un coup de nébuliseur au déjeuner, et à une petite sieste l'après-midi.

Julian et Tracy étaient ravis de connaître autant de détails sur la vie de leurs enfants en classe – après tout, ce n'était pas le cas des autres parents !

Hope jouait peut-être les timides à l'école, mais aussitôt le pas de la porte franchi, elle se transforma en véritable tornade, laissant ses chaussures, son manteau et son sac en plein milieu du salon, ce qui lui valut une réprimande de la part de Julian.

– On dirait une ado…, commenta-t-il en se grattant la tête, étonné par ce changement soudain d'attitude.

Hope faisait certes preuve de rébellion à la maison, mais elle était également devenue beaucoup plus protectrice vis-à-vis de sa sœur. Elles n'avaient passé qu'une seule journée à l'école, et pourtant, son comportement était déjà différent.

Cet après-midi-là, Amber était installée sur le canapé, devant des dessins animés, quand elle se mit à tousser. Elle s'était tellement renforcée que Tracy et Julian n'étaient pas obligés de l'aspirer à chaque fois ; elle parvenait à faire remonter ses sécrétions elle-même la plupart du temps.

Mais voyant sa sœur dans cet état, Hope se rua vers elle et lui tapota doucement le dos. Julian aurait pris une photo s'il en avait eu le temps…

Hope proposa ensuite à sa sœur de jouer à la maîtresse dans le jardin. C'était un doux après-midi d'octobre ; Julian et Tracy acceptèrent donc de laisser les filles jouer dehors. Ils étendirent un tapis sur l'herbe, sur lequel les filles s'installèrent en tailleur, comme elles l'avaient fait le matin même à leur arrivée à l'école.

– C'est moi la maîtresse ! déclara Hope en agitant un doigt d'un air sévère.

Amber leva les yeux au ciel sans pour autant chercher à contredire sa sœur. Julian et Tracy étaient convaincus que c'était grâce au refuge que leur fille débordait d'un tel calme.

Elle fit mine d'écouter sa sœur un moment, puis, comme n'importe quel enfant, son attention fut vite attirée par autre chose, et elle s'éloigna d'un pas tranquille, visiblement à l'aise en sa propre compagnie.

– Hé, reviens ! l'appela Hope, mais Amber était déjà en

train de fureter dans la cuisine pour voir ce que leur mère préparait à manger.

Les deux semaines suivantes filèrent à toute allure. À chaque jour qui passait, Amber gagnait en confiance, et la relation des deux sœurs était de plus en plus fusionnelle.

Elles jouaient même « à l'âne » – Amber était l'âne et Hope faisait toutes les activités proposées au refuge, comme poster des bouts de papier un peu partout, par exemple. Julian empêcha d'ailleurs juste à temps Hope de poster un morceau de nourriture dans le lecteur DVD...

Jo, l'orthophoniste, ne pouvait qu'applaudir la fulgurance à laquelle le langage d'Amber se développait. La voix de la fillette s'était considérablement éclaircie, et sa diction était beaucoup plus nette, désormais. Jo suggéra même au couple d'aller voir le docteur Kuo, histoire de lui montrer que les miracles existaient.

– Je ne sais pas trop... Autant éviter au maximum les visites à l'hôpital, répondit Julian, réticent à l'idée de tous ces microbes en liberté.

Mais Tracy, elle, était tout à fait séduite par la suggestion de Jo. Il était important, à ses yeux, de montrer au médecin d'Amber les progrès qu'elle avait faits grâce à la valve. Et comme très souvent, ce fut Tracy qui eut le dernier mot.

La famille fit donc un détour par l'hôpital pour enfants le lendemain, après la sortie de l'école. Julian et Tracy furent une fois de plus abasourdis par le changement de comportement d'Amber. En l'espace de quelques secondes à peine, son grand sourire s'était mué en grimace lorsqu'elle reconnut le spectacle et les odeurs familiers des couloirs du bâtiment.

Le couple fut toutefois soulagé de ne pas avoir à passer par la salle d'attente, se dirigeant tout droit vers le bureau de Jo, qui se montra ravie qu'ils aient suivi son conseil.

– Je vous en prie, entrez !

Amber et Hope se ruèrent aussitôt sur le tapis de jeu.

– Je vais prévenir le docteur Kuo, annonça-t-elle en décrochant son téléphone. Il ne doit pas être bien loin.

Les adultes étaient en pleine conversation, parlant des dernières péripéties des filles à l'école, quand on frappa aux persiennes de la porte. Comme à son habitude, Mr Kuo arborait un large sourire.

– Bonjour, Amber ! s'écria-t-il en ouvrant grand les bras.

– Bonjour ! lui sourit Amber. Comment tu t'appelles ?

Julian et Tracy ne purent réprimer un gloussement. C'était le dernier truc à la mode, chez Amber – demander le nom de tous ceux qu'elle croisait.

– Eh bien dis-moi, tu parles ! s'exclama le médecin, bouche bée.

Julian et Tracy laissèrent Jo expliquer qu'Amber portait désormais la valve quotidiennement et qu'elle n'avait aucun problème de communication avec ses camarades d'école.

Le couple ne cherchait en aucun cas à prouver quoi que ce soit ; ils voulaient simplement montrer au médecin que leur fille était parvenue à surmonter l'adversité. Mais évidemment, la question de l'opération n'était jamais bien loin. En effet, à braver autant d'obstacles, les chances que l'opération soit une réussite ne seraient-elles pas légèrement plus élevées… ?

Mr Kuo déclara qu'il était impératif que les Austwick reviennent plus tard dans l'année discuter sérieusement de la suite des événements. Julian et Tracy n'arrivaient pas à croire au tournant que prenait soudain la situation.

– Pince-moi, souffla Tracy à son mari, plus tard dans la soirée.

– Hein ? Pourquoi ?

– Parce que je veux m'assurer que je ne suis pas en train de rêver, rit-elle.

Une nouvelle semaine passa, et le couple discutait avec Jade de la journée d'Amber quand l'aide-soignante leur demanda, tandis qu'elle leur rendait l'appareil à succion et le sac rempli de cathéters :

– C'est qui, Shocks ?

Julian et Tracy se figèrent, comme si une sirène venait de se mettre à hurler sous leur crâne. Ils avaient été tellement absorbés par cette rentrée scolaire qu'ils n'avaient pas pris le temps de penser à quoi que ce soit d'autre.

– C'est un âne. Pourquoi ? demanda Tracy.

Elle aurait été incapable de dire pourquoi, mais elle avait un désagréable pressentiment.

– Ah ! voilà qui explique tout…

Jade leur confia alors que la maîtresse avait demandé aux élèves s'ils avaient un animal de compagnie, et qu'Amber avait répondu « Shocks ».

Julian et Tracy ne purent réprimer un sourire attendri, en songeant à leur fillette parlant fièrement de son meilleur ami.

Mais Jade n'avait pas terminé.

– J'ai remarqué qu'Amber s'ouvre de plus en plus à moi, poursuivit-elle. Et elle n'arrête pas de me dire qu'elle aime Shocks et qu'il lui manque. J'ai également noté que, même si elle adore l'école, elle ne se fait pas vraiment d'amis…

Julian et Tracy sentirent leur sang se glacer, terrorisés à l'idée que leur pire crainte ne se soit réalisée.

– Non, non, ne vous inquiétez pas, tenta de les rassurer Jade. Les autres enfants n'ont rien contre elle. Amber joue avec eux sans souci, mais elle ne crée aucun lien particulier… Et je me demandais si ce n'était pas parce que Shocks lui manque, justement.

Soudain livide, Tracy comprit malheureusement trop tard que sa fille souffrait de ne plus voir son ami. Elle s'en voulait de ne rien avoir vu venir. Il n'y avait pourtant rien d'étonnant à ce qu'Amber soit triste, elle qui était passée de trois visites par semaine à pas une seule en trois semaines…

– Il faut qu'on passe au refuge samedi, déclara-t-elle en se tournant vivement vers Julian, défigurée par l'angoisse.

– Hé ! ne te mets pas dans cet état, murmura-t-il. Ça va aller.

Mais Tracy n'en était pas si convaincue. Si le fait de tenir Amber éloignée de Shocks nuisait au bien-être de sa petite fille, ils se devaient de rétablir la situation au plus vite, avant que cela ne cause une régression irréparable.

Par ailleurs, Tracy craignait que Shocks ne souffre lui aussi de l'absence de son amie. Ils étaient devenus si proches qu'elle se sentait autant responsable du bien-être de l'animal que de celui de sa fille.

Et elle savait qu'elle serait incapable de fermer l'œil tant que le problème ne serait pas résolu.

22

Nouvelle recrue

Sutton Park, Birmingham, novembre 2013

Shocks avait perdu l'appétit.

– Mouais... Il y a décidément quelque chose qui le chiffonne, commenta Andy devant le regard bougon de son protégé, qui ignorait superbement la carotte qu'il venait de lui lancer.

Ils n'avaient jamais vu une seule fois Shocks bouder sa nourriture. Même les vétérinaires de Liscarroll s'étaient amusés de voir l'âne avaler ses sandwiches au beurre de cacahuète, malgré les graves blessures dont il était recouvert.

– Attends, je vais essayer avec un biscuit, suggéra Amber Brennan en fouillant dans sa poche.

Les biscuits aux épices étaient le test ultime, pour savoir si un âne était malade ou non.

– Tiens, mon grand, murmura-t-elle en lui tendant le gâteau.

Shocks se mit à renifler l'air en faisant roulant ses lèvres, puis, avec un regard assez proche de ceux dont Amber gratifiait sa sœur – du genre « Bon, si je n'ai vraiment pas le choix... » –, il avança nonchalamment et goba le biscuit aussi sec.

– Je crois qu'Amber lui manque, soupira Andy tandis que l'animal repartait s'isoler de l'autre côté de l'enclos.

Il eut l'occasion de tester sa théorie un peu plus tard dans la journée, quand l'équipe du refuge reçut la visite-surprise de la famille Austwick.

– Tu nous as sacrément manqué ! s'écria Big Amber en accueillant sa petite protégée.

Andy, Sara et le reste de l'équipe travaillant ce samedi-là se rassemblèrent autour de la famille. Désireuse de partager l'attention avec sa sœur, Hope se mit à tendre les bras pour avoir droit elle aussi à des câlins.

– Comment tu t'appelles ? demanda Little Amber à chaque membre de l'équipe, même si elle les connaissait tous très bien.

– C'est son dernier truc, expliqua Julian, un sourire aux lèvres – il avait perdu le compte des fois où il avait dû prononcer cette phrase ces dernières semaines.

Tracy brandit alors un sac rempli de carottes, de pommes et de biscuits aux épices.

– Cadeau pour Shocks et ses copains !

Tandis qu'il les guidait le long de l'enclos, Andy en profita pour leur expliquer le manque d'appétit récent de Shocks.

– Je dois avouer que je me fais du souci…, dit-il d'un air grave.

Tracy lui expliqua à son tour que Shocks manquait beaucoup à Amber, à tel point qu'elle en faisait des dessins à l'école et qu'elle racontait à ses camarades que c'était son animal de compagnie. Elle confia également à Andy qu'elle avait craint que le manque soit mutuel.

Dès qu'ils arrivèrent à proximité de la barrière, Shocks dressa le museau pour mieux assimiler ces odeurs et ces bruits qu'il connaissait si bien. Il renifla l'air, un peu comme il l'aurait fait pour un biscuit, sauf qu'il avait soudain l'air bien plus heureux.

– Shocks ! Shocks ! se mit à crier Amber d'une voix rendue rauque par l'excitation.

Shocks se rua aussitôt vers sa meilleure amie, sans gratifier d'un seul regard ses congénères qui l'observaient d'un air curieux. S'il avait pu parler, on l'aurait entendu s'écrier : « J'arrive ! » Il avait les oreilles dressées et les yeux brillants et alertes, impatient de retrouver Amber.

– C'est trop mignon..., murmura Julian en regardant Shocks baisser le museau à travers la barrière pour que sa fille puisse le caresser.

– Tu veux que je t'aide, ma puce ?

Puis il la prit dans ses bras afin qu'elle puisse se rapprocher de Shocks, dont elle caressa doucement le poil touffu de ses grandes oreilles.

– Il ne laisse jamais personne lui toucher les oreilles, commenta Andy, surpris. Elle a vraiment dû lui manquer...

Il annonça malheureusement que les deux amis ne pourraient pas être plus proches pendant un petit bout de temps, le manège étant fermé le samedi jusqu'aux vacances de Noël.

L'expression d'Amber s'assombrit aussitôt. Tracy sentit son cœur se tordre dans sa poitrine.

Mais alors une idée vint à Andy.

– On ne fait jamais ça, en général, mais..., commença-t-il en regardant tout autour de lui, comme s'il s'apprêtait à révéler un plan top secret, ... ça vous dirait de nettoyer le box de Shocks, les filles ?

Le visage d'Amber s'illumina tel un sapin de Noël. Elle se mit à sautiller en chantonnant « Shocky ! Shocky ! ». Hope ne partageait pas son enthousiasme, mais elle paraissait tout de même intriguée.

S'ils s'inquiétaient que l'évolution de Shocks et d'Amber soit affectée par leur manque de contact temporaire, alors il fallait trouver d'autres moyens pour que les deux amis ne se perdent pas de vue, déclara Andy.

– Comme le ménage, ajouta-t-il avec un petit clin d'œil à l'intention des parents.

Cela n'avait de prime abord rien d'une tâche prestigieuse, mais c'était au contraire un véritable honneur, pour les petites, car aucun des autres enfants n'avait eu ce droit jusqu'ici.

– Vous imaginez un peu ? Les box seraient envahis jour et nuit ! lança Andy en frémissant rien qu'à cette idée.

Amber suivit alors le soigneur jusqu'à l'écurie de sa démarche assurée qui amusait tant ses parents. De toute évidence, elle était immensément fière de l'honneur qu'on lui faisait. Hope suivait d'un pas plus méfiant. Elle ignorait tout du quotidien du refuge, contrairement à sa sœur, alors cette nouvelle activité tenait quelque peu du mystère pour elle.

– Attendez ici une petite minute, déclara Andy en les stoppant d'une main.

Le but de l'exercice étant de s'assurer que Shocks et Amber passent du temps ensemble, Andy s'empara d'une longe et alla chercher la bête dans son enclos. Shocks avait toujours le museau pressé contre la barrière, guettant le moindre geste et le moindre bruit de son amie.

– Viens, mon grand ; tu pourras mieux la voir d'ici.

Il l'attacha à quelques mètres de son box, tout près de Jacko qui s'offrait une petite sieste.

Amber se mit à faire coucou à Shocks tout en attendant les instructions du soigneur.

Andy s'occuperait de balayer les excréments des ânes pendant que les filles apporteraient du foin frais. Dès l'instant où elle posa un pied dans le box, Amber se mit à grimacer.

– Beurk ! lâcha-t-elle en se pinçant le nez.

Puis elle se tourna vers ses parents, qu'elle gratifia d'un grand sourire amusé.

– Viens, Hopey, souffla Julian en voyant le malaise évident de Hope.

Il lui prit la main et l'emmena se balader autour de

l'enclos. Tracy, elle, était en admiration devant Amber. Il faut dire que le tableau était cocasse : une petite blonde en jolie robe et aux bottes à fleurs en train de récurer un box ! Elle ne pouvait s'empêcher de s'émerveiller de la force de la fillette. Aucun outil n'était trop gros ou trop lourd pour elle ; Amber soulevait la pelle et étalait le foin d'un geste assuré.

À quelques mètres de là, Shocks l'observait tranquillement, s'abreuvant de chacun de ses faits et gestes.

– Il vérifie qu'elle ne fait pas de bêtise, s'amusa Andy.

Tracy était tout autant impressionnée par la charge de travail que représentait le nettoyage des box. Après avoir retiré le foin sale, il fallait en étaler une couche épaisse qui puisse servir de matelas aux ânes, puis remplir les abreuvoirs.

Andy était lui aussi épaté par sa petite apprentie, si bien qu'il l'autorisa même à nourrir Shocks.

Il s'agissait là d'un véritable honneur, car des dizaines d'enfants réclamaient à nourrir les animaux chaque jour. Malheureusement, l'équipe ne peut se permettre d'accepter, car les ânes disposent d'horaires stricts pour manger, afin d'éviter qu'ils deviennent aussi gros que des barriques.

Mais Amber était au bon endroit au bon moment, et sa relation toute particulière avec Shocks faisait d'elle une exception. Sous ses yeux émerveillés, Andy s'empara d'un seau pour le remplir de carottes, de pommes, de biscuits aux épices et de pastilles de menthe. Puis il remua le tout dans un bruit sourd.

– Pourquoi est-ce que les ânes et les chevaux aiment tant les pastilles à la menthe ? voulut savoir Tracy, qui avait toujours cru qu'il s'agissait là d'une légende.

– Ils ne les aiment pas, ils les *adorent*. Mackenzie serait prêt à me passer sur le corps pour avoir ses pastilles, plaisanta Andy. Non, plus sérieusement, c'est pour leur goût sucré et prononcé.

Ils leur donnaient ces pastilles-ci précisément parce qu'elles avaient un trou au milieu. Ainsi, si jamais l'une venait à se coincer dans leur trachée, ils ne risquaient pas de s'étouffer.

Amber était tellement excitée qu'elle sautillait sur place en tapant des mains.

Andy lui expliqua qu'il fallait poser le seau sous le museau de Shocks, puis il l'aida à le porter. Les yeux de l'animal se firent aussi gros que des soucoupes lorsqu'il sentit les bonnes odeurs qui en émanaient.

Amber posa le seau devant Shocks et recula fièrement tandis que son ami plongeait dedans. Cinq secondes plus tard, il n'y avait plus rien. Shocks dressa son museau humide et se mit à se lécher les babines de sa grosse langue râpeuse. Amber se couvrit les yeux, comme pour réprimander les mauvaises manières de son âne.

– Eh ben ! On dirait que quelqu'un a retrouvé l'appétit..., commenta Andy, radieux.

Julian et Tracy aussi perçurent un changement, chez Amber, ce soir-là. Elle semblait avoir retrouvé son énergie. Il leur était difficile de mettre le doigt sur ce qui était véritablement différent, mais Amber irradiait tout simplement de bonheur.

Le couple s'accorda très vite : il faudrait continuer les visites au refuge le week-end, même si Amber ne pouvait pas monter Shocks. Et pour pallier le manque durant la semaine, Julian eut une idée de génie : donner une photo de l'âne à sa fille.

Il imprima donc un portrait de Shocks qu'il avait pris durant un tour de manège et le donna à Amber.

La petite était tellement heureuse qu'elle embrassa la photo et partit en se dandinant fièrement, sans quitter une seule seconde son nouveau trophée.

Amber et sa nouvelle photo étaient désormais inséparables. Jade s'amusait à raconter au couple que la petite la gardait constamment au chaud dans la poche de son gilet, pour la sortir de temps en temps en déclarant qu'elle aimait « Shocky » et qu'il lui manquait. Parfois, elle ponctuait cela d'un nouveau baiser.

Amber tenait même à l'avoir avec elle quand elle prenait un bain.

– Mieux vaut la mettre à côté de la baignoire, ma chérie, si tu ne veux pas qu'elle soit mouillée, tentait de la raisonner Tracy.

Mais Amber ne voulait rien entendre. Elle secouait fermement la tête, résolue à ne jamais se séparer de Shocks.

Tracy accrochait la photo trempée au-dessus du radiateur une fois sa fillette endormie, prête à la récupérer dès son réveil le lendemain.

En une semaine, le cliché était pratiquement désintégré. Heureusement, le week-end était là, et il était temps d'aller retrouver Shocks.

À l'image de sa fille qui avait du mal à supporter l'absence de Shocks à l'école, Tracy ressentait un manque similaire. Seulement, ayant toujours eu beaucoup de mal à analyser ses propres émotions, il lui fallut un certain temps avant de comprendre ce qui lui arrivait. Cela lui tomba dessus un soir, tandis qu'elle était pelotonnée contre Julian devant la télévision.

– Shocks me manque, à moi aussi, souffla-t-elle.

Julian se tourna vers elle, perplexe. Il ne s'était certainement pas attendu à une telle déclaration…

– Les autres mamans aussi, l'équipe, tout ce qu'ils font là-bas…

Tracy comprenait enfin que le Donkey Sanctuary avait donné un but à ses journées, en dehors d'être une mère et une épouse. Et cette oasis de paix lui manquait profondément.

– Pourquoi ne pas te proposer comme bénévole ? suggéra Julian.

Ce serait d'ailleurs une merveilleuse manière de rendre un peu ce que le refuge leur avait donné…

Tracy sentit aussitôt un poids la quitter et, dès le lendemain, elle prit les choses en main.

L'équipe fut plus que ravie d'apprendre que la maman d'Amber voulait désormais faire partie de l'aventure. Il fut vite décidé que Tracy aiderait au manège un matin par semaine.

– Quelle meilleure manière de fêter votre premier jour que de vous laisser amener Shocks ? lui proposa Amber Brennan quelques jours plus tard.

– Moi ? hoqueta Tracy, perplexe – elle ne connaissait que trop bien le caractère sélectif de Shocks.

– Ça va aller, ne vous inquiétez pas, insista la monitrice en lui donnant la longe.

Big Amber avait décidé de la plonger directement dans le bain, exactement comme elle le faisait avec les enfants dont elle pressentait le potentiel et qui avaient simplement besoin d'un peu d'encouragements.

Tracy longea donc l'enclos, le ventre noué par l'angoisse. Shocks se tenait près du bac à sable, aux côtés de Jacko. Elle s'adossa à la barrière, réfléchissant à la meilleure manière de procéder.

Shocks était à quelques pas d'elle. À sa grande surprise, il l'avait vue approcher et avait relevé le museau, ses longues oreilles pelucheuses dressées en pointe.

Il doit penser qu'Amber est avec moi…, songea Tracy, embêtée.

C'était peut-être vrai, mais lorsqu'il réalisa que ce n'était pas le cas, Shocks sembla toutefois ravi de voir la maman d'Amber.

Il avança vers elle, visiblement curieux de savoir pourquoi Tracy était là sans son amie.

Prise d'un soudain élan de confiance, Tracy décida de se lancer.

– Allez, Shocks. Tu viens avec moi ?

Je vais sûrement devoir rentrer dans l'enclos, mais qui ne tente rien n'a rien..., songea-t-elle.

Shocks inclina la tête, comme s'il cherchait à comprendre ce qu'il se passait, puis il se rapprocha tranquillement et passa le museau par-dessus la barrière.

Tracy crut qu'elle allait pleurer de joie. Elle n'arrivait pas à croire qu'il vienne vers elle si facilement...

Elle tendit la main pour qu'il puisse la sentir. Les poils de son menton lui chatouillèrent la paume.

– Je suis sûre que tu sens l'odeur d'Amber, pas vrai ? murmura-t-elle.

La bête lâcha alors l'un de ses éternuements si caractéristiques.

– Je vais prendre ça pour un « oui », rit Tracy en essuyant sa main sur son jean.

Patiemment, l'âne attendit qu'elle fixe la longe à sa bride, puis il se laissa guider le long de l'enclos, jusqu'au manège. Tracy profita de cette proximité pour lui parler d'Amber. Elle lui confia qu'elle se plaisait beaucoup à l'école, mais qu'il lui manquait énormément.

– Elle a joué à l'eau, hier...

Lui parler d'Amber avait quelque chose de thérapeutique pour Tracy. Et en retour, Shocks semblait rassuré par sa voix et ses anecdotes.

Il y avait une longue file d'enfants qui attendaient de pouvoir monter Shocks. L'âne était vite devenu le plus populaire de tous, entre sa taille et sa nature paisible.

Tracy tendit les rênes à Andy puis salua Shocks d'un petit geste, persuadée de lire dans son regard : « Embrasse Amber pour moi. »

Elle n'avait été en sa compagnie que quinze petites minutes, mais Tracy se sentait déjà plus « légère ». C'était un sentiment assez complexe à décrire, probablement similaire à ce que les gens ressentent lorsqu'ils câlinent leurs animaux de compagnie. *Je comprends mieux pourquoi Amber se sent si bien avec lui...*

Décidément, le pouvoir rassérénant des animaux ne cesserait jamais de la surprendre.

23

Le drame frappe

Sutton Coldfield, Birmingham, février 2014

Julian et Tracy s'apprêtaient à vivre leur premier rendez-vous en amoureux depuis la naissance des filles. C'était peut-être en pleine journée, mais il s'agissait tout de même d'un moment spécial, rien que pour tous les deux.

C'était une froide matinée de février. Amber et Hope étaient à l'école, démarrant tranquillement leur second trimestre, et le couple avait décidé de s'offrir une séance de cinéma.

– Ça fait bizarre, hein ? commenta Tracy en gloussant comme une adolescente.

Cela faisait tellement longtemps qu'ils ne s'étaient pas sentis suffisamment à l'aise pour prendre du temps pour eux que cela leur paraissait presque étrange de sortir ensemble. Ceci étant dit, ils étaient incapables de déconnecter complètement de la réalité. Toutes les deux minutes, l'écran de leurs téléphones venait illuminer leur visage tandis qu'ils s'assuraient que Jade n'avait pas essayé de les contacter.

– Pas de nouvelle, murmura Julian en regardant son téléphone. Et toi ?

– Non, moi non plus.

Julian ouvrit alors ses bras pour y accueillir Tracy, qui se pelotonna aussitôt contre la poitrine chaude de son homme.

L'espace d'une heure quarante-cinq, Julian et Tracy purent tout oublier de leurs tracas, profitant purement et simplement de cette parenthèse bienvenue.

Ils sortirent du cinéma main dans la main, riant aux éclats.

Ce fut une heure avant d'aller chercher les filles à l'école que leur douce bulle de confort éclata.

Jade trouvait Amber beaucoup plus calme que d'habitude. Elle envoya un message à Tracy en lui disant que la petite semblait étrangement fatiguée.

– C'est bizarre… Elle n'a peut-être pas bien dormi, cette nuit ? commenta Tracy, surprise.

Le couple avait appris à ne pas paniquer au moindre changement de comportement chez Amber. Ils n'avaient pas le choix, s'ils voulaient garder un tant soit peu de santé mentale…

Ce qui suivit fut donc un choc pour tout le monde.

L'état d'Amber se détériora à une vitesse fulgurante. Quand le couple arriva au portail de l'école, Jade les rejoignait en courant, Amber dans les bras.

– Elle est bouillante. Sa température n'arrête pas de monter, paniqua-t-elle.

La pauvre aide-soignante ayant toujours vu Amber en pleine forme, elle était désemparée.

Tracy posa la main sur le front de sa fille. En effet, elle était brûlante.

– Il faut vite la ramener à la maison, dit-elle en allant attacher la petite dans la voiture tandis que Julian allait chercher Hope.

Ce n'était pas la première fois qu'Amber attrapait froid. Malheureusement, c'était une proie facile pour les microbes, à cause de sa canule. Julian et Tracy savaient que la meilleure chose à faire était de rester calmes.

Dès leur retour chez eux, ils prirent sa température.

– Trente-neuf degrés ! s'exclama Julian en fixant le thermomètre, abasourdi.

Tracy déshabilla complètement Amber pour aider la température à chuter. Puis elle la cala dans le coin du canapé, et Julian se mit à l'éventer à l'aide d'un magazine.

Nouveau coup d'œil au thermomètre – trente-huit degrés.

– Ça baisse un peu !

Tracy partit chercher du paracétamol et des gants de toilette imbibés d'eau froide qu'elle posa sur son front et sa poitrine. Le petit corps d'Amber était tout ramolli. Elle avait à peine la force de garder les yeux ouverts, sa tête remuant de gauche à droite.

Julian observait sa fille, les mains sur les hanches, cherchant éperdument une solution.

C'est peut-être un rhume tout bête. Mieux vaut éviter l'hôpital, pour le moment.

Une heure passa, et sa température retomba par chance à trente-cinq degrés. Tracy tenta de lui faire boire un peu d'eau, mais Amber repoussa le verre avec son poing.

– Tiens, essaie de lui faire manger un fruit, suggéra Julian en lui tendant une banane.

Mais Amber détourna résolument la tête.

À dix-neuf heures, l'heure d'aller coucher les filles, Julian accompagna Hope au lit et laissa Amber sur le canapé avec Tracy. L'angoisse de Hope était palpable. Elle s'était beaucoup rapprochée de sa sœur, ces derniers mois, et elle sentait de toute évidence que quelque chose n'allait pas.

– Ne t'inquiète pas, Amber ira mieux demain. Dors bien, ma puce, murmura Julian en la bordant.

Il descendait l'escalier quand il entendit Tracy appeler à l'aide.

– Qu'est-ce qui se passe ? s'écria-t-il en se précipitant dans le salon.

Amber était en train de se vider. Tracy cherchait à la faire vomir dans ses mains, terrorisée à l'idée que le vomi puisse tomber dans ses poumons.

La fillette était rouge écarlate. C'était définitivement plus grave que ce qu'ils s'étaient imaginé.

– Appelle une ambulance ! s'égosilla Tracy.

Julian composa le 999, le cœur lui martelant la poitrine. Pris de panique, il s'efforça d'expliquer à l'opérateur que sa fille était brûlante, qu'elle vomissait partout et qu'elle était à peine consciente.

– Elle est trachéotomisée, lâcha-t-il alors, envahi d'un profond sentiment d'impuissance.

Les sept minutes qu'il fallut aux urgences pour arriver leur parurent durer une éternité. Ils avaient laissé la porte de la maison ouverte afin de ne pas avoir à quitter la petite.

L'urgentiste se rua à l'intérieur, armé de son gilet fluorescent et d'une sacoche remplie de matériel.

– Comment s'appelle-t-elle ? demanda-t-il en ouvrant son sac.

– Amber, répondit Julian, qui s'écarta aussitôt du chemin.

L'urgentiste fouilla dans sa sacoche et sortit tout un tas d'équipement. Tracy n'en croyait pas ses yeux ; on aurait dit la besace de Mary Poppins.

– Amber, est-ce que tu m'entends ? dit l'homme d'une voix calme tandis qu'il plantait sa lampe torche dans ses yeux.

Amber ne prononça pas un mot ; on l'aurait crue en train de lentement glisser dans le coma.

L'homme sortit sa radio et demanda aussitôt une ambulance.

Un silence de mort tomba soudain dans la pièce. Julian et Tracy virent, horrifiés, la poitrine d'Amber arrêter de se soulever. Ses yeux devinrent vitreux, ses lèvres bleues. Amber avait arrêté de respirer.

– AMBER ! hurla Julian. AMBER ! RESPIRE !

Il était figé sur place, tétanisé par le choc.

L'urgentiste lui posa alors une main calme sur l'épaule.

– Faites ce que vous faites habituellement avec l'appareil à succion, lui ordonna-t-il.

– Aspire-la ! s'écria Tracy.

Julian n'eut pas besoin de plus pour bondir.

Il tomba à genoux devant Amber, défit l'anneau de la canule, inséra le cathéter et lança la machine. Un gros bouchon de sécrétions apparut dans le tuyau, et Amber poussa un soupir douloureux tandis que ses poumons s'emplissaient de nouveau d'air.

Julian soupira lui aussi – de soulagement. L'espace d'un instant, il avait laissé la panique l'envahir car il n'avait jamais vu Amber arrêter de respirer, jusqu'ici. Il n'avait tout simplement pas su quoi faire.

Quelques minutes plus tard, l'ambulance s'arrêtait devant la maison.

– Vas-y, toi, dit-il à Tracy.

Sa femme grimpa les marches quatre à quatre pour aller s'emparer du sac qu'ils gardaient toujours de côté en cas d'urgence – il comportait une trousse de toilette, des vêtements propres et une paire de chaussons.

Avant de descendre, elle récupéra également une couverture bien chaude pour y envelopper sa fille.

– Ça va aller, ma chérie, lui murmura-t-elle tandis qu'elle montait à l'arrière de l'ambulance, la petite nichée dans ses bras.

Tout allait si vite que Tracy put à peine dire au revoir à Julian. Évidemment, l'un des deux parents devait rester à la maison pour s'occuper de Hope.

– Je t'envoie un message dès que j'en sais plus ! cria-t-elle.

À peine eurent-ils le temps d'échanger un regard que les portes de l'ambulance se fermaient sur les filles, laissant Julian seul avec un tourbillon de pensées.

Les pires des scénarios s'enchaînaient sous son crâne, et il avait l'impression d'avoir un poids atroce sur la poitrine. Sa respiration se fit soudain haletante.

Il s'arracha alors à sa solitude pour aller jeter un œil à Hope. La petite dormait à poings fermés, totalement inconsciente du drame qui venait de se jouer dans le salon.

Sur le palier, Julian s'immobilisa en haut des marches, où l'immense fenêtre offrait une vue plongeante sur le quartier et au-delà. Il s'imagina alors qu'il pouvait voir l'hôpital pour enfants, et ses yeux s'emplirent de larmes.

Julian était profondément soulagé de savoir sa fille entre les mains expertes des médecins, mais il était terrorisé à l'idée qu'elle ne s'en sorte pas.

Et ce sentiment avait quelque chose de terriblement familier.

Bon Dieu, eut-il envie de hurler à l'obscurité devant lui. *Qu'est-ce qu'on a fait pour en arriver de nouveau là ?*

24

Retour à la case départ

Hôpital pour enfants de Birmingham, février 2014

Les portes de l'ambulance s'ouvrirent en grand, et Amber fut immédiatement transportée aux urgences.

Tracy courait derrière la civière, s'efforçant de coller au pas pressé des urgentistes.

Ils avaient disposé un masque à oxygène par-dessus la canule d'Amber. Chacun de ses souffles semblait lui provoquer une douleur intolérable. Ses poumons émettaient un son atrocement rauque.

Le médecin de service cette nuit-là voulut tout de suite mettre la petite sous intraveineuse – il fallait à tout prix injecter des fluides et des antibiotiques dans son organisme. Il était persuadé qu'elle avait attrapé un virus, mais il s'empressa de rassurer Tracy : ce n'était probablement rien de bien grave. Le fait qu'elle soit trachéotomisée la rendait malheureusement beaucoup plus exposée aux microbes que les autres enfants.

Malgré ces paroles réconfortantes, Tracy ne pouvait réprimer le désagréable sentiment qu'il s'agissait là de quelque chose de bien plus grave, en vérité. Elle s'intima toutefois de ne pas céder à la panique, pour le bien de sa fille.

L'idée était de garder Amber sous surveillance toute la nuit afin de voir si la pénicilline aiderait à faire baisser sa température.

À onze heures du soir, l'état de santé de la fillette était suffisamment stable pour la mettre dans une chambre. Vissée à son téléphone, Tracy tenait Julian informé du moindre détail.

Elle ne quitta pas le chevet de sa fille de toute la nuit. Sa minuscule main nichée dans la sienne, elle ne cessait de prier pour que sa température continue de chuter. Lorsque ses yeux se fermaient malgré elle, elle posait la tête sur le rebord du lit jusqu'à être réveillée en sursaut par la toux douloureuse de sa fille.

– Ça va aller, ma chérie, susurrait-elle en lui frottant tendrement le dos.

Le lendemain matin, Julian prit la direction de l'hôpital dès qu'il eut déposé Hope à l'école.

– Alors, comment elle va ? dit-il en enlaçant sa femme.

Puis il tira une chaise près du lit. Amber était tellement mal qu'elle n'avait même pas la force d'esquisser un sourire pour son papa.

– Sa température n'a pas davantage baissé. Rien n'a changé, répondit Tracy d'une voix tremblotante, les yeux rougis par les larmes et la fatigue.

– Ne t'inquiète pas, ça va aller, tenta de la rassurer Julian.

Ils restèrent auprès d'Amber toute la journée, veillée entrecoupée de visites d'infirmières venant vérifier sa température ou encore lui administrer une nouvelle dose de paracétamol ou d'antibiotiques.

L'état de santé d'Amber n'empirait pas, mais il ne s'améliorait pas non plus. À vrai dire, personne ne savait quel était le problème.

Surtout, garde ton calme..., ne cessait de s'intimer Tracy. Elle n'avait pratiquement pas dit un mot à Julian de la journée, confinée dans sa détresse.

– Tu veux que je prenne le relais ? lui proposa son mari quand ce fut l'heure d'aller chercher Hope à l'école.

Il dut toutefois répéter sa question ; Tracy était perdue dans ses pensées.

– Trace ?

Julian commençait à se faire du souci pour sa femme, mais elle insista pour rester auprès d'Amber. Il était hors de question qu'elle rentre à la maison sans sa fille.

– Entendu. Je vais chercher Hope et je te rappelle tout à l'heure, murmura-t-il en lui déposant un baiser sur le front.

En fin d'après-midi, la température d'Amber se remit à grimper. Les craintes de Tracy suivaient le même chemin.

À dix-neuf heures, on éteignit les lumières dans les chambres, mais Tracy refusait que sa fille passe la nuit dans cet état.

– Sa température n'arrête pas d'augmenter, dit-elle à la première infirmière qu'elle trouva.

– On va la nébuliser une dernière fois pour calmer sa respiration, proposa l'infirmière, qui espérait que la chaleur de la machine liquéfierait suffisamment les sécrétions amassées dans les poumons d'Amber.

Mais cela ne changea strictement rien.

– Son état ne fait qu'empirer... Allez chercher un docteur ! lui intima Tracy d'une voix qu'elle dut maîtriser pour ne pas hurler.

Le médecin fut à son chevet dans les cinq minutes. Il ordonna à l'infirmière d'augmenter la dose d'antibiotiques et de la nébuliser toutes les heures.

À dix heures du soir, la respiration d'Amber était devenue sifflante. Son corps était rouge et trempé de sueur, et ses yeux ne cessaient de se révulser.

– Je veux avoir un autre avis. Tout de suite ! tonna Tracy, à bout de nerfs.

Sa ténacité paya, car quelques minutes plus tard, un médecin à l'air harassé débarqua des urgences.

Une chose était claire : quel que soit le virus qui était en train de s'en prendre à Amber, il la vidait de toute son énergie pour respirer.

– Il faut l'amener en soins intensifs.

Le médecin appela les infirmières, les barres du lit furent soulevées, les freins retirés, et Amber conduite vers l'unité où elle avait commencé sa vie.

Le monde de Julian s'arrêta de tourner quand il apprit la nouvelle. Si Amber était partie en soins intensifs, alors les choses étaient beaucoup plus graves que ce qu'il s'était imaginé. Il s'en voulait de penser ainsi, mais pour lui, la case suivante était la morgue, et il était terrorisé pour la vie de sa fille.

On administra à Amber une dose plus forte d'antibiotiques par intraveineuse et on lui mit un masque à oxygène. Elle était également toujours reliée à une poche d'eau sucrée, étant donné qu'elle était incapable d'avaler quoi que ce soit.

Le couple était profondément soulagé qu'Amber ait une infirmière pour veiller continuellement sur elle, désormais. Julian tenta de convaincre Tracy de rentrer à la maison – il n'y avait pas de quoi dormir pour les parents, en soins intensifs.

– Je veux rester, insista Tracy.

Elle attendrait dans le couloir si besoin, mais il était hors de question qu'elle parte d'ici avant d'être assurée qu'Amber ne courait plus aucun risque.

Sachant d'expérience qu'il était inutile de discuter, Julian se résolut à passer la nuit sans sa femme.

Tracy perdit le compte des cafés qu'elle but pendant les six heures qui suivirent. Son corps était sur le point de la lâcher, et son esprit bouillonnait des pires pensées. Elle se levait, longeait le couloir, puis retournait s'asseoir sur l'atroce chaise en plastique qui lui meurtrissait le dos.

Fou d'inquiétude lui aussi, Julian n'était pas plus capable de fermer l'œil. Toutes les deux heures, il envoyait un message à Tracy.

Rien de neuf. On ne sait toujours pas ce qu'elle a..., répondait-elle.

La situation était tout bonnement insupportable.

Le lendemain matin, Julian retourna à l'hôpital après avoir déposé Hope à l'école. Il avait apporté un sac plein de nourriture pour Tracy.

– Tiens, mange ça, dit-il en déposant une barre énergétique dans sa paume.

– Je serais incapable d'avaler quoi que ce soit, répondit-elle, la main sur le ventre.

Quelques minutes plus tard, le médecin qui avait décidé d'envoyer Amber en soins intensifs apparut avec son bloc-notes et leur demanda de venir avec lui. C'était un homme plutôt jeune avec des cheveux roux et une barbe naissante dont la longue nuit de travail était probablement à l'origine.

Julian et Tracy le fixaient d'un regard avide, impatients d'entendre son verdict – qu'il les sorte enfin de leur tourmente.

– Nous avons fait une radio, cette nuit, commença-t-il.

Ils continuaient de le dévisager, muets.

– Et nous avons découvert qu'Amber a une pneumonie dans le poumon droit.

Les secondes qui suivirent furent atrocement silencieuses. Jamais ne se seraient-ils attendus à cela.

Tracy plaqua une main devant sa bouche pour s'empêcher de dire quelque chose qu'elle ne pourrait que regretter ensuite.

– Une pneumonie ? répéta Julian, sous le choc. Comment est-ce qu'elle a attrapé ça ?

Le jeune médecin expliqua que ce n'était malheureusement pas surprenant, avec sa trachéotomie. Avoir une trachée ouverte vous rendait beaucoup plus vulnérable aux microbes.

Julian et Tracy se dévisagèrent, ne sachant quoi dire ni penser.

D'un côté, il y avait le soulagement de savoir exactement ce qu'il se passait. Ainsi, les médecins pouvaient traiter Amber de la meilleure manière qui soit. Mais par ailleurs, ils savaient également que la pneumonie pouvait s'avérer très dangereuse.

Le couple fut incapable de demander à quel stade la pneumonie en était. Ils savaient que la situation était suffisamment grave ; Amber n'aurait jamais été transférée en soins intensifs, sinon. *Parfois, mieux vaut faire l'autruche que d'en savoir trop*, jugèrent-ils.

Le médecin leur signala qu'ils pouvaient retourner au chevet d'Amber. Ils hochèrent piteusement la tête et échangèrent un long regard. Une fois le médecin parti, Julian prit la main de Tracy et la pressa doucement. Ils ne se dirent pas un mot, mais le message était clair. Ils traverseraient cette épreuve ensemble.

Les mauvais souvenirs leur revenaient par vagues tandis qu'ils rejoignaient l'unité de soins intensifs, longeant l'immense couloir aux lumières nues et aveuglantes. Ils se couvrirent les mains de désinfectant, prirent une profonde inspiration puis poussèrent la double porte.

Julian avait oublié le bruit insupportable qui régnait ici. Les machines qui bipaient, les lumières qui clignotaient, les médecins qui défilaient, les dizaines de lits remplis d'enfants malades… Son cœur se serra aussitôt dans sa poitrine.

Le lit d'Amber avait été installé dans un coin de la pièce. La fillette faisait peur à voir. Sa peau avait contracté une teinte cendrée, et sa frange blonde maculée de sueur était plaquée à son front. Elle semblait à la fois épuisée et désemparée.

Quant à son souffle, on aurait dit celui d'un vieillard sur son lit de mort.

– Nous sommes là, Amber, murmura Julian en touchant son bras, qui était bouillant.

Il y avait beaucoup d'agitation à côté d'elle. Un petit garçon ayant tout juste subi une opération à cœur ouvert venait d'être transféré dans l'unité.

– Bon Dieu..., marmonna Julian en détournant les yeux.

Le spectacle de tous ces pauvres enfants était tellement désolant qu'il en avait la nausée.

Tout se déroulait bien trop vite autour d'eux. Avant même qu'ils ne puissent s'en rendre compte, le médecin était en train d'examiner Amber. Il hocha la tête, comme plongé en pleine conversation avec lui-même, puis se tourna vers Julian et Tracy.

– Ses poumons sont beaucoup trop sollicités ; nous allons la laisser se reposer un peu. Comme ça, elle pourra reprendre des forces pour surmonter la pneumonie, expliqua-t-il.

– D'accord..., hoquetèrent les parents, sans vraiment saisir ce que le médecin voulait dire.

Ils avaient l'impression d'être de retour trois ans en arrière, empêtrés dans un jargon médical auquel ils ne comprenaient rien.

L'infirmière, qui avait deviné leur perplexité, s'approcha pour éclaircir les choses.

– Vous avez compris ce qu'il voulait dire ? demanda-t-elle d'une voix douce.

Julian et Tracy se dévisagèrent, perdus.

– Euh… oui, je crois, marmonnèrent-ils, pas vraiment convaincus.

La femme leur expliqua alors qu'ils allaient remettre Amber sous ventilateur. Julian et Tracy avaient en effet bien compris le médecin, mais la réalité de la situation ne leur apparut que maintenant qu'on leur disait les choses bien clairement.

– Mon Dieu… non, souffla Tracy.

Qu'une machine respire à la place d'Amber était leur plus grande crainte. Ils étaient terrorisés à l'idée qu'une fois assistée par le ventilateur, elle ne puisse plus jamais s'en défaire.

Amber avait fait tout ce chemin pour revenir à la case départ. Julian et Tracy étaient tout simplement dévastés.

Comme si la situation n'était pas assez critique comme cela, les machines à côté d'eux se mirent à rugir. Le cœur du petit garçon était en train de s'arrêter.

Une armée de médecins et d'infirmières débarqua. Ils tirèrent les rideaux autour du lit et demandèrent à tout le monde de quitter la pièce.

Tous les parents furent guidés vers la salle « famille ». L'atmosphère était tellement lourde qu'on aurait pu la trancher au couteau. Personne ne savait vraiment où regarder, chacun se sentant terriblement peiné pour le pauvre garçon tout en ayant pleinement conscience de la gravité de sa propre situation.

C'était ce qui ne cessait de ronger Julian depuis qu'il avait mis les pieds dans ce service.

Cette panique soudaine n'aide en rien à relativiser, songea-t-il en fermant les yeux. Il aurait payé cher pour que sa famille soit loin d'ici, à cet instant précis.

Ils n'eurent heureusement pas à attendre bien longtemps. Les médecins parvinrent à stabiliser l'état du garçon, et Julian et Tracy purent retourner au chevet d'Amber. Les rideaux étaient toujours tirés autour du lit adjacent à celui de leur fille, afin de donner un peu d'intimité à la famille du petit.

Le médecin approcha pour mettre Amber sous ventilateur ; l'angoisse du couple atteignait désormais son paroxysme.

« Mettre sous ventilateur » sonnait douloureusement comme un euphémisme, pour Julian. *Ils vont la faire arrêter de respirer pour qu'une machine le fasse à sa place*, songea-t-il, désemparé.

Il serrait les poings si fort que les jointures de ses doigts en étaient blanches.

– Ne vous inquiétez pas, la machine prendra automatiquement le relais, tenta de les rassurer l'infirmière.

Ils devaient d'abord endormir Amber pour s'assurer qu'elle ne bouge pas lorsqu'on la relierait au ventilateur.

Julian et Tracy se tenaient immobiles au pied du lit, les yeux fixés sur la poitrine d'Amber qui se soulevait péniblement.

Alors, sa respiration ralentit, ralentit encore... pour enfin s'arrêter.

Malgré le bruit qui régnait dans la pièce, le couple aurait pu entendre une mouche voler, à cet instant précis. Leurs yeux et leurs oreilles étaient vissés à leur fille.

La machine se mit alors en route dans un claquement sonore, et la poitrine d'Amber se souleva.

Julian et Tracy lâchèrent en chœur le souffle qu'ils retenaient depuis plusieurs secondes déjà.

– Dieu merci..., murmura Julian.

La différence leur sauta aux yeux immédiatement : Amber semblait respirer paisiblement, comme si on venait de la recouvrir d'un voile de sérénité.

Julian sortit un moment prendre sa propre dose d'oxygène. Il prit son téléphone portable dans sa poche et parcourut ses contacts jusqu'à dénicher le numéro de Debbie.

Il était hors de question qu'il laisse Amber et Tracy seules, désormais. Il demanda donc à sa belle-sœur si elle pouvait s'occuper de Hope pour la nuit.

Debs se proposa aussitôt de passer à l'hôpital, mais Julian l'en dissuada : elle ne pouvait rien faire pour le moment ; Amber était endormie, et il ne restait plus qu'à espérer que les nouveaux antibiotiques fassent retomber la fièvre.

OK. Je récupère Hope à l'école. Tenez-moi au courant, répondit-elle.

Julian prit une longue goulée d'air avant d'enfoncer les mains dans ses poches et de retourner à l'intérieur, le cœur de nouveau serré.

L'état d'Amber demeura stable durant les heures qui suivirent. Le bruit de la pompe du ventilateur comblait les longs silences qui pesaient entre Julian et Tracy. Ils étaient l'un comme l'autre trop fatigués pour lancer un quelconque sujet de conversation, et trop inquiets de dire quelque chose qui puisse entamer leur moral déjà bien bas. De temps à autre, Julian venait presser la main de sa femme. Elle s'arrachait alors un sourire et essuyait ses larmes.

Il n'était pas loin de onze heures du soir quand l'infirmière s'approcha du couple pour leur suggérer d'aller prendre un peu de repos.

– Il n'y a rien que vous puissiez faire, ici, leur dit-elle. Amber est sous sédatif, et le ventilateur fait son travail. Rentrez vous reposer. Nous vous appellerons s'il se passe quoi que ce soit, ajouta-t-elle.

Julian ne pouvait que lui donner raison : un peu de sommeil ne leur ferait pas de mal, et ils n'étaient qu'à vingt minutes, s'ils devaient revenir en urgence. Quant à Tracy, elle était clairement sur les rotules.

– Allez, viens, ma chérie, lui dit-il en l'arrachant presque à sa chaise.

Naturellement, ni l'un ni l'autre ne parvint à fermer l'œil de la nuit, mais ils purent tout du moins se reposer un peu. Tracy se roula en boule sous la couverture et fixa d'un regard vide sa table de chevet. Cela faisait longtemps qu'elle ne s'était pas recueillie auprès du petit ange, mais il était toujours là, à veiller sur eux. Tracy n'était pas particulièrement portée sur la religion, mais cette nuit-là, elle pria pour sa petite fille.

Elle repensa à tout ce que les jumelles avaient traversé, tous les obstacles qu'elles avaient surmontés. Elle se retrouva à songer au refuge et à Shocks.

– Shocks…, murmura-t-elle alors.

Et là, elle vit comme une lueur d'espoir dans les ténèbres.

25

Shocks à la rescousse

Hôpital pour enfants de Birmingham, février 2014

Tracy avait eu une idée. Si Shocks avait déjà guéri Amber, ne le pourrait-il pas une nouvelle fois ?

Elle ressassa cette idée toute la nuit et, le lendemain, de retour à l'hôpital, elle se tourna vers son mari d'un air déterminé.

– Oh… Je connais cet air, commenta Julian avec une grimace méfiante.

Ils étaient assis côte à côte, au chevet d'Amber. L'état de leur fille n'avait pas empiré, mais il ne s'était pas amélioré non plus. Tracy savait qu'il fallait faire quelque chose.

– Tu pourrais aller prendre quelques photos de Shocks au refuge ? lança-t-elle alors.

Julian s'était attendu à tout sauf à ça.

– S'il ne vient pas naturellement à toi, parle-lui. Ça devrait suffire, poursuivit-elle tout en ignorant son expression de surprise.

– Attends, tu es sérieuse ? rit-il.

– Fais-moi confiance, tu veux ? Je suis sûre que voir Shocks ne peut qu'accélérer sa guérison, souffla-t-elle en lui tapotant la cuisse.

N'étant pas un grand fan du monde animal, Julian avait du mal à croire qu'un âne puisse avoir un tel pouvoir sur la santé d'Amber, mais quelque part au fond de son cœur, il savait que Tracy avait raison.

Après tout, Shocks avait déjà guéri Amber une fois.

– Bon, à tout à l'heure, soupira-t-il en se levant.

Dès qu'il pénétra la beauté boisée de Sutton Park, il dut admettre que cela n'était pas désagréable de quitter pour un temps l'atmosphère pesante de l'hôpital. Il comprenait enfin ce que Tracy voulait dire, quand elle parlait d'une oasis d'air pur.

Il baissa la vitre et en prit une longue goulée.

Il se gara devant une poignée de regards curieux – Julian n'était jamais venu seul jusqu'ici.

– Est-ce que tout va bien ? s'inquiéta aussitôt Big Amber en lisant la gravité sur ses traits.

Julian dut prendre sur lui pour ne pas pleurer tandis qu'il expliquait à toute l'équipe, qui s'était regroupée autour de lui, qu'Amber avait contracté une pneumonie. Qu'elle était de nouveau sous ventilateur. Et qu'il avait besoin de toute l'aide possible. Il leur confia alors l'idée qu'avait eue Tracy.

– Mais c'est une excellente idée ! s'exclamèrent-ils tous en chœur, partageant visiblement l'enthousiasme de sa femme.

– Il est dans l'enclos, ajouta Andy, qui se proposa d'accompagner Julian.

Par chance, Shocks broutait tranquillement non loin de la barrière.

– Vous voulez que j'aille le chercher ?

Julian déclina la proposition, mal à l'aise à l'idée de perturber davantage la vie du refuge. Sentant que le pauvre papa avait besoin d'être seul un moment, Andy s'écarta discrètement.

Julian sortit son téléphone portable et se mit à photographier Shocks en train de brouter. Malheureusement, les clichés ne donnaient pas grand-chose, étant donné que l'animal gardait obstinément le museau baissé. Julian avança encore un peu le long de la barrière en espérant obtenir un meilleur angle, mais Shocks était un chouïa trop loin, désormais.

Il poussa un soupir de frustration. Il n'avait aucune envie de déranger l'équipe, d'autant plus qu'ils étaient en train de se préparer pour les cours d'équitation.

Les paroles de Tracy lui revinrent alors en mémoire : *S'il ne vient pas naturellement à toi, parle-lui.*

Julian secoua la tête d'un air amusé. Il n'arrivait pas à croire qu'il s'apprêtait à avoir une discussion avec un animal. Et pourtant…

– Shocks, appela-t-il.

Aucune réaction. Même si Shocks était devenu beaucoup plus sociable, il n'était toujours pas à l'aise en compagnie des hommes.

Julian s'éclaircit la gorge avant de retenter une dernière fois sa chance.

– J'ai besoin de ton aide, Shocks. Amber est à l'hôpital, et je sais que tu lui manques. J'aimerais prendre une photo de toi pour pouvoir lui montrer.

Il s'appuya sur la barrière, soudain submergé par l'émotion.

– J'ignore totalement si ça lui permettra de s'en sortir, mais j'ai vraiment besoin de ton aide, mon grand. Amber a besoin de toi, poursuivit-il, la voix rauque. Je t'en supplie… Approche-toi.

Shocks tourna alors la tête et l'observa de côté.

– Ah ! tu m'écoutes, s'emballa Julian, encouragé par la réaction de l'animal. Allez, viens, mon grand. C'est pour *Amber.*

Il lui faisait doucement signe d'approcher sans cesser de répéter le nom de sa fille, dans l'espoir que l'âne comprenne.

Shocks termina de mâchonner les derniers bouts d'herbe qui lui restaient dans la bouche... puis se mit à avancer vers Julian.

– C'est bien, Shocks. Allez, encore un peu...

Julian aurait voulu bondir de joie, à cet instant, mais il se réfréna, de peur de faire fuir le pauvre animal. Il se contenta donc de mitrailler l'ami de sa fille à la manière d'un paparazzi, obtenant entre autres d'adorables clichés de sa grosse tête pelucheuse.

– Amber va être aux anges, murmura-t-il, un grand sourire aux lèvres.

Il s'interrompit alors un instant en prenant conscience de l'énormité de ce qu'il venait de se passer. Shocks avait fait un geste vers lui au moment où il en avait eu le plus besoin.

– Merci, souffla-t-il, le cœur débordant de gratitude.

Comme il l'avait fait avec Amber, Shocks dut percevoir sa peine car il s'approcha encore afin que Julian puisse le caresser.

C'était la première fois que ces deux-là établissaient un quelconque contact physique, et Julian se sentit envahi par les larmes, incrédule.

Il s'en voulait d'être aussi sensible, mais, sur le chemin de la voiture, il se rendit compte qu'il voyait les choses plus positivement qu'avant. C'était comme si on lui avait enlevé un poids des épaules. Shocks était-il à l'origine de ce changement ?

Julian glissa la tête dans le manège pour saluer l'équipe.

– Embrassez Amber pour nous ! crièrent Andy et Big Amber, de l'autre côté du circuit.

Julian leva le pouce et s'en alla. Il n'aurait jamais imaginé apprécier cette visite à ce point. Non seulement cela lui avait permis de se défaire de la pression ambiante de l'unité de soins intensifs, mais il se demandait également s'il ne venait pas de se faire un nouvel ami...

– Alors, c'est bon ? Tu les as ? le pressa Tracy dès qu'elle le vit réapparaître à l'hôpital.

– Je les ai, répondit-il, tout sourire, en brandissant son téléphone comme s'il s'agissait d'une médaille olympique.

– Dieu merci..., soupira Tracy, une main sur le cœur. Je t'avoue que je n'étais pas tranquille à l'idée de t'avoir envoyé là-bas tout seul. J'avais peur que Shocks refuse de jouer le jeu.

Mais en faisant défiler les photos sur l'écran, Tracy remarqua très vite que l'âne s'était montré particulièrement coopératif.

– Ah non, interdiction de pleurer ! la taquina Julian, qui voyait bien l'effet que l'animal produisait sur sa femme.

Il décida alors de changer de sujet.

– Comment ça s'est passé, durant mon absence ? demanda-t-il en prenant la main inerte de sa fille.

– C'est toujours pareil, répondit Tracy, les lèvres plissées par l'angoisse.

Même si Amber était sous sédatif et paraissait profondément endormie, Julian et Tracy étaient convaincus que lui parler ne pouvait que l'aider. Ils décidèrent donc de se lancer.

– J'ai vu Shocks, aujourd'hui, ma puce, commença Julian. Tu lui manques beaucoup, tu sais, et il a hâte que tu sois rétablie pour retourner le voir !

– Oui, on pourra aller lui rendre visite dès que tu iras mieux, renchérit Tracy, priant pour que cette perspective booste la guérison d'Amber.

Le couple continua à discuter au chevet de leur fille durant le reste de l'après-midi. De temps à autre, Julian sortait prendre l'air, observant le ballet des ambulances, jusqu'à ce qu'une nouvelle bourrasque glaciale ne le pousse à retrouver les couloirs surchauffés de l'hôpital. Chaque fois qu'il rentrait dans le bâtiment, les souvenirs douloureux de la naissance des jumelles le submergeaient.

Shocks n'était jamais bien loin de leur esprit, ni de leur conversation, et étonnamment l'ami d'Amber était comme un rayon de soleil dans la tourmente. Grâce à lui, Julian et Tracy parvenaient à rester positifs malgré la situation.

L'âne fut d'ailleurs rappelé à leur esprit quand le couple eut droit à une visite-surprise, en début de soirée.

Seules deux personnes étant tolérées au chevet du malade en soins intensifs, Julian sortit dans le couloir pour accueillir leur visiteur.

C'était Big Amber.

– J'espère que vous ne m'en voulez pas d'être venue, mais je ne pouvais pas supporter l'idée de savoir Amber ici sans passer lui faire un petit coucou, dit-elle avec un sourire. Elle fait partie de la famille, maintenant, ajouta-t-elle, un sac rempli de cadeaux à la main.

Julian était trop ému pour pouvoir même parler.

– Julian, ça va ? s'inquiéta Amber tout en cherchant son regard fuyant.

– Oui, oui, bredouilla-t-il en secouant la tête pour s'éclaircir les idées. Je vous en prie, allez-y. Je vais rester ici.

Big Amber lui pressa tendrement le bras puis passa la double porte menant aux soins intensifs, son sac de cadeaux se balançant à son bras.

Tracy fut folle de joie lorsqu'elle découvrit son amie. Big Amber écarta les bras et la serra contre elle. Tracy s'enivra de son étreinte. Comme tout cela lui avait manqué : le refuge, Shocks, ses amis !

– Comment va-t-elle ? demanda Big Amber en observant la petite silhouette allongée dans le lit.

– Son état est stable, répondit Tracy avec un soupir désemparé.

La monitrice plongea alors la main dans son sac et en sortit un cadeau.

– On s'est dit que Shocks devait lui manquer. Alors on a trouvé un ami de substitution, en attendant…

Elle brandissait un adorable petit âne en crochet.

– Oh, c'est trop beau…, souffla Tracy en essuyant ses larmes.

Ils n'auraient pas pu lui faire plus beau cadeau. À l'image des photos, la peluche serait un rappel constant de Shocks, et Tracy croyait plus que jamais que l'animal serait la clef du rétablissement de sa fille.

Big Amber replongea la main dans son sac et en sortit un cadeau pour Tracy, cette fois : une boîte de chocolats.

– Pour garder la pêche, dit-elle avec un clin d'œil.

Malheureusement, Big Amber dut partir assez vite, ne faisant pas partie de la famille, mais sa visite donna un véritable coup de fouet aux Austwick. Le couple passa une nouvelle nuit blanche, mais étonnamment, celle-ci fut beaucoup moins angoissante. Tracy aurait été incapable de s'expliquer comment ni pourquoi, mais elle sentait que la situation allait bientôt s'arranger.

Et elle avait raison. Le lendemain matin, le jeune docteur aux cheveux roux leur annonça la bonne nouvelle : la température d'Amber avait si bien chuté durant la nuit qu'ils allaient pouvoir retirer le ventilateur.

– Elle va se remettre très vite, ne vous inquiétez pas, les rassura-t-il, son sourire illuminant son grand visage envahi de taches de rousseur.

– Dieu merci…, soupirèrent Julian et Tracy.

Mais pour cela, le couple devrait revivre l'horreur de regarder le ventilateur s'arrêter… et Amber prendre le relais. C'était exactement le processus inverse de ce qu'ils avaient vécu quarante-huit heures plus tôt. Mais cette fois, ils savaient qu'Amber allait mieux. Ils avaient au moins cet espoir auquel se raccrocher. Tracy s'empara du petit âne en crochet posé sur le chevet de sa fille et rejoignit Julian au pied du lit, la peluche serrée dans son poing.

– Tout va bien se passer, les rassura l'infirmière avec un sourire confiant.

La familiarité de cette situation était insupportable. Le couple avait une terrible impression de déjà-vu, ou peut-être aurait-il été plus adéquat de parler de cauchemar récurrent.

Le bruit de pompe du ventilateur se tut peu à peu.

Julian prit la main de Tracy.

Le silence s'étira.

Julian serra fort les doigts de sa femme.

Et enfin, la poitrine de la petite Amber se souleva.

Son souffle était encore rauque, mais rien à voir avec ce qu'il avait été deux jours plus tôt. Et Amber pouvait enfin respirer par elle-même : c'était tout ce qui comptait.

– Dieu merci…, soupirèrent-ils une nouvelle fois, au bord des larmes.

L'effet du sédatif mit un certain temps à s'estomper. Il faisait nuit noire et particulièrement froid, dehors, quand Amber reprit connaissance.

Ses parents étaient tous les deux penchés au-dessus d'elle, chacun d'un côté du lit.

– Amber, tu nous entends ? murmura Julian en la regardant remuer.

Amber pinça les lèvres pour former une grimace, comme si elle venait de mordre dans quelque chose d'amer.

– On t'aime, ma chérie, susurra Tracy, des larmes plein les yeux.

Ils surent alors qu'elle les entendait, car les coins de sa minuscule bouche s'étirèrent en un joli sourire.

– Tu nous as fait une sacrée frayeur, tu sais…, poursuivit Julian, impatient de rattraper le temps perdu.

Amber écouta alors, haletante, ses parents lui raconter l'épisode des photos. Julian lui confia que son meilleur ami s'était même approché pour venir se faire caresser.

– Il t'attend, ma puce, ajouta-t-il en lui montrant le portrait de l'âne.

Amber avait à peine la force d'ouvrir les yeux, mais ces précieuses secondes durant lesquelles elle vit son ami lui arrachèrent un nouveau sourire comblé.

26

De nouveau sur pied

Hôpital pour enfants de Birmingham, février 2014

Amber était décidément une vraie battante. En effet, elle récupéra aussi vite qu'elle avait sombré. Une fois résolue à s'en sortir, rien ne pouvait l'arrêter.

Lorsqu'ils la rejoignirent le lendemain matin, Julian et Tracy la découvrirent tranquillement installée devant la télé que les infirmières avaient apportée rien que pour elle, la main plongée dans un paquet de Monster Munch.

– Eh ben, on dirait que ça va beaucoup mieux ! ricana Julian.

Amber accueillit ses parents avec un sourire radieux. Ils lui avaient clairement manqué.

Elle leva sa petite paume pour leur taper dans la main.

– Comment tu te sens, ce matin ? s'enquit Tracy en embrassant sa fillette.

Amber ne pourrait remettre sa valve de phonation qu'une fois la pneumonie totalement éradiquée, mais cela ne l'empêchait aucunement de communiquer.

Elle dressa les mains au-dessus de sa tête pour imiter les oreilles d'âne.

– Tu m'as entendu parler de Shocks ? demanda Julian.

Amber hocha énergiquement la tête.

Ils se tirèrent alors chacun une chaise, prêts à lui raconter de nouveau l'histoire.

– Je suis donc allé voir Shocks, hier..., commença Julian, sachant qu'il ne devrait omettre aucun détail. Je lui ai dit que tu n'allais pas très bien.

L'expression d'Amber s'assombrit aussitôt.

– Mais dès que tu seras guérie, tu pourras aller le voir, lui promit Tracy.

Amber se mit à entrechoquer ses petits poings, comme elle aimait à le faire lorsqu'ils s'apprêtaient à aller au refuge.

Julian lui montra fièrement une nouvelle fois les photos qu'il avait prises. Les yeux d'Amber s'écarquillèrent de bonheur, et elle s'empara du téléphone de son père pour mieux voir son ami.

– Je t'aime, Shocky, articula-t-elle avant d'embrasser l'écran devant le regard attendri de ses parents.

L'état d'Amber s'améliorait d'heure en heure. Les antibiotiques combinés à sa détermination à rentrer chez elle et à revoir Shocks tenaient du cocktail miraculeux.

Les infirmières fondaient toutes devant la petite. Elles lui avaient même confectionné une couronne rose en papier, pour aller avec son petit haut « I LOVE NY », et avaient attaché des ballons à son lit.

Évidemment, elles n'avaient pas manqué d'écrire *Princesse Amber* sur la couronne...

La fillette souriait constamment.

Son état s'était à tel point amélioré que le soir même, les médecins décidèrent de lui faire quitter l'unité de soins intensifs afin de libérer une place en cas d'urgence.

Tandis qu'elle s'apprêtait à regagner sa chambre, les médecins et les infirmières se rassemblèrent à la porte pour lui dire au revoir. Tranquillement assise sur son lit avec sa couronne en papier sur la tête, Amber se laissa guider tout en saluant l'assemblée. Quand elle se retourna, tout le service la regardait.

On aurait dit une véritable reine.

Julian et Tracy ne savaient que faire de toute cette attention, et ils se sentaient également gênés à l'égard de tous ces enfants malades qu'ils laissaient derrière eux.

– Salut, Amber ! En espérant ne jamais te revoir ! lancèrent les infirmières en souriant.

Les Austwick furent profondément touchés par ce témoignage d'affection. Et même s'ils ne savaient plus où se mettre, ils ne pouvaient s'empêcher d'être amusés par la situation. Julian sortit même son appareil photo pour immortaliser le transfert de « Princesse Amber ».

Le couple suivit donc le « cortège royal », les bras chargés des cadeaux de leur fille, un sourire timide aux lèvres.

Amber devait encore attendre l'aval des médecins pour pouvoir rentrer à la maison. Cela faisait dix jours qu'elle était hospitalisée quand ils déclarèrent qu'elle ne courait plus aucun risque.

La petite n'avait pas vu une seule fois sa sœur, durant tout ce temps. Julian récupéra donc Hope à l'école avant d'aller chercher Amber à l'hôpital.

Hope trépignait d'impatience à l'idée de revoir Amber. Dans la voiture, elle n'arrêtait pas de demander si sa sœur allait mieux.

– Elle a très hâte de te revoir, Hopey, la rassura Julian.

À leur arrivée, ils découvrirent une Amber en pleine forme en train d'arpenter les couloirs de l'hôpital, un sourire espiègle au visage et une maman débordée qui lui courait après.

– Regarde qui est venu te chercher ! s'exclama Julian.

Hope lâcha la main de son père et se rua vers sa sœur en criant son prénom, les bras grands ouverts.

Sa joie était évidemment partagée, et Amber la serra fort dans ses bras. On aurait cru voir une scène de film où deux anciens amis se retrouvent après des années de séparation.

Elles s'enlacèrent un long moment, la tête posée sur l'épaule de l'autre. Julian en profita pour prendre quelques photos à glisser dans l'album familial.

– Tu m'as manqué ! ne cessait de répéter Hope. Tu rentres à la maison ?

Amber opina du chef, et les deux fillettes rejoignirent leurs parents main dans la main avec un regard qui voulait clairement dire : « On peut rentrer, maintenant ? »

Julian avait pris toute une armée de vêtements pour couvrir sa fille, qu'il s'empressa de transformer en petit Esquimau – il était évidemment hors de question qu'elle attrape froid.

– On la devine à peine, sous toutes ces couches, s'amusa Tracy.

Une écharpe masquait la moitié de son visage, si bien qu'on ne voyait que ses grands yeux bleus.

– Allez, on rentre à la maison, déclara Julian.

Il avait tellement attendu de pouvoir prononcer ces mots…

De retour à la maison, le couple prit toutes les précautions possibles pour éviter une nouvelle contamination. Tracy aspergea de désinfectant la moindre surface, se lava les mains avant chaque aspiration et se mit même à nettoyer les poignées de porte.

Pour rien au monde ils n'auraient voulu revivre ces derniers jours. Ils ne pouvaient évidemment pas empêcher Amber de retomber malade, mais ils ressentaient le besoin irrépressible de contrôler un tant soit peu la situation.

Ce n'est qu'une fois installés tous les quatre devant la télé, ce soir-là, qu'ils prirent enfin conscience de l'énormité de ce qu'ils venaient de traverser.

– On pense que tout va bien, on se croit enfin sortis d'affaire, et c'est là que le drame frappe…, soupira Julian.

Tracy, elle, était résolue à ne pas se laisser abattre.

– Je sais, mais regarde à quelle vitesse elle s'est rétablie. On a eu de la chance, au final, répondit-elle tendrement.

Julian se contenta de hocher la tête. Il savait que sa femme était dans le vrai, et ils n'auraient jamais été aussi loin si elle ne l'avait pas poussé à aller de l'avant. Mais ce soir, il voulait simplement profiter de sa famille et oublier tous ses soucis.

Ils attendirent deux bons mois avant d'envisager de remettre Amber à l'école. Ils voulaient que son système immunitaire soit solide comme un roc avant de la laisser jouer avec d'autres enfants pleins de microbes.

Ils étaient toutefois bien conscients qu'ils ne pouvaient pas la garder dans une bulle de coton à vie, et ils savaient que les microbes aideraient son système immunitaire à se renforcer.

Comme à son habitude, Julian avait beaucoup plus de mal que Tracy à accepter de lâcher prise.

Celle-ci décida donc de planifier une sortie au refuge, histoire de confronter Amber à l'extérieur en douceur. Mais Julian n'était pas franchement partant.

– Tu es sûre, Trace ? Il fait un froid de canard, dehors, commenta-t-il en désignant le ciel gris et menaçant.

– Il n'a jamais été question de sortir tout nus ! rétorqua Tracy en bondissant du canapé.

Shocks manquait à Amber, et elle était persuadée que la petite lui manquait, à lui aussi. Cela faisait deux mois que les amis ne s'étaient pas vus. La fillette avait évidemment accès illimité aux photos de son âne, et elle avait reçu plusieurs cartes postales du refuge, toutes signées « Gros bisous de la part de Shocks ». Les cartes étaient toutes fièrement exhibées sur sa table de nuit.

Tracy s'empressa d'aller annoncer la bonne nouvelle à Amber, qui se mit à galoper de joie à travers tout le salon.

– Je veux mettre une robe ! déclara-t-elle, maintenant qu'elle avait récupéré sa valve.

– Le contraire m'aurait étonnée…, s'amusa Tracy.

Julian n'était toutefois pas de cet avis. Il était hors de question que sa fille porte une robe par un temps pareil alors qu'elle venait tout juste de se remettre d'une pneumonie. Mais Amber s'était déjà précipitée dans sa chambre pour sélectionner ses plus beaux atours.

Tracy assura à Julian qu'elle serait bien couverte, mais elle ne se sentait pas le cœur à refuser ce plaisir à Amber. En plus du fait qu'il s'agissait là d'un véritable rituel pour elle, cela faisait des mois que la petite n'avait pas vu son ami, et elle serait peinée de ne pas pouvoir se faire toute belle pour l'occasion.

Amber se choisit une robe bleue sur laquelle figurait la princesse Elsa, de *La Reine des neiges*. Tracy l'accessoirisa d'un collant violet, de bottes roses, d'une grosse polaire et de deux écharpes.

– Parée à toute intrusion de microbes ! annonça Tracy lorsqu'elles eurent rejoint Julian.

– OK, OK…, céda-t-il avec un sourire.

La famille partit au petit trot à la voiture. Julian devait admettre que la prévision d'une sortie n'avait rien de bien désagréable.

Amber connaissait le chemin par cœur, et lorsqu'ils pénétrèrent l'espace boisé de Sutton Park et franchirent les passages canadiens, elle ne tenait plus en place.

Hope avait beau lui intimer de faire moins de bruit, un doigt plaqué devant sa bouche, rien ne pouvait calmer sa sœur.

– Shocks ! Shocks ! Shocks ! claironnait-elle.

La fillette qui, à une époque, ne pouvait parler hurlait désormais son bonheur de retrouver bientôt son meilleur ami.

Dès qu'ils furent garés et détachés, Amber bondit de la

voiture et fila en direction de l'enclos. Elle ne s'arrêta pour saluer ni l'équipe ni les autres ânes. Amber voulait voir Shocks, et seulement Shocks.

Julian était armé de son appareil photo pour immortaliser les retrouvailles. Même s'ils l'avaient déjà vue maintes fois de leurs propres yeux, la réaction de Shocks lorsqu'il découvrait Amber les sidérait toujours autant.

Dès qu'il la vit, l'animal se dirigea vers la barrière.

Andy les repéra lui aussi et leur fit de grands signes.

– Alors ça, pour une surprise ! s'écria-t-il.

À cet instant précis, quelque chose de purement magique se produisit.

Shocks était tellement heureux de retrouver Amber qu'il lâcha son premier braiment.

Andy se mit à secouer la tête d'un air incrédule puis partit chercher ses collègues au pas de course, volant littéralement par-dessus la barrière.

Entre-temps, Julian avait pris Amber dans ses bras afin qu'elle puisse être au même niveau que Shocks. Tracy se tenait légèrement en arrière, la main de Hope dans la sienne.

Shocks laissa échapper un nouveau braiment, tellement sonore qu'Amber se couvrit les oreilles.

L'animal attendait patiemment ses caresses, qui ne tardèrent évidemment pas à venir. Amber tapota d'abord la petite crête qui se dressait entre ses oreilles, puis se mit à caresser son museau. Cela sautait aux yeux que ces deux-là s'étaient terriblement manqué…

– Je t'aime, Shocky, dit-elle tandis que Julian la reposait par terre.

Elle fit alors volte-face et s'agrippa à la jambe de son père.

– Je t'aime, papa, déclara-t-elle avec un sourire radieux.

– Nous aussi, on t'aime très fort, répondit Julian, le cœur serré par l'émotion.

Puis il se tourna vers l'âne qui attendait tranquillement derrière la barrière.

– Et toi aussi, on t'aime, Shocks. Pour tout ce que tu as fait pour Amber, murmura-t-il.

Shocks observa la petite famille alignée devant lui et laissa échapper un gros éternuement en guise de réponse.

Les Trois Mousquetaires – Zebedee, Mackenzie et King – débarquèrent soudain, se demandant très probablement ce qui pouvait bien provoquer tout ce vacarme. Zebedee marcha alors d'un pas confiant vers Amber, agrippée à la barrière.

Il fut un temps où Shocks se serait pétrifié sur place devant le leader tant redouté du groupe, mais il s'agissait là d'une époque révolue. Il observa d'un œil méfiant l'âne blanc s'approcher de plus en plus, avant de le gratifier d'un regard clairement dissuasif.

Zebedee décida toutefois d'ignorer l'avertissement de Shocks et poursuivit effrontément son chemin. Il n'était qu'à quelques centimètres d'Amber quand Shocks se tourna vers lui, plissa les lèvres d'un air agacé et mordit Zebedee au niveau du cou.

« Tu l'as bien cherché », semblait-il vouloir dire tout en remuant la queue.

Zebedee était tellement surpris par la nouvelle assurance de son congénère qu'il trébucha et manqua de s'emmêler les pinceaux. Puis il lança un regard haineux à Shocks, les oreilles plaquées en arrière.

– Ça suffit, les garçons ! intervint Andy en endossant une fois de plus le rôle du professeur en pleine cour de récréation.

Il avait assisté à la scène en rejoignant la famille. Amber, elle, n'était pas le moins du monde contrariée par ce qu'il venait de se passer. En vérité, elle semblait plutôt en être amusée.

– Espèce de chipie, va ! la taquina Andy en s'accroupissant devant elle pour la serrer dans ses bras.

– Moi aussi ! pépia Hope en courant vers lui pour avoir droit à son câlin.

Les filles étaient tellement heureuses de le revoir que le pauvre Andy eut du mal à se relever. Et ce fut avec une jumelle agrippée à chacune de ses jambes qu'il dut expliquer aux Austwick que le geste de Shocks n'était en rien exceptionnel. En effet, l'animal avait tellement gagné en assurance ces derniers temps que cela avait causé une véritable restructuration de la hiérarchie, parmi les bêtes.

– Il est passé de la vingt et unième place à la neuvième, je dirais, déclara-t-il fièrement. Il n'attend plus qu'on lui jette des carottes, désormais. Il fait partie du peloton de tête, au petit-déjeuner, et gare à ceux qui veulent lui passer devant !

Mais Andy dut vite rassurer les Austwick : Shocks ne s'était pas transformé en petit voyou. Il était d'ailleurs resté très fidèle à ses amis d'origine, Jacko et Rambo. Il avait simplement gagné en confiance, et c'était tout ce qu'ils avaient jamais souhaité pour lui.

Il suggéra alors à la petite famille d'aller voir le reste de l'équipe, car il savait que quelqu'un en particulier serait plus que ravie de voir Amber de nouveau sur pied.

Big Amber était cachée derrière une montagne de paperasse, dans son bureau. C'était le souci, avec les ânes : ils demandaient tellement de temps que l'équipe n'avait pas d'autre choix que de négliger le côté administratif, accumulant le retard.

Elle leva les yeux de sa pile quand la porte s'ouvrit et, une seconde plus tard, elle bondissait de sa chaise en s'écriant de joie.

Big Amber prit Little Amber dans ses bras et lui confia à quel point elle lui avait manqué.

– Comment tu t'appelles ? lança la fillette, une lueur espiègle dans les yeux.

– Oh non, pas ça ! se lamenta Julian en éclatant de rire.

Big Amber leur proposa d'aller chercher de quoi manger et de s'installer sur l'une des tables de pique-nique disposées au niveau de l'aire de jeux, qu'Amber et Hope ne tardèrent pas à investir.

La monitrice, qui ne cessait de tapoter la table d'une main nerveuse, semblait vraisemblablement ailleurs. Julian et Tracy attendirent patiemment qu'elle livre ce qu'elle avait sur le cœur.

– Vous ne devinerez jamais ce que j'ai fait…, lâcha-t-elle soudain.

Le couple se dévisagea avant de poser un regard perdu sur Amber.

– J'ai inscrit Shocks aux Animal Hero Awards, déclara-t-elle.

Une fois lancée, plus rien ne pouvait l'arrêter.

– C'est la première fois qu'on tente une chose pareille, mais la transformation de Shocks tient tellement du miracle que nous voulions partager son histoire avec le reste du pays. J'ignore totalement si on a une chance de gagner, mais…

Elle s'interrompit le temps de reprendre son souffle.

– … on le découvrira bien assez tôt.

Julian et Tracy étaient sans voix. Ils n'avaient pas la moindre idée qu'une telle récompense existait, mais quelque chose leur disait qu'Amber avait eu raison de se lancer. Depuis que Shocks avait été secouru, les gens n'avaient eu de cesse de dire à quel point il était spécial. Il n'y avait donc aucune raison que cela s'arrête ici.

27

Un héros d'âne

Londres, été 2014

Big Amber n'avait jamais vu les lumières étincelantes de Londres.

Alors avoir droit, pour sa première visite, à un cocktail au prestigieux Langham Hotel, aux côtés de célébrités telles qu'Amanda Holden, Brian May et McFly[1], était presque trop beau pour être vrai.

Shocks avait été nominé pour le *Daily Mirror* and RSPCA Rescue Animal of the Year Award, récompense accordée aux animaux ayant frôlé la mort.

Big Amber n'arrivait toujours pas à y croire.

– J'aurais aimé pouvoir t'emmener, mon grand, avait-elle confié à Shocks avant de partir prendre le bus qui la conduirait à la capitale. D'un autre côté, je doute que Londres te plaise beaucoup : c'est bruyant, pollué, et l'herbe est beaucoup plus rare qu'ici…

Elle s'apprêtait à rejoindre Suzi Cretney et Dawn Vincent, du service communication du Donkey Sanctuary.

Amber avait gratouillé une dernière fois Shocks derrière les oreilles, puis s'était excusée de devoir filer, mais il lui restait encore à aller s'acheter une robe pour la

1. Respectivement actrice et animatrice, guitariste de Queen et groupe de pop.

cérémonie – et, comme à son habitude, elle s'y prenait au dernier moment.

– Bonne chance ! l'avait encouragée toute l'équipe tandis qu'elle rejoignait sa voiture au petit trot.

Puis ils avaient formé un demi-cercle derrière elle et l'avaient regardée partir, Amber leur faisant de grands gestes à travers la vitre jusqu'à ce que ses collègues ne soient plus que des points flous dans son rétroviseur.

Voilà, elle était lancée !

Suzi et Dawn étaient tout aussi excitées et nerveuses qu'elle quand Amber les retrouva à la réception de leur hôtel, cet après-midi-là. Elles non plus n'arrivaient pas à croire à la nomination de Shocks, et que, dans quelques heures à peine, elles participeraient à une cérémonie unique qui reconnaissait le merveilleux travail effectué par les animaux et leurs maîtres.

Après s'être enregistrée, Amber appela l'ascenseur. Elle entra dans la cabine avec une polaire bleue arborant le logo du refuge, un jean et des bottes, pour en ressortir une heure et demie plus tard vêtue d'une superbe robe moulante noir et blanc et de talons aiguilles.

Quand elles la virent, Suzi et Dawn la couvrirent d'éloges. En leur qualité d'attachées de presse, les deux femmes avaient davantage l'habitude de s'apprêter un tant soit peu, mais cela relevait de l'exception pour Big Amber. En général, ses tenues étaient très vite couvertes de boue…

Amber eut l'estomac noué dès l'instant où elle entra dans le taxi qui les conduirait au Langham Hotel, situé au cœur de Londres. Elle était angoissée à l'idée de rencontrer tout un tas de nouvelles têtes, bien sûr, mais c'était surtout l'enjeu de la soirée qui la rendait aussi nerveuse. Elle avait conscience que la compétition serait rude.

Elles arrivèrent enfin devant l'impressionnante bâtisse – l'un des plus anciens hôtels de la capitale. La police avait bouclé la zone avec de longs rubans derrière lesquels toute une foule de curieux tentaient d'apercevoir leurs personnalités préférées arriver dans de magnifiques limousines noires.

Même Big Amber se sentit toute petite, devant les huit étages et les imposantes colonnes blanches de l'hôtel. Le vent faisait claquer les Union Jack disposés au-dessus de l'entrée en voûte, dont la porte était cernée par six hommes vêtus de costumes gris impeccables et de sublimes hauts-de-forme.

– Ouah..., ne put-elle s'empêcher de souffler, les yeux aussi brillants que ceux d'une fillette devant un sapin de Noël.

Sur leur droite, tout un groupe de paparazzis mitraillaient de leurs flashs aveuglants plusieurs célébrités qui montaient tranquillement les marches couvertes d'un tapis rouge.

Deborah Meaden, membre du jury de l'émission *Dragons' Den*, était en train de se faire photographier quand Amber arriva au niveau des marches. Mais en authentique amoureuse des animaux, elle était bien plus impressionnée par les deux immenses chevaux de la police montée avec lesquels la femme posait. Les bêtes avaient une robe impeccable, et leurs queues avaient même été tressées pour l'occasion.

– Qu'ils sont beaux…, soupira-t-elle, admirative.

Évidemment, il n'en fallut pas plus pour rappeler ses chers ânes à son esprit. *Une petite coupe de printemps ne leur ferait pas de mal*, songea-t-elle en se promettant de s'occuper de cela dès son retour au refuge.

Amber, Suzi et Dawn longèrent les couloirs aux superbes tapisseries, agrémentés de lys blancs et d'énormes bouquets de fleurs. Lorsque les trois femmes pénétrèrent dans l'immense salle de bal, elles en furent bouche bée. Il s'agissait d'une pièce colossale aux murs d'un blanc immaculé et bordée de colonnades aux piliers incrustés d'or. Le plafond croulait tant sous les lustres qu'il était impossible de lever les yeux sous peine d'être aveuglé.

Il serait peut-être temps de donner un coup de frais au bureau, en plus des ânes..., ne put s'empêcher de songer Amber devant pareil spectacle.

– Bienvenue dans le grand-monde, murmura-t-elle avec un regard amusé vers ses collègues.

Par chance, les filles ne partageaient pas leur table avec qui que ce soit concourant dans la même catégorie qu'elles – cela aurait pu être gênant. Il y avait en effet tout un tas d'autres récompenses remises ce soir-là : Hero Animal of the Year, Caring Animal of the Year, Public Service Animal of the Year, pour ceux qui travaillaient dans des conditions extrêmes afin de protéger et servir.

– Oh ! regardez ! s'écria Amber en désignant les gamelles pour chien discrètement disposées le long des murs.

Elle ne les avait pas tout de suite remarquées, au milieu de toute cette opulence, mais elle comprit très vite leur raison d'être : la salle se remplissait en effet peu à peu de chiens et de petits animaux de compagnie que leurs maîtres pouvaient transporter dans des cages.

De voir l'un des plus luxueux hôtels de la capitale se transformer, l'espace d'une soirée, en véritable animalerie avait de quoi faire sourire…

Les filles s'installèrent, et Amber était en train de discuter avec son voisin de table – qui lui détaillait son métier de dresseur de chevaux pour la police montée – lorsqu'on intima le silence à l'assemblée.

Amanda Holden sembla planer jusqu'à l'estrade, dans sa longue robe blanche incrustée de diamants. Elle avait les cheveux relevés, sa frange blonde lui barrant élégamment le front, le tout rehaussé par une imposante paire de boucles d'oreilles en diamants.

Amber balaya la salle des yeux. Elle n'arrivait pas à croire qu'il y ait tant de gens célèbres autour d'elle – Anita Dobson, Ashleigh et son chien Pudsey, McFly, Sarah Harding, Bill Oddie, Helen Worth, Ben Fogle et Peter Egan, si elle ne devait en citer que certains.

Elle ne s'était pas non plus attendue à être aussi nerveuse. Les enjeux prenaient soudain une dimension considérable. Par chance, le Rescue Animal of the Year Award serait le second prix annoncé. Les trois collègues étaient bien rassurées de ne pas avoir à stresser toute la soirée…

Amanda Holden lut le descriptif de la récompense ainsi que la biographie de tous les animaux nominés dans cette catégorie. Dès l'instant où elle mentionna Shocks, les yeux d'Amber s'emplirent de larmes.

Des images de l'animal se mirent à défiler sur l'écran géant tandis qu'Amanda racontait sa terrible histoire.

– Shocks fut retrouvé avec d'abominables blessures au cou, son propriétaire ayant délibérément versé du détergent dessus. Que l'on puisse faire une chose pareille me dépasse…, commenta-t-elle.

Des hoquets horrifiés s'élevèrent un peu partout dans la salle.

– Il fallut plus d'un an à l'équipe de Birmingham pour gagner la confiance de Shocks et lui redonner foi en l'espèce humaine. Sa rééducation fut extrêmement longue, et cela nécessita une grande quantité de soins pour que Shocks se remette de ses blessures, autant physiques que psychiques, poursuivit la présentatrice, la gorge serrée.

» Quelle fut donc ma surprise lorsque j'appris qu'aujourd'hui, Shocks offre des tours de manège aux enfants souffrant d'infirmités au centre thérapeutique de Birmingham… Shocks peut désormais faire confiance à nouveau. Et non seulement redonne-t-il le sourire à tous ces enfants, mais il les aide également à marcher et à communiquer.

Un silence pesant tomba sur l'assemblée. Amber avait les joues maculées de larmes. Elle réalisait seulement maintenant la charge émotionnelle que toute cette aventure avait soulevée. Il lui fallait entendre raconter son histoire pour véritablement en prendre conscience.

– Et le gagnant est…

Amanda sortit délicatement la carte blanche de son enveloppe, sous le regard fébrile d'Amber, Suzi et Dawn, raides comme des statues. Amber crut même entendre un roulement de tambour sous son crâne.

– Et le gagnant est Shocks !

La monitrice laissa échapper un cri perçant et bondit sur ses pieds en brandissant les bras dans un geste de triomphe.

– *Yes !!*

La salle explosa sous un tonnerre d'applaudissements, ce qui rappela aussitôt à Amber qu'elle n'était pas seule. *Ressaisis-toi un peu, ma grande ! Tu n'es pas à la kermesse du coin*, s'intima-t-elle en se rasseyant d'un air timide, sans pour autant pouvoir réprimer le sourire radieux qui lui barrait le visage.

En tant que petite-fille de la fondatrice du refuge, le Dr Elisabeth Svendsen, c'était à Dawn que revenait le devoir d'aller chercher la récompense. Elle se leva et rajusta sa jupe d'un geste nerveux avant de prendre la direction de l'estrade, rejoignant pour l'occasion les anciennes chanteuses des Pussycat Dolls, Ashley Roberts et Kimberly Wyatt.

La chargée de communication coinça ses mèches blondes derrière ses oreilles et adressa quelques mots à l'assemblée, disant à quel point elle était fière de Shocks mais aussi de l'investissement de toute l'équipe pour lui sauver la vie.

Elle conclut par un simple « Merci » et brandit la plaque bleu et blanc sous un nouveau tonnerre d'applaudissements.

Amber en profita pour sortir son téléphone et annoncer la bonne nouvelle sur Tweeter et Facebook afin que l'équipe, qu'elle savait sur le qui-vive, soit au courant au plus vite.

Dans la minute qui suivit, son téléphone croulait sous les messages d'Andy, Sara et tous ses autres collègues, employés et bénévoles, tous abasourdis par la nouvelle.

Après cela, la table du Donkey Sanctuary fut probablement la plus bruyante de la soirée, deux autres associations partageant leur couvert ayant elles aussi gagné un *award.*

Et pour ajouter à la magie de l'événement, les filles eurent même droit aux félicitations du groupe McFly.

– Bien joué, les bourriques, les taquinèrent-ils quand ils passèrent à leur niveau pour aller jouer sur scène.

Amber sentit aussitôt ses joues chauffer.

Cette soirée parfaite s'acheva par une séance photo. La femme de Brian May, Anita Dobson, prit un moment pour féliciter les filles.

La star d'*EastEnders* leur demanda ce qu'elles prévoyaient ensuite.

– Eh bien, demain, nous nous remettons au boulot, les pieds dans le crottin ! répondit Amber en riant.

– Vous faites un travail admirable. Je vous envie de travailler toute la journée avec des ânes, vous savez…, leur confia Anita d'une voix sincère.

Puis elle les salua, tourna les talons et disparut sous une marée de flashs.

Les trois collègues rentrèrent à l'hôtel en feignant de s'offusquer, hilares, de ne pas être elles aussi suivies par les paparazzis. Big Amber n'avait qu'une seule envie : retirer ses talons. Elle qui était habituée à porter des chaussures de sécurité à longueur de temps… Elle s'écroula sur son lit en mode étoile de mer, le plafond tournoyant sous l'effet du champagne, puis sombra dans le sommeil. Elle ne se souvenait pas avoir aussi bien dormi depuis fort longtemps.

Le lendemain, le réveil fut quelque peu moins euphorisant. Amber se cala dans le bus, soulagée du silence qui y régnait. Même si elle avait le crâne comme dans un étau, elle avait un coup de fil à passer. Elle alluma son téléphone et fit défiler sa liste de contacts.

Mais Tracy la prit de court lorsqu'elle décrocha.

– On a gagné ! hurla la maman d'une voix haut perchée.

Big Amber entendait sa petite protégée imiter sa maman, derrière.

– On a gagné ! On a gagné ! pépiait-elle.

Tracy lui confia que Julian et elle avaient passé la soirée de la veille vissés à leur ordinateur.

– Nous n'y serions jamais arrivés sans vous et sans Amber, vous savez, dut admettre la monitrice, la voix serrée par l'émotion.

Elle annonça alors à Tracy que le *Birmingham Post* souhaitait publier un article suite à cette récompense, et qu'elle aimerait beaucoup que Little Amber participe à l'interview et à la séance photo qu'ils désiraient faire.

Évidemment, la fillette était aux anges, à cette perspective.

– Nous allons lui choisir une jolie robe sur-le-champ, déclara Tracy, radieuse à l'idée de voir bientôt sa fille et Shocks dans le journal.

Big Amber avait encore quelques heures à tuer avant d'arriver au refuge. L'euphorie de la veille laissait désormais peu à peu place à la nostalgie, et elle se prit à songer à tout ce qu'ils avaient vécu avec Shocks.

Du bout de la manche, elle essuya la condensation sur la vitre du bus et observa la vie, de l'autre côté. Elle se rappela la terrible nuit où Shocks avait débarqué, en pleine tempête. La pauvre bête était transie de froid et de peur. *C'est incroyable, de voir ce qu'il est devenu*, songea-t-elle, un sourire étirant ses lèvres.

Comment un âne laissé pratiquement pour mort pouvait devenir une créature débordant de douceur et de confiance – en plus d'être la monture préférée des enfants – tenait véritablement du miracle.

Et pourtant, il avait seulement fallu que quelqu'un croie en lui. Quelqu'un qui puisse avoir sa confiance. Et cette personne s'était révélée être une fillette vraiment unique prénommée Amber.

Quand Big Amber arriva au refuge, l'équipe avait accroché des ballons et des banderoles partout. Ils l'acclamèrent comme une reine tandis qu'elle paradait au milieu de l'assemblée, la plaque brandie au-dessus de sa tête comme un trophée. L'euphorie de la veille lui revint comme un raz-de-marée, sauf que cette fois, elle était entourée de tous ceux qui avaient donné de leur temps et de leur amour pour aider Shocks à arriver là où il en était aujourd'hui.

Julian et Tracy ne tardèrent pas à se joindre à la fête. Ils avaient récupéré les filles à l'école et avaient fait un rapide détour par le supermarché. Little Amber sortit de la voiture avec un sac entier de pommes.

Elle portait un petit haut crème à manches longues surmonté d'une robe blanche parsemée de jolies fleurs. Le tout était bien sûr agrémenté de collants crème eux aussi et de ses inévitables bottes roses en caoutchouc – la tenue idéale pour une séance photo.

Hope la regardait d'un air fier, pas le moins du monde envieuse, comme si elle avait compris que c'était le moment de gloire de sa sœur. Elle traversa le parking pour la serrer dans ses bras, étreinte à laquelle Amber répondit brièvement avant de filer. La fillette était décidément incapable de tenir en place, toujours en quête de la prochaine aventure – qui consistait en ce cas précis à nourrir Shocks.

– Amber, attends-moi ! s'écria Hope d'une voix triste.

Amber se figea alors, tourna sur ses talons en remontant ses petites lunettes roses sur son nez et prit la main de sa sœur. Puis les jumelles trottèrent jusqu'à l'enclos sous le regard attendri de leurs parents, ravis de voir Amber enfin partager son univers avec sa sœur.

Andy et Big Amber avaient préparé un seau spécial pour leur arrivée. Ils y avaient mis un supplément de pastilles et de biscuits pour célébrer le succès de Shocks. Amber s'empressa d'y ajouter quelques pommes, et Andy secoua le tout. La petite sautillait sur place, trépignant d'impatience à l'idée d'aller nourrir son ami.

Le photographe et la journaliste du *Birmingham Post* attendaient à la porte de l'enclos. Amber les gratifia d'un grand sourire quand la douce lueur du flash illumina son visage. La petite sauvage qui allait se cacher derrière le canapé dès qu'un inconnu approchait était décidément bien loin… Amber adorait être prise en photo ! Si elle n'avait pas eu les mains tenant le seau, elle n'aurait sans aucun doute pas hésité à adopter les poses les plus cocasses…

Shocks était tellement ravi de son cadeau qu'il avala le tout en moins de dix secondes. Julian et Tracy doutaient qu'il ait mâché ne serait-ce qu'une seule pastille.

Tous les regards avaient beau être braqués sur lui, il semblait ne pas ciller, se contentant d'observer son public d'un air innocent, comme pour dire : « Qu'est-ce qu'il se passe ? C'est pour moi, tout ça ? »

Le photographe prit Big Amber brandissant la plaque, puis Little Amber en train de monter Shocks. Comme une vraie professionnelle, la fillette se pencha en avant et serra l'animal entre ses bras.

Il n'en fallut pas davantage pour obtenir une photo d'exception.

La journaliste s'approcha alors des Austwick afin de leur poser quelques questions. Elle avait la vingtaine, et sa nervosité évidente laissait clairement entendre qu'elle débutait dans le métier.

Le couple lui expliqua comment Shocks avait aidé Amber à marcher et à parler. Que sans lui, leur fille serait aujourd'hui très certainement incapable de faire l'un comme l'autre.

– Amber ne supportait pas le contact des autres. La situation aurait pu virer à l'extrême inverse. Sans sa rencontre avec Shocks, elle aurait pu devenir une fillette triste et affreusement solitaire, ajouta Tracy, les yeux brillant de larmes de joie.

– On peut donc dire que Shocks a sauvé votre fille ? demanda la journaliste.

Julian y réfléchit quelques instants, puis déclara :

– Je dirais plutôt qu'ils se sont guéris l'un l'autre.

Aidez-nous

Durant ces quarante-cinq dernières années, le Donkey Sanctuary a marqué d'un profond changement la vie de nombreux ânes mais aussi celle de nombreux humains à travers le monde. Cela est dû à l'énergie et à la foi inébranlable de la fondatrice du refuge, le docteur Elisabeth Svendsen, membre de l'ordre de l'Empire britannique, mais aussi des équipes et des bénévoles, et bien sûr grâce aux soutiens et partenaires internationaux.

Mais il reste toutefois beaucoup à faire. D'ici 2018, le Donkey Sanctuary souhaiterait pouvoir venir en aide à deux millions d'ânes dans 40 pays, accroître le nombre d'ânes adoptés à 3 000 et étendre son programme thérapeutique à tout le Royaume-Uni ainsi qu'à l'international.

Il existe une multitude de façons de nous aider : faire un don de 3 livres (ce qui couvre une demi-journée de soins pour un âne) ou un peu plus important, parrainer un âne, ou même en adopter un.

Adopter un âne est le meilleur moyen d'avoir droit à des cabrioles quotidiennement, et de faire partie de son existence à vie. Les ânes sont recueillis pour différentes raisons, selon les cas : négligence, abandon, ou parfois simplement parce que leurs propriétaires ne peuvent plus s'occuper d'eux. En adoptant un âne, vous vous assurerez qu'il n'ait plus jamais froid ni faim. Votre pack d'adoption comporte un portrait encadré, quatre magnifiques cartes postales, un certificat et l'histoire de votre âne. Vous recevrez aussi des informations régulières. Vous pouvez également suivre leurs singeries sur Facebook et Twitter (@AdoptADonkey).

Si vous voulez en savoir plus, n'hésitez pas à visiter notre site : www.thedonkeysanctuary.org.uk

Remerciements

Ce livre n'aurait jamais vu le jour sans l'aide de plusieurs personnes merveilleuses.

Tout d'abord, nous aimerions remercier toute l'équipe de néonatalogie du Heartlands Hospital, qui a su garder nos enfants en vie durant ces mois particulièrement difficiles.

Les infirmières et les médecins incroyables de l'hôpital pour enfants de Birmingham, leur fantastique équipe des urgences, et en particulier le génialissime docteur Kuo ainsi que le pédiatre Vin Diwakar.

Merci également à Barbara Tumulty (auxiliaire), Jo Matthews (orthophoniste), Sam Ridley (infirmier à domicile) et Ros Blackmore (diététicien).

Un énorme merci au service de kinésithérapie de la Wilson Stuart School – Lucy Weardon et Pauline Christmas.

Merci également aux aides-soignantes, en particulier Jade, Jess, Aga et Amina.

Merci à la Twickenham Primary School de Kingstanding, tout particulièrement à sa directrice Mrs Mortiboy.

Mille mercis à la merveilleuse Michelle Snipe (désormais O'Neill), infirmière puéricultrice, pour son soutien et son aide indéfectible durant ces cinq années.

Merci au Donkey Sanctuary de Sutton Park. À chaque membre du personnel et à chaque bénévole, qui sont tous devenus notre deuxième famille désormais. Un milliard de mercis à Andy Perry, Amber Brennan, Sara Gee, Sue et Phil Brennan, Jessica O'Grady, Gill Warner, Jo Jo, tous les ânes et en particulier Shocks !

Merci à Susan Smith, agente littéraire chez MBA, d'avoir lancé cette aventure.

Merci mille fois à notre plume, Ruth Kelly, d'avoir aussi consciencieusement donné vie à notre histoire.

Merci à nos éditeurs de chez Ebury Press de nous avoir permis de publier notre histoire. Nous espérons sincèrement qu'elle inspirera de nombreuses personnes et qu'elle apportera bonheur et espoir.

Merci également à notre famille. Mais tout spécialement à Lee, Debbie, Nat Nat et Yar Yar. À mamy Di et mamy Rene. Et merci à nos amis, anciens comme récents, et en particulier à Sam, Liz et Abbie Hardman, tout simplement pour être dans nos vies !